KUNSTMANN

Rafael Chirbes

ALTE FREUNDE

Roman

Aus dem Spanischen von
Dagmar Ploetz

Verlag Antje Kunstmann

Beim Verlassen des Restaurants wird uns die Kälte mit Krallen empfangen, während es vor meinem Häuschen in Denia noch grünt und blüht trotz der fortgeschrittenen Jahreszeit, Mitte November, daran denke ich; auch daran, wie sanft mich die mildfeuchte Luft heute Morgen umfing, als Pedrito seinen Wagen vor meinem Haus parkte und wir die Reisetasche einluden, in die ich ein paar Hemden gepackt hatte, Unterwäsche, Kulturbeutel, das Nötige für den zweitägigen Ausflug, und er, neben dem Wagen stehend, die rechte Hand auf die Klappe des Kofferraums gestützt, sagte: »Stimmt, das Haus ist klein, aber die Aussicht ist prächtig.« Ins Notizbuch eintragen, welche Empfindung der tiefblaue, von Wolken durchzogene Himmel in mir auslöste, als läge ein Filter über der Landschaft und alles fügte sich zu einer Filmsequenz: die Pinien, die am Wagenfenster vorbeizogen, die steinige Sierra, mit einigen grünen Tupfern versehen seit den ersten Herbstregen, Pinienhaine, die auf den ersten Blick kaum auffallen, schaut man jedoch genauer hin, entdeckt man, dass sie einen beträchtlichen Teil der Landschaft ausmachen, man weiß nicht recht, wo sie stehen, in Mulden, Winkeln, an widerhaarigen Stellen, zum Teil so versteckt, dass man sie erst sieht, wenn die Straße um einen felsigen Brocken biegt, und schon sind sie über dir. Zweige, Felsen, Sträucher, ein paar Stechginsterbüsche, Zwergpalmen, die in Kolonien wachsen; ein paar Feigenkakteen voller Früchte, und keiner pflückt sie, Johannisbrotbäume, die auch die vielen gelegten Brände überlebt haben: resistent gegen das Übel. Ich sage mir, während ich mir mit der Serviette über die Lippen wische, nachdem ich das Glas zum Mund geführt und einen Schluck Wein getrunken habe, dass ich Dinge erinnere und festhalte, die mich gerade einmal beiläufig interessieren, Dinge, die durch dieses Abendessen automatenhaft in meinem Gedächtnis aufgerufen werden und die vielleicht überflüssig sind. Wahrscheinlich wünsche ich mir, dass der Lärm gewisser Gedanken den Klageton anderer überdeckt. Guzmán und Taboada diskutieren über die Politik des Möglichen und über das, was nicht machbar ist. »Die aktiven Politiker, die von heute, die kenne ich«, höhnt Pedrito, »was soll ich euch erzählen?« Und dann, nach einer Pause: »Was haben wir gewonnen? Was haben wir verloren? Scheißleben, oder? Unsere Illusionen«, schließt er spöttisch. Guzmán wehrt sich: »In der Geschichte gibt es keine Pausen, da fällt nicht der Vorhang und hebt sich wieder. Es gibt keine Zwischenakte. Es ist eine fortlaufende Vorstellung.« Und jetzt reden die drei darüber, was sie am Tag von Francos Tod gemacht haben, über Tejeros Putschversuch, die kommunistische Utopie, das abgewrackte Russland, China im Konsumfieber, Amerika, das allein auf dem Tisch der Welt tanzt. Sie diskutieren unter den aufmerksamen Blicken von Guzmáns Söhnen, nur Pedrito schweift einen Augenblick von Guzmáns und Taboadas Erinnerungen ab und wendet den Kopf leicht zur Seite, um besser Amalias Ausschnitt betrachten zu können. Ich bemerke die Bewegung seiner Augen und spüre einen Stich rückgewandter Eifersucht oder einen Stich Wehmut und deshalb, um die Eifersucht zu überwinden und die Wehmut zu zähmen (»Du wirst nie ein Revolutionär, dazu liebst du die Literatur zu sehr«, sagte Pedrito damals zu mir, »und du wirst auch kein guter Liebhaber. Die Literatur steht mit der Liebe und der Revolution auf Kriegsfuß«), denke ich, ein defensiver Rückzug, an mein Haus, daran, dass ich heute Morgen aufgebrochen bin und schon wieder zurück möchte. Als wir Contreras erreichten, hatte es sich bewölkt, und ein paar Kilometer weiter begann es zu regnen. Und hörte nicht auf bis Madrid. Ich erinnere mich an die Bewegung des Scheibenwischers, die Tropfen platzten auf dem Glas, und ich erinnere mich an Pedrito, als wir Kinder waren, eine Kinderfreundschaft, etliche Jahre bevor er mich von der Revolution ausschloss. Die Kindheit ist Balsam: Wir tauschten Comics; ich sammelte *Schwarzer Panter*, und er sammelte *Kleiner schwarzer Panter.* Beide kauften wir Hefte von *Capitán Trueno* und *El Jabato*. Auf dem Kopf trugen wir bunte Hühner- und Truthahnfedern, die wir aus den Mülleimern fischten und an schwarzen Bändern befestigten, die er seiner Mutter, einer Schneiderin, stahl: Wir waren Sitting Bull und Gerónimo, der mit dessen Schlichen fertig werden musste, mit Sitting Bulls Fähigkeit, hinter einem Waggon unsichtbar zu werden und dann den Feind am Rand eines Wassergrabens zu überrumpeln; Kindheitserinnerungen, schnell, blendend kreisen sie wie ein Karussell im Kopf: als eine Krätzeepidemie die Schule erfasste und uns allen die Köpfe kahl geschoren und mit Schwefel (oder war es Jod?) eingepinselt wurden; als die Schule eine Woche lang geschlossen blieb, weil ein Kind an Meningitis gestorben war. Erinnerungen: die Angst vor den Schwindsüchtigen, vor dem Bauchaufschlitzer; Männer, die mit einem Sack auf dem Rücken durch das Dorf zogen, wir wussten nicht, woher sie kamen, noch wohin sie gingen. Manchmal folgten wir ihnen von fern. Wir bündelten alte Zeitungen, die wir uns von Tür zu Tür bei den besseren Familien im Dorf erbettelten oder außerhalb auf den Müllkippen zusammensuchten. Die alten Zeitungen verkauften wir dem Lumpenhändler, um von dem Erlös die Kinokarten bezahlen zu können. Filme mit Gary Cooper, James Cagney, Alan Ladd, Linda Darnell, Virginia Mayo, Shelley Winters oder Janet Leigh. Die nahen Halden, es roch nach Organischem, das sich zersetzt, die Fischernetze, ausgebreitet unter den gekappten Palmen auf der Esplanade am Hafen, auf dem Markt der Gestank nach fauligem Fisch, nach tierischen Exkrementen; der Strand voller Algen, und die Insekten springen dazwischen herum, ein trockenes Knistern, Sandregen. Die Karren, gezogen von schweren Maultieren, werden mit Algen beladen, die man irgendwohin landeinwärts bringt. Ich beobachte gern diese von Tieren gezogenen Karren und versuche mir vorzustellen, wohin sie fahren; Orte, die mir unbekannt sind, die ich mir anders vorstelle als diejenigen, wo ich mich gewöhnlich aufhalte, vielleicht jenen ähnlich, die ich im Kino sehe. Sie liegen hinter den Bergen. Der Geruch von Feuchtigkeit: Laderäume, in die der Dunst des Meeres dringt; es riecht nach Salpeter, nach Karbid, nach Petroleum. Das Knistern der trockenen Algen, wenn wir darauf treten, das matte Rauschen des Meeres, wie ein raschelnder Vorhang. Auch jenseits des Horizonts gibt es unbekannte Orte, denen ähnlich, die wir im Kino sehen. Es gibt ein Paar Nutten, die den Einbruch der Dunkelheit abwarten, um sich hinter den Felsbrocken der Wellenbrecher zu verstecken, Männerschatten, die in einiger Entfernung folgen und auf die Schatten der Frauen fallen, worauf die einen mit den anderen verschmelzen: Wir Kinder beobachten die Schatten aus unserem fernen Versteck, was machen sie; die Schilfrohrfelder außerhalb des Dorfs sind für uns ein heimischer Urwald, in dem man beim Dunkelwerden ebenfalls Knacken, Geflüster und Schritte hört. Die Kindheit, der dichte, urwüchsige Wald, kommt mit dem Geschmack des Weines und dem Geräusch der Unterhaltung auf mich zu. Erreicht mich mit Pedritos Gebärde, als er Amalia Wein nachschenkt. Sie reden alle laut, doch ich höre sie wie von fern. Mich schützt der dichte Vorhang des urwüchsigen Waldes. Er dämpft ihre Stimmen. Die Gefühle der Kindheit sind klebrig, deshalb gelingt es nicht, sich ganz von den Menschen zu lösen, mit denen man sie geteilt hat, deshalb sind diese ein Teil von ihnen: Gefühle wie Kaugummi. Kindheit und Adoleszenz, sumpfiges Gelände für die Gefühle, weder die Festigkeit der Erde noch die Weiche des Wassers, Zwischengelände, obwohl die Adoleszenz die Pflanzschule des Haders ist (»Nein, Carlos, dir kann man nicht trauen. Du würdest Lenin für einen guten Roman verkaufen; sogar deinen Vater würdest du verkaufen, wenn er denn noch lebte«, sagte Pedrito zu mir; da waren wir schon junge Männer, keine Jugendlichen mehr. Ich habe niemanden verkauft, nie etwas verkauft, nur Wohnungen). Die Adoleszenz: Pedrito las Baudelaire und Broschüren, ein Mädchen aus Hamburg, das er sich in Denia angelacht hatte, brachte sie im doppelten Boden ihres Koffers mit und übersetzte sie ihm aus dem Deutschen; Broschüren mit Anleitungen zur Herstellung von Sprengkörpern; Poesie und Revolution; die Poesie eine mit Zukunft geladene Waffe, die Revolution ein Akt der Liebe: Wie man eine Kaserne in die Luft jagt oder die Franco-Statue auf der Plaza del Caudillo in Valencia oder das Kreuz für die Gefallenen an der Puerta del Mar oder das Denkmal für Calvo Sotelo, den Erzmärtyrer des Kreuzzugs zur Befreiung. Wie man das alles in die Luft jagt. Eines nachts in die Hauptstadt, nach Valencia, fahren und alles in die Luft jagen. Alles sprengen, nachts. Pedrito sagte, die Revolution sei das Böse der Nacht. »Lern das, du Schriftsteller. Hättest du wenigstens die Wut von Dostojewski«, sagte er. Er liebte es, mich Schriftsteller zu nennen, und verachtete, was ich machte, weil er meinte, das sei allenfalls hübsch. »Ästhetik«, sagte er, und neben Dostojewski führte er »Die sieben Irren« von Roberto Arlt als Vorbild an. Er sagte: »Die hatten Wut im Bauch, Furor statt Ästhetik«, und wenn er das sagte, schien ihn selbst ein seltsam epileptischer Zorn zu befallen. Wir sahen den Tag anbrechen – das Licht der Sonne wie eine Messerklinge, die über den Steinen der Wellenbrecher im Norden des Hafens breiter wurde –, und wir spürten, dass der Tag die Revolution auslöschte. Wir tranken in jenen Nächten alles, was wir bekommen konnten: Gin, Cognac, Punsch, Whisky, Anis, Kräuterliköre, Ricard oder Pastis; wir rauchten Tabak, Marihuana, Haschisch und aromatische Kräuter, die Pedrito im Montgó sammelte und von deren halluzinogener Wirkung er uns zu überzeugen versuchte. Wenn wir nicht mehr konnten, kotzten wir auf die Steine der Wellenbrecher, und anschließend tranken, rauchten und redeten wir weiter, mit dem Tuckern der vor Tagesanbruch auslaufenden Fischerboote als Geräuschkulisse, bis ein rosafarbener Flecken das Ende der Nacht ankündigte. Die Revolution, ein mächtig aufputschendes Rauschmittel; oder eines jener Bilder, die das Ende der Welt darstellen, das Jüngste Gericht, der Augenblick, in dem der Einbruch des Rechts alles auf den Kopf stellt: Die Gräber öffnen sich, Grabplatten rutschen zur Seite, und Gerippe erscheinen, Skelette, die plötzlich in Bewegung geraten oder dasitzen, die Beine im rechteckigen Loch des Grabes, als säßen sie am Rand eines Schwimmbeckens und sonnten sich; Gerippe, die sich angeregt unterhalten oder einfach diesen Gegensatz auskosten: das kalte Wasser netzt ihre Füße, und die Sonne brennt auf Rücken und Kopf; Skelette in schnellem Lauf, wie in einem Anatomielehrbuch (diese anatomischen Stiche, auf die Baudelaire an den Ständen der Bouqinisten am Quai Voltaire stieß und die von Medizinstudenten und Schülern der Kunstakademie gekauft wurden: eingreifen, darstellen, Manifestationen der Liebe). Skelette – sie gehen, bücken sich, arbeiten, zeigen dabei das Spiel der

Gelenke in jeder Phase der Bewegung; sie sitzen zu Pferd, blasen die Trompete, halten eine Sense oder streicheln mit fleischlosen Fingern eine üppige, farbige Frucht, genau wie auf einem Bild von Bosch. Aber auch halb verweste Körper, das Fleisch von Würmern zerfressen, eher dem Barock eines Valdés Leal zugehörig (Elisa hat übrigens eine Arbeit über die Stillleben des Barock geschrieben, über diese extreme Opulenz an der Grenze zwischen reifer Fülle und beginnendem Vergehen. »Du bist, was ich einmal war, und wirst sein, was ich jetzt bin« wählte sie als Motto, ein Satz, der auf einem florentinischen Gemälde von Massaccio steht). Die Revolution: andere ästhetische Maßstäbe, für eine andere Art von Schönheit schwärmen, den Kanon verändern. Zwei Gerippe, die sich küssen, fleischloser Kiefer an fleischlosem Kiefer; die sich umarmen, knochige Hände an knochigen Wirbeln; sie bewegen sich wie beim Geschlechtsverkehr. Revolution: Die Nacht verhängt die Sonne mit einem schwarzen Schweißtuch, so wie man in den Kirchen von Denia Altarbilder und Gemälde verhängte, wenn der Karfreitag kam (ob sie das noch immer tun?), denn Gott war gestorben, und alles war in Trauer und Finsternis gehüllt. Verschneite Landschaften in alten Schwarzweißfilmen, weiße Flecken, schwarze Flecken, die wie aufgescheuchte Ameisen über eine weiße Fläche rennen; Flecken, die manchmal die ganze Leinwand bedecken und sich in menschliche Gesichter verwandeln, schreckgeweitete Augen, sich öffnende Münder; Gesichter, die Edelmut und Güte ausstrahlen (breite Arbeiter- oder Bauerngesichter), oder solche, die Verderbnis und Bosheit verraten (Gesichter von Priestern, Aristokraten, Militärs – borstige Brauen, scharfe Nasen, hängende Mundpartien), Bilder von elenden Hütten, die man sich übel riechend und verräuchert vorstellt, bei deren Anblick man Scham empfindet, schlechtes Gewissen, Schuld, weil man in einem Haus für Leute aus der Mittelschicht wohnt, auch wenn es (wie bei mir, bei Rita, Demetrio und auch Pedrito) Arbeiterhäuschen sind, wo sich Probleme aus der Notwendigkeit ergeben, mit einem sehr niedrigen Lohn das Monatsende zu erreichen, ein Nichts, verglichen mit dem extremen Unrecht, das Revolutionen zeugt: Gesichter, mit Ruß oder Fett verschmiert, nur die Augen umgeben von einem weißen Hof, den die jetzt auf die Stirn geschobene Schutzbrille des Schweißers oder Heizers bedeckt hat; Paläste, die im zitternden Licht der Leinwand zu phosphoreszieren scheinen, Uniformen, dunkle Latzhosen, vermutlich blau oder khakifarben, schwarze Lederjacken. Diese Gestalten, aufgescheuchten Ameisen gleich, auf der großen Treppe am Hafen von Odessa; die Stufen des Winterpalais in Petersburg ersteigend; rennende Gestalten unter riesigen Lüstern, deren Kristalle das Licht brechen und Blitze schleudern, die den Blick blenden. Filme von Eisenstein und Pudowkin, in klandestinen Filmklubs gesehen, die Anfangszeiten der Vorstellungen unter den Eingeweihten weitergeflüstert. Pedrito. Ich höre ihn reden. Nach Shanghai müsse man gehen, nach Moskau, nach Paris, und wenn das nicht ginge, dann wenigstens nach Madrid, auf der Suche nach jenen Extremen, die eine Revolution erfordert: die Paläste, die Freitreppen (in Madrid waren die einen wie die anderen bescheiden; das entdeckten wir später), die Lüster, die endlosen Wagen der Minister, Schieber und Bankiers; die Frauen, gehüllt in weiche Pelzmäntel; und, auch das, die Bettler, die Baracken, die Ratten, sie springen in die Wiegen der Säuglinge und nagen am zartesten Fleisch. In Denia war das Leben zu bescheiden, eine Armut ohne Poesie, ohne jeden Anflug von Heroismus: die Müllkippen, die schmutzigen Strände, die verschmierten Seiten der Comics, die wir uns zum Lesen suchten und den Zigeunern streitig machten, die Penicillinfläschchen, deren Inhalt sich jemand gespritzt hatte und die wir aufhoben, um sie als Gefängnis für Insekten zu verwenden oder als Mehrzweckinstrument für dubiose und erregendere Spiele. Steine, vom Meer umschmeichelt, dazwischen Posidonias, wie die Haare eines Ertrunkenen, gewiegt vom Auf und Ab der Wellen, Wucherungen, Geschöpfe an der Grenze zwischen Mineralien, Tier- und Pflanzenwelt, höckerige Schnecken, mit grünem Moos bedeckt, aus denen sich unruhige Beine strecken; sie rennen über die glitschigen Steine, die von oszillierenden, glibberigen Mähnen bedeckt sind; Geschöpfe, von der Natur wie für einen Maskenball ausgestattet; Strände, bedeckt von getrockneten Algen und Schwämmen, aus denen Insekten springen, herrenlos streunende Hunde; steinige Strände, Höhlen, in die das Wasser Echos setzt, Felsplatten, bevölkert von Seeigelkolonien, schwarz, grünlich, rötlich, bläulich unter dem Laken stillen Wassers, das durchsichtig ist wie Öl, sich plötzlich wellt und sich dann langsam aufbäumt und wild wird; gelber Sand, rote Erde, blutig vom Rost: Felder mit Wein und Orangenbäumen, Fenchelsträucher am Wegesrand; Fischer, Bauern, kleine Kaufleute; und dann: die Kaserne der Guardia Civil, deren Fassade Pedrito mit Hammer und Sichel zu bemalen vorschlug (wir haben es nie gewagt). Zu bescheiden für eine Revolution war diese Armut. Auch wenn an der Fassade des Pfarrhauses noch Reste einer priesterfeindlichen Parole zu erkennen waren, die jemand vergeblich auszulöschen versucht hatte: trotz abgeschmirgeltem Stein und einer Teerschicht waren immer noch Wortfetzen lesbar. Bei uns zu Hause lebte die Erinnerung daran fort, dass der Mann, der diese Invektiven geschrieben hatte, später festgenommen, womöglich erschossen worden war, Geflüster im Haus. Erinnerungen an einen Krieg: Mauerruinen hinter dem Hafen, Gebäude ohne Dächer, die Fenster hohl wie schlaflose

Augen. Madrid, eine andere Dimension: Arbeiter in schäbigen Hütten, besonders im Süden, von Atocha abwärts. Sich dort einnisten, sich proletarisieren, zwischen den Hütten herumstreichen, Lenin-Flugblätter, vom Gürtel gehalten, zwischen Haut und Hemd; vom kalten Nebel eines Dezembermorgens umhüllt auf Baugerüste steigen, während sich um die noch brennenden Straßenlaternen ein Dunsthof legt; mit den Händen essen, das Brot mit den Händen brechen und mit der Messerspitze ein Stück Chorizo aufspießen, den man mit den Genossen teilt. Gerechtigkeit, Gleichheit. Revolution heißt, hartnäckig die Not zu suchen, die man nicht leidet. Wir zogen nach Madrid. Wir tauschten Denia gegen Madrid. Madrid, das ist Pedrito, der mir laut Baudelaire vorliest, während die Metro in Richtung Südviertel fährt: »Sich in eine dicke Frau zu verlieben ist manchmal ein entzückender Spleen, die dünne Frau ist eine Grube finsterer Wollust. Lern das, du Schriftsteller.« Mit der Revolution wählten wir die Liebe zu der Grube finsterer Wollust. Pedrito las: »Die Dummheit ist häufig ein Ornament der Schönheit, sie ist das, was den Augen diese friedliche Reinheit dunkler Teiche und die ölige Ruhe der tropischen Meere verleiht.« Pedrito hat es in dem Buch unterstrichen, das ich bei mir zu Hause aufbewahre. Es liegt noch griffbereit: Einige der Passagen, die er angestrichen hat, habe ich in ein Heft geschrieben und ins Spanische übersetzt. »Andere aber hassen ihre Frauen, weil sie verschwenderisch sind, – Republikaner, denen die Grundelemente der politischen Ökonomie fremd sind. Die Laster einer großen Nation sind ihr größter Reichtum.« Die gesammelten Werke von Baudelaire, die Elisa aus Paris mitbrachte. Pedrito las sie gierig und füllte sie mit farbigen Anstreichungen. »Da hast du einen Meister, mein Schriftstellerfreund«, sagte er zu mir, das Buch wie einen Stein oder eine Pistole schwingend. Dieser eine Band barg seine zwei

Lieben: die Frau und den revolutionären Dichter der Pariser Barrikaden *(Il faut aller fusiller le général Aupick!)*. Pedrito, die Frau und der Dichter der Revolution, ein ungleichschenkliges Dreieck (»Ich bin die kleinste Seite des Dreiecks«, lachte er), das er einige Monate lang in die Luft zeichnete und das sich dann auflöste, aber die Erinnerung daran besteht fort. Heute Vormittag, während wir durch die verregnete Mancha fuhren, sprach er, wieder einmal, von Elisa: »Die Einzige, weißt du, die Einzige, die ich in meinem Leben wirklich geliebt habe«, und ich dachte an das Haus auf dem Hügel am Meer, wo er wohnt (er hat es mir heute Morgen im Vorbeifahren noch einmal gezeigt, »das mit der Steinmauer«, sagte er), an seine Frau (»Ich habe sie nicht verdient«, hatte er kurz zuvor gesagt), an seine Tochter (»Die bricht ihr Studium nicht ab wie wir, die ist ehrgeizig«, hatte er gesagt). Während wir durch die Mancha fuhren, sagte er: »Ich glaube, ich bin von Madrid zurückgekehrt, weil sie mich nicht liebte und ich den Gedanken nicht ertrug, dass sie irgendwo in der Stadt war, ihre Wohnung hatte und ihr Bett, in das sie sich jede Nacht legte.« Ich dachte: »Guter Satz, Pedrito, an dir ist ein Politiker verloren gegangen – auch wenn dieses Land wahrlich keinen Mangel an Politikern hat.« (All diese Politiker, gegen die er jetzt wettert.) Der Band mit Baudelaires Werken wurde in der Wohnung hinter dem Bulevar de Vallecas, wo wir mit Demetrio wohnten, der gemeinsamen Bibliothek einverleibt, und er fiel mir dann bei der Verlosung zu, mit der wir die Bücher, die Platten und die wenigen Möbel, die sich im Haus angesammelt hatten, unter uns aufteilten, als sich die Zelle nach den Diskussionen, die unserer Verhaftung folgten, auflöste. Wir suchten Schuldige für das, was wahrscheinlich nur unsere eigene Angst und Verunsicherung war. Wir hatten unsere Schwäche entdeckt und wollten sie nicht akzeptieren. Pedrito unternahm nichts, um das Buch, das ihm so wichtig gewesen war, wiederzubekommen. Er hätte mich darum bitten können, und ich hätte es ihm ohne weiteres überlassen, oder er hätte es gegen ein anderes Buch tauschen können, aber er tat es nicht. Baudelaire gefiel ihm nicht mehr, wahrscheinlich weil er mit der Geringschätzung für Baudelaire ausdrücken konnte, Elisa sei ihm nicht so wichtig, wie sie ihm tatsächlich war. Heute Morgen im Auto sagte er: »Der Tod lehrt dich den Wert des Lebens. Das Leben ist das Einzige; das einzig Wertvolle ist, noch am Leben zu sein; und wir lernen, dass dies etwas wert ist, weil der Tod der anderen es uns lehrt. Insofern liebe ich Elisa, insofern. Als Tote ist sie mir von Nutzen. Sie ist der Nullpunkt, von dem aus ich bemessen kann, was ich habe. Leben. Das lehrt sie mich. Und sie lehrt mich auch, dass ich darüber hinaus nichts habe, weißt du, gar nichts. Ich tue etwas, und sie schaut mich an, lacht oder wird wütend und sagt: ›Ich will dich nie mehr wiedersehen‹, und wenn ich sie das sagen höre, bin ich schon wieder verliebt, nein, versteh mich nicht falsch, um nichts in der Welt würde ich meine Frau verlassen, glaub das ja nicht. Um-nichts-in-der-Welt. Davon rede ich nicht. Ich rede von dem, was mir geblieben ist, von Rückständen, oder, um es hübscher auszudrücken, von Ablagerungen. Ich liebe meine Frau, das heißt, ich weiß nicht, ob ich sie liebe, aber ich brauche sie. Wenn sie nicht jedes Mal zu Hause wäre, wenn ich spät nachts betrunken heimkomme, wäre ich froh, aber ich würde sie vermissen, wenn sie für immer gegangen wäre. Ich rede nicht davon, meine Frau zu verlassen, ich rede von dem, was war. Ich rede von einer Toten. Von den Toten. Es gibt das, was es gibt, und damit müssen wir unser Spiel machen, nicht mit dem, was wir gern gehabt hätten. In jenen Jahren haben wir gelernt, dass das, was ist, Scheiße ist, und das war eine hundsgemeine Lektion, weil wir sie, einmal gelernt, nicht mehr vergessen konnten. Wenn man das weiß, ist man endgültig verloren, weil man nichts mehr erwartet.« Pedrito wollte das Buch nicht mitnehmen oder er vergaß, es mitzunehmen. Das Dreieck ging zu Bruch; die Frau in sich gekehrt oder, besser, abwesend, der Revolutionär schwer verletzt und der Dichter gesund und frei, bereit, wieder von Hand zu Hand zu wandern, neue, flüchtige Dreiecksbeziehungen in anderen Cafés einzugehen, in anderen Zimmern, die nach Rauch, Eintopf, zweifelhaft sauberer Kleidung und Bettwäsche rochen. Welches Jahr war das? Einundsiebzig? Zweiundsiebzig? Ein paar Jahre später, als die revolutionäre Welle vom Strand zurückflutete zu den glitschigen Steinplatten in der Tiefe des Meeres: Strandgut. Damals noch nicht: Lumpenhändler, Papiersammler, nächtlich streunende Zigeuner, die auf ihren mit Kartons, alten Matratzen und ausgeweideten Elektrogeräten beladenen Karren die Avenida de la Albufera, den Bulevar de Vallecas hinunterfahren; Kneipen, noch ohne elektrisches Licht, wo ein Mann Wein und klebrigen Anis im flackernden Licht einer Gaslampe ausschenkt oder in denen eine einsame, schäbige Glühbirne, von einem Generator gespeist, spärliches Licht verbreitet; Tresen aus alten Türen, aus Spanplatten, auf andere Holzteile genagelt, die auch von irgendeinem Abriss stammen; es wird Mus gespielt, Poker, Tute in schlecht gelüfteten Zimmern, erfüllt vom Rauch filterloser Zigaretten, *Bisontes*, *Ideales*, *Celtas*, *Rumbo*. Madrid, neunzehnhundertsiebenundsechzig, neunundsechzig, einundsiebzig, dreiundsiebzig, Revolutionszeit. Magda (keiner weiß, wo Magda geblieben ist; sie ist aus Madrid weggezogen) spielte im Violette noch viele Jahre später für uns die Platten, auf denen Ferrat oder Ferré Gedichte von Baudelaire sangen. »*Ma femme est morte, je suis libre! Je puis donc boire tout mon soul.*« Der Rausch des Mörders. »Wenn ich ohne einen Centime nach Hause kam, zerrte ihr Geschrei an meinen Nerven. Ich bin glücklich wie ein

König; die Luft ist rein, der Himmel wunderbar. Wir haben einen Sommer, ähnlich dem, als ich mich verliebte.« Das Glück des Mörders. Eine ästhetische Volte ins Düstere: Pedrito misstraute den Farbfilmen, so wie er dem Tageslicht misstraute, den sauberen, ordentlichen Lokalen, den Häusern, in denen bei Einbruch der Dunkelheit das Abendessen bereitet wurde, auch wenn es nur ein bescheidenes Essen war: Suppe, ein Stück Tortilla, Kroketten aus den Resten vom Sonntagshuhn; den sauberen Laken misstrauen, den Duftwasserflakons, den bequem gepolsterten Stühlen, den allzu glatt rasierten Männergesichtern und den von irgendeiner Creme berührten Frauenwangen: eine Antiästhetik, die mich heute morgen einholte, als er den Arm ausstreckte, um den Schein für die Autobahnmaut entgegenzunehmen, dann legte er den Pappzettel neben das Handy in das Fach unter dem Aschenbecher, wo auch das Zigarettenpäckchen lag, aus dem er mit einem einzigen geschickten Griff eine Zigarette angelte und anzündete, bevor er die Beschleunigungsspur verließ und den fünften Gang einlegte. Von der Autobahn aus konnte ich durch den Rückspiegel oben, am Berghang, mein Haus erkennen. Es war nur ein Augenblick. Es tauchte auf und verschwand gleich wieder hinter einem grünlichen Fleck, einer Piniengruppe. Am Ende des Asphaltbandes, hinter dem Labyrinth aus Kurven, Steigungen und Gefällen, lag, trostlos und riesig, Madrid vor uns.

Zunächst schien es mir selbstverständlich, nicht hinzugehen, dann überlegte ich es mir noch einmal, rief Carlos an und sagte zu. Ich sagte: »Ich komme. Und ich freue mich.« Kurz davor hatte ich Amalia angerufen und ihr erklärt, worauf ich mich freute. Ich hatte gesagt: »Ich freue mich, die alten Kadaver wiederzusehen.« So drückte ich mich aus: »Ein letzter Blick auf uns, auf diese fast schon begrabenen Toten. Kann doch nicht schaden, noch mal einen Blick auf diese Leichen zu werfen, die man schon ewig nicht mehr gesehen hat.« Dazwischen hatte ich noch mit Rita telefoniert und sie animiert, mich zu begleiten: »Wenn du mitkommst, Dummchen, setzen Amalia, du und ich uns zusammen, und die anderen rutschen uns den Buckel runter«, sagte ich, aber sie sagte, nein, gar nicht dran zu denken, als sie erfuhr, dass Carlos kommen würde, ich glaube jedoch, die Anwesenheit von Carlos lieferte ihr nur die passende Ausrede, denn sie wollte so oder so nicht kommen. »Sag Pedrito, dass ich nicht komme, weil ich es zu heftig finde, Carlos in Gesellschaft zu begegnen und, Aug in Auge, drei oder vier ganze Stunden mit ihm zu verbringen. Das halte ich nicht aus, Demetrio. Ich ertrage ihn nicht. Ich ertrage ihn noch immer nicht.« Um sie etwas zu reizen, warf ich ein: »Es ist Walpurgisnacht. Carlos als lebendige Leiche – keine erregende Vorstellung für dich?« Das war mir einfach so rausgerutscht, ohne dass ich auf meine Stimme geachtet hatte. Ich telefonierte im Wohnzimmer und in eben dem Moment, als ich den Satz ausgesprochen hatte, fiel mir ein, dass Jorge ihn in seinem Zimmer gehört haben könnte. Ein Schauder durchfuhr mich. Ich spitzte tatsächlich einen Augenblick die Ohren, um festzustellen, ob sein Atemrhythmus sich veränderte, aber nein, er klang immer noch abgemessen und hohl, wie Meereswellen, wenn sie in das Innere einer Grotte schlagen, und so klingt das vierundzwanzig Stunden lang, Tag für Tag, seit einigen Monaten. Das ist Jorges Atem: das Meer, die dunklen, feuchten Grotten, Vorspiele dessen, was bald kommen wird. Ich stelle mir den Tag vor: die Fenster aufreißen, die Wohnung lüften, die Matratzen und die Bettwäsche zusammenrollen und sie in einen dieser Container für Sperrgut werfen, die von der Stadtverwaltung aufgestellt werden, sogar die Sprungfedern wegwerfen, das ganze Bett, alles, was seinen Körper in den letzten Monaten umgeben hat, alles, was von seinem Körper gewärmt, durchfeuchtet, berührt, belastet worden ist. Atem des Meeres an dunklen und einsamen Orten. Meereshauch. Ich vermisse das Meer, natürlich, aber jenes Meer, das sich im Sonnenlicht erstreckt oder den Mond auf seiner Oberfläche spiegelt, den Geruch nach Jod, Salz, den Geruch des Wassers, das in einem Felsloch dahinfault, wegtrocknet und eine Salzkruste hinterlässt, den Geruch nach Teer, nassen Tauen und Fisch am Hafen, klar, ich mag das, sehr sogar, auch wenn ich nie nach Denia zurückwollte, um dort zu bleiben. Ich bin hier in Madrid geblieben, wie Rita. Auch Rita ist geblieben, obwohl sie die Einzige der Gruppe war, die allem Anschein nach nur gekommen war, um ein Wochenende hier zu verbringen, um Carlos Gesellschaft zu leisten. Tatsächlich habe ich selbst lange gemeint, dass Rita Madrid nur aus strategischen Gründen ertrug, weil sie sich nicht von Carlos trennen wollte, und doch habe ich mich gründlich geirrt, wir haben uns alle geirrt, selbst Carlos hat sich, glaube ich, geirrt, und ich würde fast sagen, auch Rita mit ihren Plänen: Sie war es, die blieb, sicher ohne das im Voraus zu erwägen; womöglich merkte sie nicht einmal, dass sie geblieben war. Pedrito, Carlos und ich waren gekommen, das Winterpalais (das in Madrid Palacio de Oriente hieß) zu stürmen, wir kamen mit Mauricio, einem Kommunisten, der die KP hasste, und fanden dank der Kontakte, die uns Mauricio zu der Organisation vermittelte, bald unseren Platz in der unermüdlichen Maschinerie der bevorstehenden Revolution – Aufgaben, legale Arbeit und illegale Aktivitäten. Wenn der Palast erst einmal gestürmt war, wollten wir uns wahrscheinlich in einem der zweihundert oder dreihundert Zimmer einrichten, um den weiteren Verlauf der Ereignisse zu überwachen, damit die Revolution nicht von ihren Prinzipien abwiche und all das. Die Rote Garde, die Wächter am riesigen Strand der Revolution, auf dem sich Millionen von Seelen erheben, wie in den endlosen Dünen von Libyen Millionen von Sandpartikeln ruhen. Ehrlich gesagt, es ist mir gut bekommen, Denia zu verlassen. Was hätte ich dort gemacht, geduckt, schuldig? Ich habe mich gleich an die Stadt gewöhnt, an den Schwindel des Auf und Ab. Die Stadt ist vertikal, und dieses Schwindelgefühl zog mich an: das Urbane. Die Provinz diktiert einen anderen Rhythmus der Gefühle, einen flachen Rhythmus, ohne Rolltreppen, die zu dunklen Untergeschossen hinabführen, oder Aufzügen, die dich an Orte verfrachten, wo du die tief hängenden Fransen des Himmels berühren kannst (damals war in Madrid das Höchste der dreißigste Stock: So hoch waren die Torre de Madrid und das Plaza-Gebäude, zu dessen Dachgartencafé wir einige Tage nach unserer Ankunft hinaufstiegen und mit angehaltenem Atem die große Stadt von oben betrachteten. Später hat sich dann das Vertikale auch an der Küste durchgesetzt. Vor kurzem habe ich gelesen, dass von den zweihundert Gebäuden in Spanien, die höher als fünfundsiebzig Meter sind, hundertdreißig in Benidorm stehen). Wahr ist, dass die hysterische Lebenslust der Stadt – besonders auf die Jugendlichen jener Jahre – ansteckend wirkte und Schwindelgefühle verursachte, da diese Lebenslust nämlich in Sekundenschnelle von Traurigkeit abgelöst werden konnte, von dem Wunsch, zu sterben oder endgültig zu erkranken und für immer im Bett zu bleiben. Auf und ab. Stundenlang schnell ausschreiten, ohne fürchten zu müssen, dass einem die Gehsteige ausgehen; ins Bett wie in einen Kokon schlüpfen und dort tagelang liegen bleiben, ohne dass jemand merkt, dass du dich wieder in eine Larve verwandelt hast. Natürlich beflügelte mich in meinem Entschluss, nach Madrid zu ziehen, die Tatsache, dass Ana dort die Galerie Esquema besaß (Ana, Guzmáns seltsame Freundin, viel zu vornehm und zu alt für diesen ungeschlachten Jungen, der sich in der Rolle des Grobians gefiel. Ich wäre nie auf den Gedanken gekommen, dass die beiden heiraten könnten, und erst recht nicht darauf, dass diese Ehe als einzige halten würde. Klar, Geld bindet; die stabilste Ehe: eine Gesellschaft mit beschränkter Haftung) und dass Ana, als sie sich im Sommer zuvor die Bilder in meinem Atelier (einem verlassenen Schuppen am Hafen, wo die Ratten an der Leinwand nagten) ansah, gesagt hatte, meine Malerei, diese minimalistischen Bilder zwischen zarter Geometrie und Landschaft, seien »von einem leuchtkräftigen Perfektionismus durchdrungen, angesiedelt zwischen dem gelungenen Pinselschwung einer Landschaft von Sorolla, einem dieser kleinen Juwelen des jungen Paul Klee, die man in Bern sehen kann, und den ersten Kandinskys aus dem Münchner Museum, wo die Bilder des Blauen Reiter hängen« (das hat sie gesagt, auch wenn sie sich nicht mehr daran erinnert); begeistert war ich vor allem, weil sie, gleich nachdem sie sich in Denia eingerichtet hatte, einige meiner Bilder an ihre Freunde verkaufte, Bilder, die sie mit Lob überschüttete und die dann an den Wänden von Ferienhäusern landeten, denn mit dem Ernsthaften, Wertvollen umgibt man sich dort, wo man lebt, in Madrid, London oder Rom (heute weiß ich das). Wenn ich ehrlich bin, muss ich bekennen, dass mich die Kunst ebenso stark nach Madrid gezogen hat wie die Revolution. Waren nicht beide dasselbe? Deshalb war ich der Erste, der Pedritos Drängen, Denia zu verlassen, nachgab, er war es, der mich überzeugte, Carlos überzeugte. Pedrito selbst wurde, glaube ich, von Mauricio, dem Senior, überzeugt, der es satt hatte, in Denia auf der Straße schief angesehen und immer nur als ›Der Kommunist‹ bezeichnet zu werden; satt hatte er vor allem, dass die Guardia Civil alle naslang in sein Haus kam, die Zimmer durchsuchte und ihn in die kleine Kaserne abführte. Ich sagte so schnell zu, weil ich meinte, dass ich nicht einmal die Vermittlung des Alten brauchte, um dort leben zu können. Ich würde irgendetwas arbeiten, vor allem aber meine Bilder verkaufen. Sofort würde ich Bilder verkaufen. Wenn ich sie schon in Denia an die wenigen Madrider, die herkamen, verkaufte, wie sollte ich dann keine Käufer unter den Millionen finden, die in Madrid wohnten. Schon nach einfacher Wahrscheinlichkeitsrechnung musste ich etwas verkaufen. Ich hatte in meiner jugendlichen Unschuld noch nicht kapiert, dass die Bilder von Demetrio Rull gerade recht kamen, um sie zwischen einen getrockneten Haifischrachen, montiert auf ein Teakholzbrett, das an die Kajüte einer Yacht erinnert, und ein Schaukästchen mit Seemannsknoten zu hängen, obligate Dekorationsgegenstände im Esszimmer der bürgerlichen Ferienhäuser mit nautischem Flair. Als Ana mich zum ersten Mal einen Autodidakten nannte, war ich bewegt, alles war Frucht meiner Arbeit, meiner Anstrengung, ich war stolz, damit rächte ich mich an einer Kunstakademie, die mir erst ein Disziplinarverfahren angehängt und mich dann ausgeschlossen hatte. »Demetrio kommt aus einer einfachen Familie«, sagte Ana, »er ist Autodidakt. Außerdem ist er der Einzige, der keine abstrakte Kunst machen will.« Nein, das stimmte nicht ganz: Ich hatte ein paar gute Lehrer an der Akademie gehabt und wollte nur nicht das malen, was man, wie alle sagten, malen musste, sondern das, was ich konnte, das, was ich beherrschte und was mich interessierte, denn das andere, worauf die Kommilitonen aus waren, etwas Originelles zu schaffen und endlos zu wiederholen, um als unverwechselbare Künstlerpersönlichkeit aufzufallen, das hielt ich für Betrug und, noch schlimmer, für Selbstbetrug. Ana erkannte mein Händchen fürs Zeichnen und beauftragte mich mit einigen sozialkritische Graphiken, die ihr dabei halfen, ihren Ruf einer engagierten Galeristin zu begründen, Blätter, die dann auch recht erfolgreich unter Gewerkschaftern und Aktivisten linker Parteien verkauft wurden. Das bedeutete aber, dass ich dazu verdammt war, nicht aufzusteigen, Autodidakt zu bleiben, obwohl ich das nicht war; Autodidakt war zum Beispiel Román Alcóllar, dem hat keiner etwas beigebracht, und er hat bis heute nicht viel dazugelernt, dennoch stellt er nun in der Galerie Esquema aus. Er ist jetzt der Künstler, der ich nicht geworden bin. Román Alcóllar, den Ana ein paar Jahre später durch mich kennen lernte und den ich auf nächtlichen Eskapaden zu wenig empfehlenswerten Orten in Valencia und Barcelona kennen gelernt hatte (es gab eine flüchtige Affäre), ihn hat Ana nie als Autodidakten bezeichnet. Ich stellte sie einander vor, und sie waren sogleich voneinander angetan (die Affinitäten der Klasse). Das heißt, mich Autodidakt zu nennen, war eine Form, mir Grenzen zu setzen, mich auf meinen Platz zu verweisen; damit sagte sie mir, ich könne zwar bezaubernd und komisch sein wie der Zöllner Rousseau, aber niemals groß wie Monet. Meine Kunst könnte man für erstaunlich halten, sofern man den sozialen Raum, aus dem ich kam, kannte und berücksichtigte. Natürlich konnte ich damals Román in nichts übertreffen, was nicht das strikt Handwerkliche anging: Zeichnen und Malen. Aber das genügte nicht in einer Zeit, in der die Kunst wieder begann, eine Form der sozialen Praxis, ein Teil des geselligen Lebens zu werden. Alcóllar schickte ihr belgische Pralinen (die Pralinen von Godiva waren Anfang der Achtziger in Spanien noch ein seltener Luxus), Blumen, Postkarten, obwohl er geradezu genetisch geizig war und ist, und wenn seine Eltern nach Madrid kamen, nahmen sie Ana mit zum Essen in die Restaurants, die damals en vogue waren. Sie überließen Ana sogar das Chalet am Meer, bis das Haus so weit war, das Andreu, Carlos' älterer Bruder, für sie baute (auch den habe ich ihr vorgestellt). Und als Anas Haus fertig war, schlugen sie ihr vor, weil sie doch so gerne Feste veranstaltete und Gäste empfing, doch weiter ihr Ferienhaus zu benutzen und dort Anas Mutter unterzubringen, die an Alzheimer litt (»dann stört sie euch nicht, wenn ihr Besuch empfangen wollt«). Die Alcóllars haben also freiwillig auf ihr Haus verzichtet, damit Ana und Guzmán zwei hätten (die beiden waren bereits verheiratet und hatten sich vermehrt, und die Zwillingen jagten sich mit Knüppeln durch den Garten, in dem sie eine Holzhütte errichtet hatten). Die Alte und ihr Dienstmädchen wandelten durch das dreihundert Quadratmeter große Haus der Alcóllars wie weiland Ludwig II. durch die leeren bayerischen Schlösser gewandelt sein muss, während die Besitzer zwei grauenvolle Sommer in Neubauten ausharrten, die noch nicht verkauft waren und nach feuchter Farbe rochen, mit dem Lärm der Poliermaschinen aus dem nächstliegenden Bungalow in den Ohren. Es kommt mir alles dermaßen abartig vor, dass ich es keinem erzählen, mit keinem darüber sprechen könnte, der diese Jahre nicht hautnah miterlebt hat. Jeder muss glauben, ich denke mir das alles aus. Ana ließ sich ein paar Jahre lang den Hof machen (sie empfing ihre Entourage aus Madrid, während die Alte und ihr Dienstmädchen in dem Chalet saßen), bis Alcóllar ihr die Karte zeigte, die er in seinem Ärmel versteckt hatte. Er hatte ihr bis dahin nie gesagt, dass er sich zum bildenden Künstler berufen fühlte, hatte nur die Sensibilität eines Kunstbetrachters hervorgekehrt, aber keinen schöpferischen Willen. Diese Facette hatte er in der ersten Phase ausgelassen, die hatte es in dieser Bekanntschaft nicht gegeben, bis er Ana eines Nachmittags in sein Studio führte, ihr eine Sammlung der von ihm geknipsten Fotos zeigte (»Rührend: Landschaften im Abendlicht, ja, reichlich Sonnenuntergänge, Kaffeehausstühle, getrocknete Blümchen«, lästerte sie mir gegenüber) und dann mit einem Mal verlangte, sie solle die Fotos in einer Einzelausstellung in ihrer Galerie zeigen. Man weiß ja, die Oberklasse kommt nie durch den Dienstboteneingang. Ich spreche von einer Zeit, lange nachdem sie sich kennen gelernt hatten, von den späten Achtzigern: Román muss schon um die vierzig gewesen sein, war aber ein launisches Kind geblieben. Klar, an diesem Punkt wurde sie hartmäulig (»Zu früh. Jetzt würde das deiner Karriere nur schaden. Man muss so etwas langfristig vorbereiten«). Ana erträgt alles mögliche, nur nicht dass das Image ihrer Galerie angekratzt wird, ihr eigenes Image, ihr Recht, sich ein eigenes Image aufzubauen: Sie weiß, ihr Kapital, ihre Investition besteht darin, dass niemand den Mechanismus kennt, der die Geheimtüren zu ihrem Heiligtum öffnet, obwohl es sich im Grunde um einen ganz einfachen Mechanismus handelt; er heißt Geld, die genaue Funktionsweise verbirgt sie jedoch hinter undurchsichtigen Schleiern und einem genauen Gespür für das Tempo. Sie weiß, ist diese Voraussetzung erfüllt, kann man jedes x-beliebige Gerede anstoßen, allen möglichen Lärm um ein Werk provozieren: Was nicht aufmüpfig ist, ist anrührend, was nicht avantgardistisch ist, ist bewusst eingesetzter Kitsch, was nicht Dekonstruktion ist, ist Konstruktion. Auf alles lässt sich eine Theorie aufpfropfen. Román, derart zurückgewiesen, überhäufte sie mit einer Litanei scheinbar widersprüchlicher Schmähungen, die aber in ihrer Gesamtheit tatsächlich ziemlich genau die komplexe Persönlichkeit von Ana Malta de Thalit trafen. Diese Frau ist ein so komplexes Wesen, dass – obgleich die Liste der Beleidigungen endlos zu sein schien und eine Reihe von Gegensätzen enthielt – immer noch einige ihrer bedauerlichsten Züge ausgeschlossen blieben. Am Ende schleuste sie ihn gewissermaßen heimlich in die Galerie, allerdings erst gegen Ende der Saison, und sorgte diskret dafür, dass möglichst wenige aus der Szene davon erfuhren; eine Absicht, die Alcóllar, wenn auch nur teilweise, durchkreuzte, indem er von sich aus Hunderte von Einladungen für die Vernissage verschickte, die glücklicherweise die Eingeweihten der Hauptstadt kaum erreichten, da er in Madrid keine Beziehungen zur höheren Etage der Kunstkenner besaß. Román wollte die Ausstellung und ein großes Fest, die Weihe in Madrid, und er wollte nach Denia mit einem Zeugnis der Anerkennung zurückkehren, und ich muss zugeben, dass Ana sich noch verhältnismäßig anständig verhielt, als sie ihm sagte, es sei verrückt, mitten in Madrid eine Vernissage zu einem Zeitpunkt auszurichten, an dem die Kunstszene Ferien machte. »Wenn du das weißt, warum hast du dann die Ausstellung auf dieses Datum gelegt?« »Du weißt, ich hatte keine andere Wahl«, rechtfertigte sich Ana und führte frühere und unumgängliche Verpflichtungen an. Trotz der ungünstigen Voraussetzungen bestand er jedoch auf einem »Fest mit allem vom Besten«. Und die Thalit lieferte es ihm, allerdings ohne einen Cent zu investieren. Es gab Dom Perignon, und eine befreundete Stewardess brachte aus Paris einige Foies de Périgord, ein Dutzend Büchsen Kaviar und ein Kistchen mit Käsen aus Androuet. Das Feinste. Das Teuerste, was in Paris aufzutreiben war. Er zahlte, seine Familie zahlte. Dennoch erschien, wie Ana vorausgesagt hatte, niemand. Sie selbst – und sie hatte ihn vorgewarnt – konnte, obwohl theoretisch Gastgeberin, natürlich nicht anwesend sein, unumgängliche Verpflichtungen in New York hielten sie dort den ganzen Monat über fest. Sie schickte ihren Mann, den dicken Guzmán, und den Mann ihrer Freundin, der Malerin Ada Dutruel de Bartos, also Juan Bartos, der damals noch Ästhetikseminare an der Fakultät hielt, ehe er später zu einem Stammgast jener Runden wurde, bei denen über das Für und Wider der Todesstrafe, der Euthanasie oder über abstrakte Kunst diskutiert wurde. Dumm nur, dass die Begleiter des Professors weder Künstler noch Kunstbeflissene waren, sondern Studenten aus seinen Seminaren (das war alles, was er aufbieten konnte, wenn er nicht den Ruf der Galerie kompromittieren wollte), junge Leute in Trainingsjacken und Pudelmützen, mit Motorradhelmen, Jeans und Adidas-Turnschuhen. Román war am Boden zerstört; er hatte von einer Nacht voller Glamour und Luxus geträumt, Schuhe von Blahnik, Jacken von Gaultier, Westen von Montesinos und so weiter, und nicht von einer Gruppe gieriger Lulatsche, die, radikal, wie Jugendliche eben sind, über die spießigen Fotos lachten, die an den Wänden von Esquema hingen, derweil sie sich auf die Kaviarcanapés stürzten, mit dem gleichen Eifer, mit dem die Ameisen der Marabunta sich auf die Wächter stürzten, die auf ihrem Posten eingeschlafen waren. Nachdem die gierigen Jungen verschwunden waren, der Kaviar sich verflüchtigt hatte und der Champagner verdunstet war, füllte ein zähes Nichts die Galerie an. Kein Mensch, an keinem Tag, zu keiner Stunde. Keiner außer mir, der nach jenem für Román so bitteren Abend drei oder vier Nachmittage hintereinander vorbeikam, weil ich mir nicht seinen blinden Zorn, sein nervöses Tigern durch die Galerie, seine telephonische Hysterie entgehen lassen wollte: wie er die einen oder anderen anschrie, weil sie an irgendeinem Ort der Welt waren, statt hier seine Fotos zu betrachten. Einen Monat später erlebte ich in Denia aus nächster Nähe das Ende des ersten Akts der Beziehung zwischen dem Maler und der Galeristin: Ich musste Ana und Guzmán dabei helfen, überstürzt das Haus der Alcóllars zu räumen, die Alte und das Dienstmädchen eingeschlossen. Román hatte sie hinausgeworfen und dafür einen ungemütlichen, spätherbstlichen Tag ausgesucht: Hagel, Wolkenbrüche, überschwemmte Landstraßen, Orkanböen, die Äste von den Bäumen knickten und abgerissene Palmwedel fortwehten: »Soll der Himmel über euch einstürzen. Ihr schafft die Alte und euren Kram noch heute Nachmittag weg, oder ich stell alles vor die Tür, damit die Überschwemmung es wegspült«, hatte Alcóllar geschrien, der in seiner blinden Wut beschlossen hatte, die Leica und die Hasselblad gleich mit zu entsorgen und die ganze komplexe Welt der Kunst aus seinem Leben zu verbannen, eine Welt, die Ana Malta de Thalit symbolisierte, auch wenn sie nur eine bescheidene Repräsentantin war – für ihn war sie die Puppe, in die man Voodoo-Nadeln stechen konnte. Leben, um Alcóllar als Star der Galerie Esquema zu erleben. Leben? Neulich vormittags, als ich in die Galerie ging, um mit Guzmán und Ana zu sprechen, geschützt von der Ausrede des Abendessens, zu dem Pedrito geladen hatte, und um nebenbei zu überprüfen, wie es meinen Lagerbeständen ging und ob ich irgendeinen Verkauf kassieren konnte, betrachtete ich die trübseligen Fotos, die, von Alcóllar übermalt, dort hingen (ich wusste nichts von der Ausstellung, sie schicken mir schon lange keine Einladungen mehr), und ich dachte mir, es sei ein Jammer, dass Ana nicht zu dem Essen heute kommen könne, damit die andere Galerie, die der Zombies, etwas üppiger und besser vertreten wäre. Ohne Ana ist das Familienporträt versehrt, die Sicht auf die Landschaft unserer Jugend ist schief, der Horizont, aus einer bestimmten Perspektive gesehen, unvollständig; da sind Bereiche verborgen, existieren nicht, sind verschwunden, an irgendeinem Ort von einem Erdbeben begraben oder einfach von den Ablagerungen, die sich im Laufe der Jahre angesammelt haben. Die Perfektion, die nichts anderes ist als eine glaubhafte Darstellung, erfordert, dass alle repräsentativen Elemente zusammenwirken, wie in den chinesischen Gärten (Ana muss das wissen, sie war mehrmals in China, auch damals, als Elisa dort war). In den chinesischen Gärten, die als Meisterwerke gelten, sieht der unwissende Blick nichts Besonderes, nichts, das mehr böte, als er schon in anderen Gärten gesehen hat; der Unwissende glaubt nicht einmal, dass dieser Garten den Schönheitsgrad jener Gärten erreicht, die er zuvor gesehen hat und die sich nicht einer so hohen Wertschätzung erfreuen. Dann aber kommt der Wissende und erklärt ihm diesen Garten von einem anderen Kodex her, dem der chinesischen Gärten, und erzählt ihm, dass die Vollkommenheit sich eben in jenem Raum zeigt, der ihm klein und unscheinbar erschienen ist, aber in Wirklichkeit von ungeheurer Bedeutung ist, weil er eine vollständige Darstellung der Welt mit ihren Ebenen, Tälern, Hügeln, Flüssen, Seen, Kaskaden, Teichen, hohen Bergen ist, ja sogar der Himmelsperspektiven zwischen den verschiedenen Formationen, die sich in Harmonie befinden mit der jeweils genau stimmigen Vegetation; und genau dies ist das Wertvolle, dass der Garten eine transportable Welt darstellt, vollständig, vollkommen, wie auch der Wert eines perfekten Peking-Banketts in der

Repräsentation einer Welt liegt, in der alles vertreten ist: das Süße und das Salzige, das Bittere, das Saure, das Knusprige, das Glibbrige, das Weiche, das Schleimige, Kaltes, Heißes, Laues; und so muss auch ein Fest eine Gruppe repräsentieren, das Saure und Bittere vermengt mit dem Süßen, dem Salzigen und dem fast schon Faden. Etwas in der Art bietet die Kunst, die glaubhafte Darstellung der Welt in einem Aquarell, in einem Taschenbuch. Ana, die Felsen und der Schlamm, die Gipfel und die Ebenen, das Süße und das Salzige, das Bittere und das Fade, Glühendes und Eisiges, alles präzise berechnet: ihre ausgeglichene Mischung aus Gleichgültigkeit und Gier, aus ätherischer, nervöser Sensibilität und eisernem Geschäftssinn darf als Speise nicht bei dem Bankett derer fehlen, die wir waren, damit die Darstellung der Welt mit ihren Wolken, Flüssen, Tälern, Hügeln und Gebirgen hinlänglich glaubhaft wird, doch offenbar war es für sie nicht möglich, eine Verabredung in Paris abzusagen, ein Treffen mit keinem Geringeren als Boltanski. Hat uns Lalo erzählt. Das heißt, sie hat ihrem Sohn aufgetragen, uns das zu erzählen. Mir zu erzählen, denn was sagt Pedrito schon der Name Boltanski. Oder ist er in Sachen Kunst noch auf dem Laufenden? Ich weiß nicht. Seine Hände riechen zu stark nach Zement, obwohl er sich bemüht, transzendent zu wirken. Er sagt: »Scheiß auf die Zukunft. Ist doch nur eine Idee in unseren Köpfen. Die Zukunft gibt es nicht. Sie ist reiner Gedanke, merkt ihr das nicht?« Und nach einer Pause, als wäre er in einen Sekundenschlaf gefallen und wieder aufgewacht: »Das ist das Schlimme an der Zukunft. Dass sie, obwohl sie nicht existiert, schwerer auf uns lastet als die Vergangenheit, die sich ebenfalls schon verflüchtigt hat. Ein provisorisches Leben, Leben im Wartesaal. Kommt es dir nicht so vor, als warteten wir auf so etwas wie die Ankunft eines neuen Lebens? Als sei das hier nur eine Pause, und als würden wir, gäbe man uns nur einen Vorwand, alles Erreichte zum Teufel schicken?« Ich habe resigniert mit den Schultern gezuckt. »Ich weiß nicht, Pedrito«, habe ich geantwortet, »was soll ich dazu sagen? Die Landhäuser mit Kasernen vertauschen, die Federkernmatratze mit einer Matte auf dem Feldbett; Revolution heute, in diesen Zeiten, nein, ehrlich gesagt, daran glaube ich nicht. Wenn du das meinst, das glaube ich nicht, wirklich nicht.« Es hat mir gestunken, dass Taboada und Guzmán, die einen Haufen Kohle haben, mit dem Kopf nickten, während er sprach. Es hat mir gestunken, die zufriedenen Mienen von Guzmáns Zwillingen zu sehen. Und ich habe mir gedacht, es sei besser, ihnen keine Ausflucht zu lassen. Abgesehen von denen wie ich, die so gut wie nichts haben und sich mit Klauen und Zähnen daran festkrallen, scheinen alle anderen darauf versessen zu sein, das Erreichte zu verlieren. Im Übrigen interessiert sich Ana seit zwanzig Jahren nicht mehr für meine Arbeit. Ich bringe ihr die Bilder in die Galerie, sie lagert sie irgendwo und gibt sie mir, Monate später, mit dem Hinweis auf die schlechte Situation wieder, oder aber sie lagert sie weiter an irgendeinem geheimnisvollen Ort, zu dem ich nie Zugang gehabt habe. Wenn ich nicht dabei bin, sagt sie sicherlich, dass sie nur aus Treue zu dem, was uns einst verbunden hat, meine Arbeiten weiterhin annimmt, und das bedeutet, statt meine Bilder zu verkaufen, treibt sie ihren eigenen Wert am globalen Markt der Solidarität und des guten Gewissens hoch. Guzmán und sie leben davon, sie erlauben sich noch, davon zu leben. Ich bringe ihr weiterhin meine Arbeiten, weil sie ab und zu etwas Kleineres verkauft: ein Aquarell, eine Gouache oder irgendeine Federzeichnung. Für Demetrio Rull steht also Madrid, das er dennoch nicht verlassen will, drei Jahrzehnte nach seiner erregenden Ankunft in der Hauptstadt des Reichs, weder für die Kunst noch für die Revolution. Ich bringe meine Sachen unter, so gut ich kann (der eine oder andere Freund kommt ins Atelier und nimmt etwas mit), und klage nicht über meine Arbeit als Nachtwächter im Eurobuilding. Es stimmt, dass ich Madrid nicht verlassen will, aber es stimmt auch, dass ich immer öfter nach Denia zurückkehre. Dort treffe ich manchmal Carlos und vor allem seinen Bruder Joaquín, meinen Freund aus Kindertagen. »Joaquín und du, ihr seid meine einzige Familie«, sage ich zu Carlos, und manchmal glaube ich sogar, dass es stimmt. Bei Jorge denke ich nie an Familie. Geliebter, ja, oder besser: Partner, denn Geliebter ist derjenige, mit dem einen Leidenschaft verbindet, und das beschreibt seit endloser Zeit nicht mehr die Beziehung zwischen Jorge und mir. Seitdem meine Eltern gestorben sind, gehe ich meinem Bruder – dem einzigen legalen Verwandten, der mir geblieben ist, dessen Kinder mich einmal beerben werden, wenn nichts dazwischenkommt – möglichst aus dem Weg. Er hat sich schäbig benommen am Ende, nach dem Tod meiner Mutter. Das Gerangel um das, was ihm zustand, mir zustand; besonders lächerlich, da ich keine Kinder habe und auf lange Sicht eh alles denen, die sein Schwanz gezeugt hat, zugefallen wäre. »Steck dir doch alles in den Arsch«, habe ich ihm gesagt. Alles war so gut wie nichts: das Häuschen von sechzig Quadratmetern in der Nähe der Burg, im ärmsten Viertel der Stadt, die vier albernen Möbel, die Laken, so lange benutzt, dass sie eher durchsichtig als durchscheinend waren, allerdings sauber, das schon, und sorgfältig in den Schubladen des Schranks verwahrt, dessen Spiegel vom Zahn der Zeit und der Feuchtigkeit des Meeres fleckig geworden war. Wie auch immer, ich fahre so oft nach Denia wie nie zuvor. »Wir alten Elefanten riechen das Ende und suchen den Friedhof«, sage ich zu Carlos, wenn ich ihn treffe, und er nimmt das mit dem Ende gleich wörtlich und tragisch: »Was ist denn? Irgendwas mit dem Virus?«, fragt er, weil er glaubt, dass ich von der Krankheit rede, von meinem bevorstehenden Ende. Und ich: »Man weiß eben nie, ob das, was vor sich geht, Hypochondrie ist oder Auswirkung der Infektion; ob etwas in deinem Arm, in deinem Hals wächst, und du deshalb Schmerzen hast; ob etwas in deiner Lunge wächst oder du nur Beklemmungen hast. Das Virus konfrontiert dich mit der Gewissheit des Todes. Ich weiß, das ist nichts Neues, es ist auch keine Besonderheit des Virus, dieses Gefühl hervorzurufen. Die Gewissheit und die Erwartung des Todes schleppen wir seit der Kindheit mit uns herum. Alle forschen wir, horchen in uns hinein, ob da drinnen irgendetwas wächst, ich weiß. Das Virus rückt das aber vierundzwanzig Stunden am Tag in den Vordergrund.« »Trotzdem verfügst du noch über reichlich Energie«, sagt er, »immerhin hast du dich neu verliebt.« Ich habe ihm erzählt, dass ich jeden Abend zum Gymnastikstudio bei mir um die Ecke gehe und dort Karate übe. Federico, mein Arzt, hat mir gesagt, Sport zu treiben sei gut. Ich fand im Viertel einen dieser Orte, wo man Karate lernen kann, und ich habe mich eingeschrieben. Da bewege ich mich wenigstens, tue etwas. Dort habe ich auch den jungen Mann kennen gelernt, in den ich, wie Carlos meint, verliebt bin; ich bin mir nicht so sicher, ob es das ist: Nach dem Karate trinke ich ein Glas Bier mit ihm, und wenn er mit seinen Freunden unterwegs ist, die auch an den Kursen teilnehmen, setze ich mich mit der Zeitung an eines der Tischchen in der Kneipe und beobachte sie von dort aus (sie arbeiten bei der Montage von Fensterrahmen oder so etwas in einem riesigen Wohnkomplex, der ein paar Schritt von meinem Haus entfernt gebaut wird, und sie werden, wenn sie demnächst damit fertig sind, weiterziehen, in ein anderes Viertel, ein anderes Fitnessstudio; Wanderarbeiter). Sie arbeiten schon seit vier oder fünf Monaten in der Umgebung, in dem Gebiet, das die Stadtverwaltung einmal als grünen Gürtel definiert hat und das zu einem Spekulationsobjekt geworden ist; Tausende von Wohnungen erheben sich dort, wo, wie es hieß, ein großer Garten, eine Art Ringstraße für die Madrider entstehen sollte, Wohnungen, in die junge Paare der Mittelschicht gezogen sind. Ich sage Carlos, dass ich nicht in Pablo (so heißt der junge Mann) verliebt bin, keineswegs, aber er hat sich das nun mal so zurechtgelegt. »Ich will nicht leiden«, sagte ich anfangs, halb scherzhaft, halb im Ernst, »ich will einfach nicht leiden, und wenn ich mich verlieben würde, würde ich leiden«, wahr ist aber, dass ich Pablo gerne im Gymnastikstudio treffe und anschließend in der Bar, auch wenn ich es an allzu vielen Abenden bereue, ihn zu sehen, weil seine Gegenwart mich mit einem dunklen Kummer erfüllt. »Ich bin zu alt, um ein anderes Leben zu beginnen, ich habe Aids. Stell dir das doch mal vor«, sage ich zu Carlos, »ich bandele mit dem Jungen an, erzähle ihm von mir, sage, ›Ich liebe dich, Pablo, auch wenn uns gute zwanzig Jahre gelebtes Leben trennen‹, und gleich danach: ›Ich habe Aids, mein Freund liegt im Sterben, warte, sobald ich Witwer bin, wirst du sein Nachfolger‹, merkst du nicht, wie verrückt das ist?«; im Übrigen gibt es heute keine Unschuld mehr, alle Welt hat darüber Filme gesehen, Videos, Fernsehberichte, Unterhaltungsserien und Talkrunden, jetzt kannst du nicht mehr ruhig und langsam eine Beziehung aufbauen, die nach und nach Gestalt annimmt; heute fragt dich der Typ am dritten Tag, »Was läuft bei dir? Bist du schwul oder was?«, und ich, mit meinen knapp sechzig Jahren, fürchte diesen Augenblick und verlasse das Studio die Hälfte der Male, ohne auf ihn zu warten, und setz mich allein an einen Tisch in der Bar nebenan, um Zeitung zu lesen, aber dann kommt er und fragt: »Was machst du?«, oder der Kellner sagt, wenn ich aufstehen will, dass er schon mein Glas bezahlt hat, und dann bin ich gezwungen, mich zu revanchieren, und alles beginnt von vorn. Neulich hat er mir Fotos von seiner Familie gezeigt, die er in der Brieftasche trägt: seine Frau, ein blondes Mädchen, das gesund aussieht, sehr hübsch, sie arbeitet anscheinend als Angestellte in einem großen Kaufhaus, und drei Kinder – zwei Jungen und ein Mädchen –, die ihm und seiner Frau gleichmäßig ähnlich sehen, außer dem Mädchen, das zwei Drittel nach ihm, ein Drittel nach ihr geschlagen ist. Ja, kurioserweise und obwohl Pablo viril aussieht, ist das Mädchen ihm am ähnlichsten. »Sehr hübsch alle drei«, sagte ich, »besonders das Mädchen: Es gleicht dir, hat nur langes Haar.« Er lachte, aber mir tat es weh, dieses Foto zu sehen, denn seitdem kann ich mir den Gedanken nicht aus dem Kopf schlagen, dass er und seine Frau sich lieben und zusammen sind, eine Familie. Sie verteidigen sich, verteidigen das ihre. Also, was immer ich sage, was immer Carlos darüber denkt, ob es Liebe ist – ich glaube nicht, eher eine Manie –, ich treffe ihn weiter: Ich sehe ihn und leide, und nachts dann erinnere ich mich an Teile seines Körpers, die ich im Umkleideraum des Studios gesehen habe, an seine Gebärden beim Sprechen, wenn er sich einseift, wenn er sich ankleidet, wenn er das Glas hebt oder die Zigarette anzündet; ich entsinne mich seines Lachens, setze seinen ganzen Körper zusammen, den ich nackt unter der Dusche gesehen habe, und stell mir vor, wie er seine Frau umarmt, und möchte weinen; und manchmal tu ich es sogar, ohne dass Jorge, der neben mir schläft, es hört; ich vergieße stille Tränen, während ich neben einem Freund liege, den ich schon lange nicht mehr liebe, aber ich habe auch nicht den Mut, ihm zu sagen, dass alles vorbei ist, weil er über Jahre mein Freund gewesen und jetzt zu krank ist und ich ihn in diesem Zustand nicht verlassen kann. Bis vor kurzem konnte er noch gehen, wenn auch mit Schwierigkeiten, jetzt nicht einmal mehr das. Er sieht nicht mehr richtig, atmet nur noch mit der Sauerstoffflasche, Aids hat sein Nervensystem beschädigt und seine Lunge zerstört. Halluzinationen, Sehverlust, Kaposisarkom, Soor: Aidskranke – nichts als Opfer, weder Helden noch Märtyrer. Ein Held ist einer, der sich bewaffnet, um eine Idee zu verteidigen; Märtyrer ist jener, der sich freiwillig darbietet, der auf dem Markt, auf den Stufen des Tempels oder vor den Toren des Senats, wenn die stolzen, in ihre Togen gehüllten römischen Senatoren eintreten, laut zu schreien anhebt, auf dass man ihn in den Kerker sperrt, foltert und den Löwen vorwirft. Nichts dergleichen ist bei uns geschehen, auch wenn man uns mit dem frommen Klimbim der bunten Kerzchen, der Fotos der Verstorbenen, der romantischen Lieder und der Solidaritätsveranstaltungen trösten will, alles so yankeemäßig, friscoartig, nichts davon rettet, heilt; vielleicht beruhigt es die Naiveren – mich nicht. Mich tröstet es über nichts hinweg, macht mir auch nicht Mut, im Gegenteil, es irritiert mich, ich fühle mich als Teil einer Schafherde. Manchmal, wenn ich mich im Studio ausziehe, denke ich, dass der Junge, der mich von der Seite her grüßt, bald das Viertel verlassen wird und ich ihn nie mehr im Leben sehen werde; dann sehe ich ihn duschen, möchte ihn nicht anschauen, und ohne dass er mir Zeit gegeben hätte, mich abzutrocknen, kommt er zu mir und sagt: »Gehen wir ein Bier trinken?«, und ich gehe darauf ein und trinke das Bier und denke eben das: dass er bald weg sein wird und ich ihn nicht wiedersehen werde, und an so einem Abend gehe ich schlecht gelaunt zu Bett und hasse Jorge, der die Sauerstoffflasche durch die Gänge schleift und mit seinen tollpatschigen Fingern die zehn, zwanzig bunten Pillen auswählt, die er jeden Tag am Küchentisch sitzend schluckt, das Schlucken mit mehreren Glas Wasser oder Aprikosensaft begleitend, die er mit Andacht trinkt, als glaube er, was die falschen Propheten von der dämlichen Sozialdemokratie predigen, dass es von der eigenen Haltung abhänge, was die Krankheit erreicht. Als ob die Viren auf deine Stimmung achteten und du sie mit Gebeten, Liedern oder Flötenspiel ablenken könntest. Während ich ihn hasse, hasse ich zugleich mich selbst, weil ich so erbärmlich bin, weil ich mich von einem Körper verführen lasse, hat mir nicht etwa Jorge, als wir uns kennen lernten, genauso gut wie dieser Junge gefallen? Jorge, der sich vor dem Spiegel anzog: die Unterhosen, das Unterhemd, das Hemd, fast immer ein kariertes Hemd, den Pullover mit rundem Ausschnitt, wie er den Overall der Fabrik in die Tasche steckt, während ich mich in die warme Kuhle lege, die er im Bett hinterlassen hat (die Scheißnachtschicht). Wir haben uns Eigenschaften ausgedacht (Güte, Großherzigkeit, Tatkraft), in die wir die Körper, die uns gefallen, einkleiden, um uns nicht vulgär zu fühlen (oder ist es umgekehrt, uns gefallen die Körper, in denen wir bestimmte Eigenschaften zu entdecken glauben?). Ich sage mir, dass das jetzt etwas anderes ist, obwohl ich weiß, das stimmt nicht, es ist nur insofern etwas anderes, als ich ein anderer bin, sicherlich ein schlechterer: Doch weder heilt die Freude Aids, noch heilt der Selbsthass die Liebe, noch sind Güte oder Großherzigkeit Teil der Körper, die uns gefallen, sie sind vielmehr Teil unserer Illusionen. Gegen Morgen beginne ich wieder den nackten Körper des Jungen zusammenzusetzen, ihn mir vorzustellen, und ich weiß nicht einmal, was ich mit diesem Körper täte, wenn ich ihn denn hätte, ich bin nur in der Lage, Schmerz zu empfinden, weil meine Geschichte mit dem Jungen nicht wahrscheinlich ist, sie ist auch nichts Aufgeschobenes, das sich noch einstellen oder nicht einstellen kann: Es ist eine Geschichte, die mich daran erinnert, dass meine Zeit abgelaufen ist, und deshalb weine ich, untröstlich, und versuche in Gedanken an diesen Körper, den ich gesehen habe, zu onanieren, versuche auf elendige Weise, diesen Körper zu rauben, ihn ohne Einwilligung des Besitzers zu benutzen, aber es gelingt mir nicht, und es gelingt mir auch nicht zu schlafen; und ich trinke und rauche und wandere durch das Zimmer, versuche, Jorge nicht aufzuwecken, und der Kopf tut mir weh, und ich denke: »Mir bleibt wenig Zeit, und ich nehme mir noch die wenige Zeit, die mir bleibt.« Der Arzt hat mir gesagt, ich solle nicht rauchen, nicht trinken, all das schwäche die Abwehr, beflügele das Virus, öffne ihm die Türen, wenn denn noch irgendeine ungeöffnet sei. Ich sage mir, ich sollte das nicht tun, ich sollte mir nicht die wenige Zeit, die mir noch bleibt, nehmen. Ich wollte so viele Dinge zuvor noch malen, oder vielleicht nur noch ein paar Bilder malen, vollkommene Bilder, geeignet, die Ewigkeit, die sich mir verweigert, zu erringen, doch statt die Farben zu mischen, zünde ich eine weitere Zigarette an, gehe zum Küchenschrank und hol die Whiskyflasche heraus und schütte noch ein bisschen ins Glas, ohne Eis, ohne nichts, und versuche zu malen, kann es aber nicht, denke: »Wenn es mir gelänge, ihn zu malen, meine Geschichte mit ihm zu malen, wäre ich geheilt«, aber ich kann es nicht, was ist das, eine Geschichte malen?, und ich trinke und rauche, bis es Tag wird, und denke, dieser Junge und ich sind für einander geschaffen. Der Verlauf der Nacht erzählt es mir mit immer größerer Klarheit. Wir haben uns angeblickt, uns gesprochen, haben einander erkannt oder heimlich angezogen, zugleich aber denke ich, die Uhr hat sich in der Zeit geirrt, der Raum hat sich geirrt; wir hätten in räumlicher und zeitlicher Nähe geboren werden und zusammen zur Schule gehen müssen, Freunde sein müssen, und dass dies nun nicht mehr geht und sich jeder für sich auf die Suche nach dem eigenen Schatten machen wird, der eine vom anderen versehrt, wie die Wesen von Platon, kriechen wir allein in den Schatten, in unseren eigenen Schatten. Und der Tag bricht an, und schon berührt Aurora mich mit Rosenfingern, während ich jammere und Angst habe vor diesem Schatten, der dort vorne auf mich wartet, und dann höre ich auf zu jammern und habe nur noch Angst. Am helllichten Tage entfaltet der Horizont einen Vorhang, der etwas Grauenvolles verbirgt. Ich beschmiere die Oberfläche der Leinwand, trage eine Grundierung auf, dann lege ich den Pinsel weg und lass mich auf das Sofa fallen, denn in dem Bett liegt Jorge. Der Klang von Jorges Atem dringt aus dem Zimmer und besetzt langsam die ganze Wohnung. Der Tod entfaltet sich im Haus wie ein Papierfächer, wie Gaze, wie ein zarter, durchsichtiger Seidenstoff. Ich denke an den Drachen aus Seide, der mitten in Elisas Arbeitszimmer von der Decke hing und den sie von jener Chinareise mitgebracht hatte, bei der auch Narciso, Guzmán, Ana und wer weiß noch dabei waren. Pedrito blieb außen vor. Wochenlang tröstete er sich über Elisas Abwesenheit hinweg, indem er im *Violette* Magda bat, französische Liebeslieder für ihn aufzulegen. »Les feuilles mortes«, »Et maintenant« und dergleichen. Ich glaube, es war kurz vor dieser Reise, als er sich mit Elisa zerstritt. Geliebt, richtig geliebt, hat sie ihn, glaube ich, nie, obwohl sie eine Zeit lang zusammenlebten. Pedrito war für sie zu wenig, Elisa war auf eine andere Art Feinfühligkeit aus, auf eine andere Klasse, allerdings hat er sich wohl auch danebenbenommen, ist allzu vertraulich geworden, und man weiß ja, Klasse stellt sich über Distanz her, flieht jede Art von Promiskuität. Auch er war ja auf seine Weise Autodidakt, ein Eindringling. Das ist er immer noch, selbst wenn die Knete ihm aus den Taschen quillt. Geldscheine mit Zementspuren. Sie sind genau so viel wert wie die anderen, man kann sie aber nicht in Gesellschaft vorzeigen. Sie sind genauso viel wert, aber auf andere Art. Der Drachen aus Seide, damals die Leichtigkeit selbst, verkörperte die Süße des Lebens, jetzt aber kommt er mir wieder in den Sinn als heimtückische Verkörperung der Distanz und des Todes. Gedanken. Gegen Abend gehe ich in das Gymnastikstudio, und auch heute treffe ich den jungen Freund nicht (seit drei Tagen kommt er nicht), womöglich ist seine Arbeit im Viertel schon beendet, und er kommt nicht wieder, allerdings glaube ich, dass er mir in diesem Fall seine Adresse, seine Telefonnummer hinterlassen hätte, dass er sich verabschiedet hätte, obwohl, wenn ich genauer darüber nachdenke, warum hätte er das tun sollen? Was bin ich schon für ihn, was habe ich in seinem Leben bedeutet? Ein paar Kneipengespräche in einem Viertel, wo er keinen kannte. Ich habe ein Glas getrunken und bin wieder heimgegangen. Um mich noch mehr zu ermüden, habe ich beschlossen, die Treppen hinaufzusteigen, statt den Lift zu nehmen. Fünf Stockwerke. Ich öffne die Tür heftig atmend, obwohl ich einen Moment lang auf dem Treppenabsatz stehen geblieben bin, bevor ich die Schlüssel herausholte. Mein Atem scheint von der Diele aus den Atem von Jorge zu suchen, der im hinteren Zimmer liegt. Für ihn bin ich jemand, habe ihm viel bedeutet, auch wenn wir an dieser Bedeutung jetzt schwer wie an einer Kette tragen. Ich schaue hinein, um nach ihm zu sehen. Er schläft. Ich verbringe die Nacht im Atelier, vor der Leinwand, die ich gestern beschmiert habe, aber ich arbeite nicht. Ich lass mich auf das Sofa fallen, und vom Sofa aus sehe ich, wie, während der Tag sich vorankämpft, hinter dem Fenster der Schattenvorhang wächst. Ich versuche mich daran zu erinnern, wie Jorges Stimme klang, bevor der Soor seinen Mund infizierte und sich in seinem Hals festsetzte, ihm diese rissige Stimme eines ständig Betrunkenen verpasste. »Mir gefällt dieser Polizist. Er hat so eine hübsche Schrift«, sagte er, als uns voriges Jahr im Sommer, wir fuhren vom

Urlaub zurück, die Verkehrspolizei anhielt und einen Strafzettel verpasste. »Sie haben eine entzückende Schrift«, sagte er zu dem Beamten, der mit offenem Mund dastand und nicht wusste, was er antworten sollte. Und, während wir uns von dem Posten entfernten: »Ich möchte nicht, dass du mich nach Salamanca bringst, um mich zu beerdigen. Eine Leiche wiegt so schwer. Wenn es nur die Knochen wären, würde es mir nichts ausmachen. Die Knochen werden mit der Zeit hohl und wiegen nichts, aber die Leiche wiegt so schwer. Es strengt mich an, wenn ihr mich rumschleppt, es ist, als müsste ich die Strecke zu Fuß zurücklegen. Beim bloßen Gedanken werde ich müde. Gut wäre es, wenn ihr mich erst mal in Madrid begraben würdet, und dann, wenn einige Zeit vergangen ist, wenn die Knochen mir nicht mehr so schwer sind wie jetzt (zu dem Zeitpunkt fiel es ihm schon schwer, sich zu bewegen, und jede Bewegung bezahlte er mit großen Schmerzen, aber er bemühte sich noch zu gehen, hinunter auf die Straße und einmal um den Block), dass ihr mich dann in mein Dorf bringt. Obwohl, das Beste wäre, wenn sie uns hier in Madrid begrüben, beide zusammen. Die hohlen Knochen klingen gegeneinander, erzeugen Musik, wenn der Totengräber sie bewegt, Marimbamusik, und dann, wenn man sie aufeinander häuft, bevor man sie ins Massengrab wirft, sind es Flöten, die der Wind bläst, die Knochen.« Er sagte es lachend: Bis dahin war die Krankheit immer noch zu ertragen gewesen; Schmerzen bei jeder Bewegung, das ja, Beschwerden, Untersuchungen, Analysen, das Ätzende der Medikamenteneinstellung; Ekzeme, die nach ein paar Wochen Behandlung wieder verschwanden; Flecken, von denen einige auf der Haut zurückblieben wie Katzentritte auf frischem Zement. Flüchtige Begegnungen mit der Krankheit, erste Kontaktaufnahmen, es war noch nicht eine dauerhafte Beziehung; das Schlimmste, ästhetische Fragen:

Pickel, Ekzeme, Flecken. »Ich sehe grauenhaft aus. Wer will sich schon einen Schwanz mit einem schwarzen Fleck anschauen.« Man konnte noch, aus dem Loch heraus, Witze machen. Mit dem Virus kokettieren. Die wirkliche Ehe mit der Krankheit kam später. Keine Fragen der Ästhetik mehr. Eine Frage der Zeit, die gegen den Uhrzeiger läuft. Jorge hat Angst davor, verbrannt zu werden. Er ist davon überzeugt, dass das Feuer wehtut, dass nach dem Tod die Zellen des Leichnams noch empfindungsfähig sind und das Feuer schmerzhaft sein muss. Es ist keine religiöse Frage, es ist eher ein physiologischer Aberglaube, Rudimente eines bäuerlichen Bewusstseins, das nicht wirklich an die Fortschritte der Wissenschaft glaubt. Mich hingegen graut es davor, auf dem Friedhof zurückgelassen zu werden, umgeben von all diesen schrecklichen, verstümmelten Leuten: Gesichter ohne Nasen, ohne Ohren, Lumpen, die an Knochen kleben, Haare, Nägel, all das, was Alcóllar letztens zu fotografieren beliebte und dessen Abbilder derzeit in der Galerie Esquema hängen (jetzt fotografiert er statt Blümchen und Landschaften Abfälle, denen die düstere Textur abstrakter Bilder eigen ist, die übermalt er dann, bedeckt sie mit nervösen Pinselstrichen: das Lebendige und das Starre, er fotografiert Morgue-Betten, blutbefleckte Laken, Leichen). Ich denke an das Ende, an kriechende Tiere, an die Larven, die sich in den kleinen Pfützen der Verwesung mästen, an Nagetiere, die ihre Zähne in das faulige Fleisch schlagen, an das Surren der grün schillernden Schmeißfliegen; ich denke voller Grauen an etwas, das einem weltlichen Jüngsten Gericht ähnelt, an eine Art von Wahrheitsmaschine, die der Tod bereithält, an ein Wissen der Toten, das die Lebenden nicht erreicht. Und neben mir im Grab verwest Jorge, der im Zuge dieses Prozesses meine Gedanken der letzten Monate erfährt, meine Untreue; er erfährt von meiner Beklemmung, davon, wie sehr ich den Ekel überspielen muss, wenn ich ihn versorge, wenn ich seine Windeln wechsle, deren Geruch mich stundenlang verfolgt; und, nachdem er das alles erfahren hat, liege ich noch ein Jahrhundert, zwei Jahrhunderte weiter an seiner Seite, nach diesem Gericht, nach dem Durchgang durch die Wahrheitsmaschine des Todes, still, horizontal, einer neben dem anderen. Ich weise den Gedanken ab. Auch bei mir ist das Aberglaube, ein makabres Gewand, in das sich die Schuld kleidet. Ich will an den Polizisten mit der hübschen Schrift denken, dunkle, ausdrucksvolle Augen, eine rundliche Hand, wie von einem guten Familienvater, der das Köpfchen seines Sohnes stützt. Ich kann nicht, ich kann nicht denken, ich kann das Bild nicht fixieren und frage mich, was mache ich hier? Was habe ich hier zu schaffen? Warum esse, rede, lache ich mit diesen Leuten? Jetzt kann ich es mir nicht mehr verzeihen, dass ich gekommen bin.

Wir wären alle gut, wenn wir Zeit hätten – und Geld, klar. Warum dann nicht einen Teil dieser Zeit, dieses Geldes einsetzen, um Gutes zu wirken? Wie Tita Cervera, wie Mari Luz Barreiros, Paloma O'Shea oder Königin Sophia? Museen eröffnen, Stiftungen einweihen, die Schirmherrschaft über Musikfestivals übernehmen? Ätzend ist es, sich abstrampeln zu müssen: sich jeden Morgen ins Büro zu setzen und die Telefonleitungen abzugrasen, so wie die Nutten bei Einbruch der Nacht die Gehsteige, übers Telefon eine verzweifelte Jagd auf Opfer zu starten. Mit den Sprüchen loslegen: »Es handelt sich nämlich um ein ganz besonderes Heft. Du kannst sicher sein, die Zeitschrift wird alles auf die Sommernummer setzen. Du wirst sehen. Die Großen haben alle schon zugesagt. Soll ich dir die Liste vorlesen? De la Ribera, da werden alle dabei sein. Alle wichtigen Kellereien. Vom Penedés alle, auf die es ankommt, und aus Rioja, soll ich vorlesen? Ein Jammer, dass ihr nicht dabei seid, das wird auffallen, ziemlich auffallen. Ach so, dein Chef ist heute nicht da? Na gut, sag ihm, Rita hat angerufen und meldet sich morgen um die gleiche Zeit wieder. Ach, morgen kommt er auch nicht? Ja wann kommt er denn zurück? Was heißt hier bald, Montag nächster Woche? Na gut, dann lassen wir es, Junge, ich geb dir meine Handynummer, und die gibst du ihm, falls er mich im Büro nicht erreicht. Aber ich rufe auf alle Fälle nächste Woche wieder an. Ganz sicher.« Klick. Erster Kontakt daneben. Ich mache weiter. Dasselbe Lied von zehn Uhr morgens bis zwei Uhr nachmittags wiederholen. Tag für Tag, ohne Pause. Genau das ist das Schwierige, Tita, Sophia, Mari Luz: Luft verkaufen, das war die Spezialität von Carlos, von Pedrito, jetzt ist es meine, und Luft verkaufen ist reichlich schwierig geworden in diesen virtuellen Zeiten. Zu viel Konkurrenz. Nach der Telefonhatz am Morgen kommt um zwei Uhr mittags der physische Einsatz: Man hetzt zum Taxi, das einen zu *El Amparo* fährt. Dieses Jahr werden alle Empfänge in *El Amparo* ausgerichtet, und das liegt für mich extrem ungünstig. Die vom Somontano präsentieren ihren neuen Jahrgang, der als exzellent qualifiziert worden ist. Wie wollen sie den bitte qualifizieren, wenn sie sich dabei doch selbst qualifizieren! Richter und Kläger. Und nachmittags, wenn mir das Dessert noch im Hals steckt, fliege ich zurück ins Büro, weil mein Chef will, dass wir die Vorgaben für das nächste Trimester festlegen. Er will ungefähre Schätzungen, wie viel reinkommen wird. Und wie soll ich ihm sagen, dass ich keinen blassen Schimmer habe, dass abgesehen von dem halben Dutzend Inserenten, die für das ganze Semester unterschrieben haben, der Rest *chi lo sa*, und selbst auf die, die unterschrieben haben, ist kein Verlass, im letzten Jahr sind die Kaffeeleute Mitte des Jahres abgesprungen, weil sie ihren Werbechef hier in Madrid ausgewechselt hatten und eine Fernsehkampagne starten wollten, das wollen jetzt alle, ins Fernsehen statt in die Presse, und erst recht nicht in Monatszeitschriften, die Presse, die sie mögen, das sind die bunten Beilagen der Zeitungen, im Stil von El País: Die verschlingen immer mehr von der Werbetorte, und die Fachzeitschriften gehen leer aus. Also, nach der spekulativen Runde mit dem Chef, der mir, wenn ich am Anfang zu optimistisch bin, später, wenn etwas schief geht, sagt, ich hätte ihn betrogen, und der, wenn ich ihm sage, wie es wirklich steht, anfängt zu jammern, bei solchem Defätismus könne man einfach keine Anzeigen verkaufen – nach diesem Kelch also eine weitere Präsentation, noch mehr Wein, viel mehr Wein, im *Ritz.* Ich spreche mit diesen und jenen, führe das Glas an die Lippen und entferne das Glas von den Lippen, versuche dabei kaum den Rand zu berühren, so läuft es am Anfang; später aber koste ich, und, wie nicht anders zu erwarten, der Wein ist Klasse, sehr gut, ausgeglichen, mit leichter Säure, starkem und sanftem Tannin, Samt, Glycerin, ein verdammt guter Wein, wirklich, also juckt es mich, und ich kippe ein paar Gläser. Sie präsentieren die Weine einer neuen Kellerei aus der Ribera, mit ihren ersten Elaborationen imitieren sie jetzt die ausdrucksstarken Riojas, so wie die ausdrucksstarken Riojas damit begonnen haben, die Riberas zu imitieren, der Kreis des Lebens, das Karussell, die Welle überschlägt sich und flutet zurück. Und dann, wenn ich die Präsentation im *Ritz* geschafft habe, wieder hetzen, weil ich zu spät ins *Paradís* zum Essen mit den Katalanen komme; die verlassen ihr Haus nie, selbst wenn sie sich ans Ende der Welt begeben, sie finden ihr Montserrat in Australien oder Patagonien, und die schwarze Madonna und Pujol präsidieren den Tisch. Ihnen geht es wie dem Papst, der, wo immer er hinkommt, ein Zuhause hat, eine Kirche, ein Kloster, was ihm erlaubt, niemals in einem Hotel zu schlafen. Rotweine aus dem Priorat im *Paradís.* Wein, Wein, nochmals Wein, und um ein Uhr morgens wieder ein Taxi, weil ich nie den Wagen nehme, wenn ich weiß, dass ich abgefüllter als üblich heimkommen werde. Würde gerade noch fehlen, ohne Führerschein dazustehen. Dann wäre ich tatsächlich eine tote Frau. Der bloße Gedanke macht mir Angst. Tage mit Wein, Tage ohne Wagen, es sei denn, die Geschichte findet außerhalb Madrids statt und mir bleibt nichts anderes übrig, als das Auto zu nehmen. Klar, in dem Fall versuche ich, nicht über die Stränge zu schlagen. Einmal habe ich angefangen zu zählen, was ich an einem der üblichen Marathontage an Aperitifs, Weinen und Digestifs getrunken hatte, und als ich beim Sieben-Uhr-Empfang angelangt war, da war ich so erschrocken, dass ich mit dem Zählen aufhörte. Klar, die Hälfte der Produktion der berühmten Kellereien trinken wir Werbeleute und Fachjournalisten. An dem Tag habe ich über Umtrunk, Abendessen und Absacker nicht mehr Inventar geführt, um nicht vor Schreck zu sterben. Vor ein Uhr morgens, aber nur kurz davor (und weil ich mich vor dem letzten Glas davongemacht habe), bin ich wieder zu Hause, ach wie schön, Briefkasten öffnen, Briefe von der Bank, von Airtel, vom Corte Inglés, Buchstaben, die kassieren wollen, offene Rechnungen, und Josian schläft, hat mir aber einen Zettel geschrieben, ich soll ihm Geld für Turnschuhe dalassen, weil er morgen Nachmittag ein Basketballspiel hat und mit seinen alten Schuhen nicht rennen kann (zum Beweis hat er sie schmierig, dreckig und zerfetzt auf den Küchentisch gestellt). Juan ist noch nicht da. Der trägt auch sein Päckchen, der Arme, und ich glaube, er macht es sich leichter, indem er sich von Tag zu Tag ein bisschen mehr herumtreibt, sich in irgendwas hineinziehen lässt, alles nur, um außer Haus zu sein, wenn ich nicht zum Abendessen komme. Nicht mit Josian allein zu bleiben ist anscheinend sein neuester Beitrag zum Familienfrieden. Ihm müssen ja auch die Haare zu Berge stehen, wenn er heimkommt, und Josian meckert die ganze Zeit, und alles liegt herum, mal abgesehen von dem Tag, an dem die Putzhilfe kommt. Und zu allem Überfluss sehe ich den Bankauszug und entdecke, dass das Arschloch Carlos noch nicht den Unterhalt überwiesen hat, dabei ist der Auszug vom Dreiundzwanzigsten, ich muss also wieder die Anwältin anrufen, damit sie ihm Beine macht, wenn du bei dem nicht aufpasst, stellt er sich tot, später dann bittet er groß um Entschuldigung und sagt, das wäre ja wohl nicht nötig gewesen. Und dann hat mich vor einer Woche auch noch Pedrito angerufen, kurz darauf Demetrio und danach Amalia und ein paar Tage später Guzmán: Die gesamte Ex-Zelle der Kommunistischen Einheit hat angerufen, ich solle heute mit ihnen im *Nicolás* essen, Carlos und Pedrito kämen aus Denia, um sich mit den alten Genossen zu treffen. Und wer weiß welchen revolutionären Jahrestag zu feiern. Von Niederlage zu Niederlage, bis zum Endsieg. Und dann wollen sie das noch in Madrid feiern. Was haben die hier verloren? Gibt doch inzwischen bestimmt bessere und billigere Nutten in Denia, und darauf war Pedrito schließlich sein Leben lang scharf: aufmischen, wie verrückt reden, den einen oder anderen manipulieren, sich betrinken, ficken, was anfällt, und wenn nichts anfällt, zu den Nutten gehen. Was haben die beiden wohl ausgeheckt? Außerdem, mit der Vergangenheit, mit dieser Art von Vergangenheit, brüsten sich heutzutage nur noch Politiker. Für die übrigen Leute ist es schon lange wieder verdächtig, im Gefängnis gesessen zu haben, denkt doch gleich jeder an Drogenhandel, Randgruppenkriminalität, Terrorismus. Die Leute verschweigen diesen Teil ihrer Geschichte. Sie schauen gar nicht erst zurück, damit sie sich nicht erinnern und nichts verschweigen müssen. Außer den Politikern, die davon leben, genau das zurechtzuschminken, wer erinnert sich sonst gern daran, wessen Lebenslauf wird schon dadurch aufgewertet? Ich und mit dem Weichei Carlos essen gehen? Aus den Augen aus dem Sinn, der erinnert sich noch nicht mal daran, dass er verheiratet war, mit einer Frau zusammengelebt hat, er, der nie daran denkt, dass er Kinder hat. Das mit Pau musste ich ganz allein durchstehen, hier in Madrid, und hätte ich es ihm nicht gesagt, er hätte es gar nicht erfahren, dabei habe ich es ihm erst gesagt, als es wirklich nicht mehr so weiter ging, als Pau mir zwei

Mal das Haus ausgeräumt hatte und Irene Geld stahl und mehr dort als hier war, zwanzig Jahre alt, kein Kind mehr, nein, und da kommt mir Carlos mit der Frage: »Glaubst du denn wirklich, dass das so ernst ist mit Pau? Warum denn übertrieben ängstlich sein? Wir haben schließlich auch alles Mögliche genommen.« »Ja, Carlos, aber dein Sohn ist ein Junkie, hast du das denn nicht gemerkt?« Und er darauf: »Ach du lieber Gott, so eine Scheiße«, und mehr war nicht aus ihm rauszubekommen. Der hat es sich bequem gemacht. Ein Künstler, ein Schöpfer. Ich glaube, er ist allein, hat keine Freundin noch sonst irgendwas, das erzählt jedenfalls Demetrio, der ihn ab und zu in Denia trifft. Allerdings muss man, um ihn auszuhalten, auch etwas einsetzen, und das wollen die Leute nicht mehr, bei der zweiten Schwierigkeit, in die du sie hineinziehst, sagen sie, das war's, ich glaube, wenn er sich keine Freundin sucht, dann aus purer Faulheit. Er hat es sich prima eingerichtet, da in Denia, mit Blick aufs Meer. Vormittags, mal sehn, ob ich irgendeinen Deutschen übers Ohr haue und ihm eine der Bruchbuden verkaufe, die Andreu baut; und nachmittags, mal sehn, ob ich das literarische Ei lege, oder nein, heute bin ich nicht inspiriert, heute steige ich runter zum Meer und trink mich blau an Cuba libres und torkele dann wieder hoch, und schon ist sie futsch, die Inspiration, zwei, drei Tage lang, denn die Kater von Carlos haben sich gewaschen, und seine Räusche, na ja, er machte dauernd Zoff: Er gab sich die Kante und stand grölend vor der Tür, sagte, ich hätte den Riegel vorgelegt, damit er nicht hineinkäme. »Du bist nur so blau, dass du das Schlüsselloch nicht findest«, sagte ich, da wurde er böse und, zum Schluss, auch heftig, ich zahle schließlich diese Wohnung und euer Essen, er zahlte nichts, er war mit der Revolution, mit literarischen Zirkeln beschäftigt, Schwebebalken und Reck. Ich war erst Lehrerin gewesen, an einer Privatschule; aber dann haben sie mich schnell proletarisiert, ich arbeitete in einer Textilfabrik in Villaverde, die hieß Filexport. Harte, düstere Jahre, und ich glaube fast, er hat davon kaum etwas gemerkt. Die häusliche Ökonomie, das lief mit ihm nicht, das war kein Fach in seinem Studiengang. Er schwebte immer in den Wolken. Zückte die Brieftasche am Tresen, um einen auszugeben, und merkte nicht, dass schon Mitte des Monats war und wir nicht einmal genug Geld für die Babymilch hatten. Schluss damit, soll er sich doch einrichten, wie er will, nur den Unterhalt für Josian soll er zahlen und uns in Ruhe lassen. Das mit Josian ist nicht witzig, denn die Kinder von heute sind Kunden. Sobald sie anfangen zu sprechen, verwandeln sie sich in Kunden. Wir erbten die Kleider von Kusinen, älteren Schwestern, zogen uns alle gleich an, aßen, was auf den Tisch kam, diese Früchtchen aber wollen Markenware, selbst das Junkfood muss Markenware sein. Das ist, als ob sie in einem Supermarkt lebten. Sie wollen keinen Ausflug machen, sie wollen shoppen gehen. Will man mit ihnen eine Stadt, ein Museum besichtigen, seilen sie sich gleich ab und verschwinden in der erstbesten Einkaufspassage. Ein gigantischer Supermarkt, das ist für sie die Welt: Die Straßen sind Regale, auf denen Waren ausgestellt werden. Sie wählen eine Sportart, die ihnen wegen der Sportkleidung, die sie kaufen müssen, gefällt, und wenn sie das eine oder andere vorziehen, überlegen sie genau, ob ihnen das Outfit für Basketball oder das für Fußball besser steht, die Jungen fast schlimmer als die Mädchen. Wenn du ihnen etwas kaufst, ist es immer gerade das Modell, das sie nicht wollten. Der arme Juan war in diesen Dingen ein Engel. Er hat ihn zum Fußball mitgenommen, und da kommt der Junge und sagt, das sieht man im Fernsehen besser. Er schenkt ihm das Trikot von Hierro, und es stellt sich heraus, dass er das von Raúl wollte. Wir haben ihm das Moped gekauft, und er sagt, geil sei nur das von seinem Freund. Ich glaube, irgendwann einmal wird Juan sagen, leckt mich am Arsch, und haut ab. Ich an seiner Stelle hätte es längst getan. Die Wahrheit ist, er kommt jeden Tag später heim, er hat immer mehr Essen und Treffen mit Lieferanten und Kunden, und an immer mehr Wochenenden muss er auf die Möbelmesse in Valencia oder auf die Innenaustattungsbörse, oder wie man so was in Barcelona nennt. Ich sag nicht, dass er kein prima Kerl ist. Das ist er. Und er ist gut zu haben. Ich weiß, dass er mich liebt und ich ihn liebe – ohne Erdbeben. Er ist das Gegenteil von Carlos, der immer zerquält, vergrämt war; es glückt mir gerade nicht, was ich schreiben will, also geht's mir schlecht, jetzt läuft es gerade, also stört mich nicht, verschwinde mit den Kindern für ein paar Tage oder setzt euch still in die Küche, was auch immer, aber lasst mich allein. Ein Held. Juan genießt, das kannst du sehen. Er sieht »Mister Bean« im Fernsehen und lacht sich schief, und ich lache mit ihm. Ich glaube, mit dem Partner zu lachen, ist ein gutes Zeichen. Es läuft »Victor und Victoria« oder »Manche mögen's heiß« oder »Der Partyschreck«, »Der rosa Panter«, und er ruft nachmittags an und fragt: »Wann kommst du heim? Komm doch bald, dann können wir uns zusammen den Film anschauen.« Und das finde ich wunderbar. Auch das Essen genießt er in vollen Zügen. Er ist ein Sybarit, aber er bemüht sich auch, einer zu sein, er ist eifrig, er ist lernwillig. Wenn er mich mal zu einer Veranstaltung, einer Präsentation, zu etwas, was mit meiner Arbeit zusammenhängt, begleitet, fängt er gleich ein Gespräch mit den Kellermeistern an, und dann schließt er genießerisch die Augen und sagt: »Mmhm, koste mal diesen Wein, mal sehn, ob du rauskriegst, aus welchen Traubenvariationen er gemacht ist.« Er genießt es, wenn wir aufs Land fahren, wenn er mit Josian spielt, er planscht wie ein kleiner Junge, wenn wir am Strand sind, er klebt wie eine Klette an mir, wenn wir tanzen, sagt: »Rat mal, was ich mit dir anstellen würde, wenn jetzt das Licht ausginge.« Mit Juan habe ich entdeckt, dass Carlos in erster Linie eine Flasche ist. Ich war sehr verliebt. Als ich ihn kennen lernte, mochte ich das Geheimnisvolle an ihm, als sei er an einem anderen Ort. Es schienen so viele Dinge in ihm zu stecken, man würde nie aufhören, etwas zu entdecken. Am Anfang war es auch so. Er nahm mich mit in Museen, erzählte mir von Büchern, er las Gedichte vor, machte mich aufmerksam auf die Abschattungen des Lichts und wie sich die Landschaft veränderte oder an Dichte gewann, wenn die Sonne über einem Kirchturm unterging. Romantisch. Später, als es klar war, dass er mich erobert hatte, hieß es nur noch: Du weißt doch, dass ich dich liebe, das muss man ja nicht laufend wiederholen, meine Weise, dich zu lieben, besteht darin, niemanden sonst zu lieben, und deine Weise, mich zu lieben, sollte darin bestehen, dass du mich konzentriert schreiben, lesen, Siesta machen lässt, denn ich schlafe nicht wirklich, ich denke dabei, konzentriere mich auf ein Kapitel. Er sagte: »Wenn ich je merken sollte, dass meine Liebe nachlässt, ich würde es dir sagen.« Und ich: »Das ist es doch nicht, Carlos, wir Frauen mögen eben, wenn man uns sagt, dass man uns liebt. Keine Ahnung, ob das andere Frauen mögen, ich jedenfalls mag es, wenn du mir sagst, du liebst mich.« Er las mir den Roman vor, an dem er schrieb, ich achtete auf die Figuren, die da vorkamen, und sagte mir: »Lieber Gott, sag mir nicht, dass er so über mich, dass er so über die Liebe denkt«; in dem Buch war die Liebe nämlich »ein Austausch von Trugbildern, der den Austausch von Flüssigkeiten fördert, ein Schmiermittel«. Er meinte den Speichel, den Samen, die Sekrete und schrieb, sie gehörten zur »tierischen Ökonomie, damit die Reproduktion mit minimaler Anstrengung ausgeführt werden kann«. Das war Materialismus, seiner Meinung nach, aber wenn man ihm sagte, das Tierreich sei eine Sache und die Menschen eine andere und dass wir einen Vertrag eingegangen seien, einen Gesellschaftsvertrag des Zusammenlebens und der guten Sitten, verteidigte er sich damit, dass die Ansichten, die Romanfiguren äußern, nichts mit den Ansichten zu tun haben, die der Autor im normalen täglichen Leben vertritt; ich glaube aber, habe es immer geglaubt, dass Carlos im Leben wie in seinen Romanen dasselbe ist (er hat drei oder vier geschrieben, aber, soviel ich weiß, nur einen in einer kleinen Klitsche veröffentlicht, so einem Verlag, der von den Subventionen der Stadtverwaltung oder der Autonomiegebiete lebt; er bewahrte die Texte in Mappen auf, zerriss sie eines besoffenen Abends, machte eine Show daraus, als er sie verbrannte, aber ich bin mir sicher, er hat von allem eine Kopie. Er ist nicht so uneigennützig, wie er tut, er hat auch etwas kalt Berechnendes). Ich dachte mir: gemeinsam alt werden, gemütlich in Rente gehen, ein Häuschen am Meer, vielleicht zurück nach Denia ziehen; er schreibt, ich mache den Garten, gehe ins Dorf und warte auf die Boote, um frischen Fisch zu kaufen und ihn noch am selben Abend zu kochen. So dachte ich. Und derweil schrieb er ein Buch: »Das Alter – hast du bemerkt, wie schlecht das Alter riecht? Es macht mir Angst, an diese Etappe zu denken, wenn wir denn das Glück haben sollten, sie zu erreichen.« Demetrio habe ich es bei irgendeiner Gelegenheit gesagt: »Nach der Erfahrung mit Carlos misstraue ich den Geistesmenschen, das kann ich dir sagen. Ihr Künstler habt schlechte Verdauung. Um die Sprache aus Carlos Roman zu verwenden: ›Ihr riecht abscheulich.‹« Er lachte. Auch Demetrio behauptet, den Künstlern zu misstrauen. Womöglich ist es ihm deshalb immer schlecht ergangen. Demetrio ist, vielleicht weil er immer etwas abseits stand und sein eigenes Ding verfolgt hat, mit seinem

Freund zusammen, stets der Beste von ihnen allen gewesen. Er ähnelt immer weniger einem Künstler. Vielleicht weil er selbst seine Brötchen verdienen musste, in anderen Bereichen, und weil er sich mit anderen Leuten umgeben hat. Na ja, und Amalia, wenn man sie zu nehmen weiß und ihren doktrinären Teil erträgt – zum Glück ein immer dünnerer Firnis –, ist auch eine gute Haut. Entsprechend geht es ihr. Mir ist Juan auf jeden Fall lieber als Carlos, Guzmán, Taboada oder Elvira (Demetrio sagte mir, dass auch das Tandem Taboada-Elvira zu dem Treffen käme), von Narciso gar nicht zu reden. Ich bin überzeugt, sie finden Juan primitiv. Das ist er aber nicht. Es ist nur so, dass er weiß, vor uns liegt ein Leben, nur eins, von dem wir schon zwei Drittel verbraucht haben, und das, was uns noch bleibt, will er genießen. Und selbst wenn er primitiv wäre, ein Tier, dann ist der Geruch eines Tieres immer noch weniger unangenehm als der eines kranken, übellaunigen Menschen. Wir fahren nach Gredos, Arenas de San Pedro, das ist Juans Dorf, und er wird zum Kind, redet mit seinen Vettern, lacht mit diesen Landeiern lauthals über jeden Unsinn, wird selbst zum Landei, und er küsst seine Tanten und packt seine Mutter um die Taille und hebt sie einen Meter hoch. Er hat diese Fähigkeit, sich Situationen anzupassen, die Seele der Leute zu erahnen, zu wissen, was sie brauchen, eine für Handelsvertreter typische Begabung. Ich glaube, der Vertreter kennt die Menschen besser als der Romancier, das sagt mir zumindest meine Erfahrung als Frau, die mit einem Mann verheiratet war, der Romancier sein wollte. Wer weiß, ob die Arbeit als Immobilienverkäufer Carlos die Augen geöffnet hat. Ich habe nicht den Eindruck; für ihn sind die Wohnungen ein Kreuz, das ihn drückt und von dem er sich abends vor dem Computer erholt, wo er das lebt, was er für sein wahres Leben hält. Sein großes Lebensprojekt, sein intellektuelles Abenteuer. Im Grunde ist er immer ein Blödmann gewesen. Der Vertreter muss stets auf der Höhe der Situation sein, in die er gerät, und der Umstände, unter denen er zu leben hat. Er muss beweglich sein, den Kunden mit einem Blick analysieren. Diese Anpassungsfähigkeit ist Weisheit, macht aber auch ein bisschen Angst. Du denkst manchmal sogar: »Vielleicht sagt er zu den Frauen, die er auf seinen Reisen trifft, zu den Sekretärinnen an den Messeständen, ganz ähnliche Dinge wie zu dir; zu den Animierdamen, die er abends in den Rotlichtbars sieht«, denn manchmal kommt mir der Gedanke, und das tut mir dann schon weh, dass er mit diesen Lieferanten und Kunden bestimmt spät in der Nacht in Spelunken, in Whiskybars landet, und in solchen Momenten stinkt sie mir, diese Fähigkeit, sich anzupassen, auch die Gabe zu schmeicheln, wenn ich daran denke, werde ich traurig, es ist nicht nur eine Frage der Liebe, der Eifersucht, sondern sogar der Gesundheit, so wie die Zeiten sind, schreckt mich nämlich der Gedanke, er könnte sich mit einer dieser Nigerianerinnen oder Brasilianerinnen – oder Spanierinnen, das ist egal – herumtreiben, die ihn ansteckt, ihm etwas anhängt. Denn wir lieben uns ohne jede Hemmung. Ohne Vorsichtsmaßnahmen. Probieren alles aus. Er hat mir geschworen, wenn er jemals etwas mit einer Frau anfinge (»falls ich in irgendeiner besoffenen Nacht die Beherrschung verlieren und zu den Nutten gehen sollte, obwohl ich das hasse«), dann würde er es mir sagen, gleich am nächsten Morgen, und sich den nötigen Tests unterziehen, um sicherzugehen, dass er sauber ist. »Sei ganz ruhig, mein Leben, ich würde nie Dreck ins eigene Haus tragen«, das sagt er. Sein Haus bin ich, Josian (Irene führt ihr eigenes Leben, sie zählt kaum), die beiden schon erwachsenen Kinder aus seiner vorigen Ehe, die uns jedes zweite Wochenende besuchen. Juans Haus ist diese Wohnung, die uns immer noch nicht gehört und für die wir beide wie die Maulesel schuften. Das ist das Gute an Juan, mit ihm kann man gemeinsam Pläne machen, du kannst sagen, vielleicht schaffen wir es zu zweit, du kannst vorschlagen, die Wohnung in Madrid, wenn sie einmal abbezahlt ist, zu verkaufen und mit dem Geld ein schönes Chalet am Meer zu kaufen (da kosten die Häuser halb so viel) und dann dort hinziehen, nicht gerade nach Denia, klar, weil da der Trottel von Carlos lebt. Du kannst so was sagen, und er geht darauf ein, macht Pläne, sagt, ich könnte eine Stelle in Valencia oder in Alicante suchen, und wir leben wie die Fürsten am Meer. Im Übrigen wird Josian dann schon zur Uni gehen, und es ist leichter, das Studium in Valencia oder Alicante durchzuziehen, ein besseres Ambiente als in Madrid, so viel ist sicher. Ich weiß allerdings nicht, was das Früchtchen Josian im Kopf hat, denn der sagt keinen Piep, weder, was er mal werden will, noch, was er nicht werden will. Er hat annehmbare Noten, auch wenn die Lehrerin sagt, dass er alles mit Auszeichnung bestehen müsste, weil er sehr schnell auffasst, dass er aber einfach nicht lernt; dieses Jahr hat sie mich sogar gewarnt, in der Mitte des Schuljahrs habe er sich angewöhnt, mit einer Clique den Unterricht zu schwänzen, und zwei davon sind von Nachbarn angezeigt worden, weil sie vor ihrer Tür randaliert und es sich im Eingang eines halb verlassenen Gebäudes, das eine Gruppe Hausbesetzer beschlagnahmt hat, mit Joints gemütlich gemacht hatten. Dass er hascht, macht mir große Sorgen nach allem, was wir mit Pau durchgemacht haben, dieser ganze Leidensweg. Auch ich kiffe ab und zu, ich mag Gras, es tut mir gut, es regt mich an und beruhigt mich, als junge Leute haben wir das alle gemacht und nichts ist passiert, aber jetzt lauern die Dealer wie die Geier, sein Umgang macht mir Sorge und auch, dass er nicht seinen Weg findet, dass mir etwas zustoßen könnte, dass etwas passiert und er sich nicht zu helfen weiß. Jedes Mal, wenn ich jemanden sehe, der so einen Wagen schiebt, den sie in den Supermärkten klauen, um ihren Plunder unterzubringen, jedes Mal, wenn ich einen dieser unrasierten Typen sehe, der in Hosen, die vor Schmutz starren, ein Metallwägelchen hinter sich herzieht, voller Dreck, Lumpen und Abfall, dann krampft sich mir das Herz zusammen, Leute, die auf einer Bank schlafen, in einer Tornische, mit Pappe zugedeckt, in Zeitungen gewickelt. Das macht mir wirklich Angst, nicht der Geruch meines Körpers, wenn ich einmal alt bin. Ich werde mit einem alten Mann zusammen sein, und untereinander, unter alten Leuten, fällt der Geruch nicht auf, der ja da ist, nach aufgeweichter Haut, Urin und schlecht ausgewaschener Kacke, ja, sie haben diesen Geruch, durchmischt mit Kölnisch Wasser, aber so riechen sie; heute treiben sie Sport, laufen, machen Footing fast bis ins achtzigste Jahr und tragen teure Gebisse, die ihre eigenen sein könnten, wären sie nicht so weiß, nicht so kräftig und vollkommen, sie rennen, springen am Strand, von einem Trainer angeleitet, sie tragen farbenfrohe Kleider, aber das Alter kann ihnen keiner nehmen. Das Alter. Ich bin sechsundfünfzig, Juan wird bald sechzig. Wir rauchen beide, trinken beide, haben beide, aus unterschiedlichen Gründen, in einem schnelleren Rhythmus als die meisten Menschen gelebt. Ich, als ich jung war, an der Uni, in den Jahren nach der Uni, in der Fabrik, im Büro, ich habe mich immer in Schwierigkeiten begeben, habe mehr Zeit an der Theke und bei den Versammlungen der Zelle verbracht als zu Haus, habe alles probiert, wir sind spät nachts ins Bett und haben uns all diesen Scheiß in den Körper gesteckt, schlecht gegessen, schlecht getrunken, schlecht gekleidet. Wir waren Rebellen, ernährten uns von Luft, wahrscheinlich weil wir auch nur Luft verkauften, wie Carlos' Vater sagte: »Ihr verkauft das Nichts, ihr verkauft Luft«, sagte der alte Maurer. Ja. Was soll ich machen? Ich habe mich in einen

Luftverkäufer verliebt, in Carlos, und sieh da, am Ende verkaufe ich das Gleiche. Luft. Ich, die ich Lehrerin sein wollte, etwas beibringen wollte, Piaget, die Kurse von Rosa Sensat, aktive Pädagogik, all das, und jetzt widme ich mich dem Betrug. Statt sie auf den Weg der Wahrheitssuche zu führen, gebe ich ihnen einen Schubs, damit sie sich auf dem Weg der Lügen verirren; die Augen verbinden und wie einen Kreisel drehen, bis sie die Orientierung verlieren, ein Blindekuhspiel, nichts anderes ist Werbung. Schließe ich die Augen, sehe ich immer noch Carlos in der Aula der Fakultät stehen; er rezitiert diese grauenvollen Verse, die er gegen Franco geschmiedet hat: »Gesetzt die Luft bedrohte die Festung, wäre ich nur Luft; gesetzt die Stimme bedrohte die Stiefelsohle, wäre ich doch nur Stimme; gesetzt der Lufthauch meiner Stimme fällte die Fahnen auf dem Turm des Hasses, in einen Hauch verwandelte ich meine Träume.« Schreckliche Verse, für die er sich heute schämen würde, wenn ich sie ihm aufsagte, die aber damals von den Zuhörern in der Aula wild beklatscht wurden, weil man sie für antifranquistisch hielt. Antifranquismus war ein Passierschein für fast alles. Ich schäme mich, ehrlich gesagt, für nichts, was ich getan habe. Das sagte ich früher zu Carlos, und ich habe es zu Juan gesagt. Zuweilen spreche ich mit Demetrio darüber, auch er ist davon überzeugt, nicht vom Weg abgekommen zu sein, vielmehr weiterhin seinen Kurs zu steuern, auch wenn das bei ihm noch tragischer ist als bei den anderen. Auch Demetrio trägt seinen Packen Unglück. Andere Landschaften werden von anderen Augen gesehen. Wir waren so, weil die Zeiten so waren, so wie die Kinder von heute von Geburt an natürliche Kunden der Kaufhäuser sind, so waren wir, mit dem Franquismus konfrontiert, natürliche Kunden der Revolution. Carlos trug das Haar sehr lang und war blond (jetzt ist das Haar, das ihm noch geblieben ist, aschfarben).

Das blonde Haar fiel ihm auf die Schultern, und gut sah er aus mit diesem blassen Gesicht, die Augen lagen tief in den leicht violetten Höhlen, die schmalen Hände hielten das Blatt, auf das er sein Gedicht geschrieben hatte, »gesetzt der Lufthauch meiner Stimme fällte die Flaggen auf dem Turm des Hasses«. Luft. Heute weiß ich, all das war nur Luft, aber es macht mich traurig, ich bereue nicht. Es macht mich traurig, weil sich jetzt jeder nur um seine Sachen kümmert. Ich sage das zu Juan, und er lacht mich aus: »Na klar, jeder kümmert sich um sich selbst, das ist das Schöne, dass jeder sich um sich selbst kümmert, die eigenen Sachen verfolgt und nicht die der anderen, und alle Welt lebt. Wenn die einen die anderen zu kontrollieren beginnen, das ist der Anfang von Diktaturen.« Ich bemühe mich, ihm zu erklären, dass es nicht so war, dass man versuchte zusammenzuarbeiten, einander zu helfen, sich zu vereinen, damit die Unternehmer nicht nach Belieben mit den Arbeitern umspringen konnten, wie sie es heute tun. Er versteht nicht. Er hat das alles nicht miterlebt, seine Entwicklung lief anders. Er hat sein Diplom als Betriebswirt im Fernstudium gemacht, er musste während des Studiums arbeiten und hat nie einen Fuß in die Universität gesetzt, für ihn waren wir, die wir uns den Luxus leisten konnten, den ganzen Tag dort zu verbringen und auch noch vor den Guardias wegzurennen, Stühle und Pulte aus den Fenstern zu schmeißen, privilegierte Schnösel, selbst wenn wir aus Arbeiterfamilien stammten. Ich versuche ihm zu erklären, dass es nicht ganz so war, dass es zwar viele Schnösel gab, aber auch Leute, die etwas wagten, die viel aufs Spiel setzten, sogar das Leben, das ist kein Witz, sogar das Leben, weil sie an das Allgemeinwohl glaubten, und dann sagt Juan: »Du redest wie die Pasionaria«, lacht und küsst mich, »etwas davon ist dir geblieben, du kleine Rote«, sagt er, während er mir die Hand unter den Rock schiebt. Das ist seine positive Seite, seine Fähigkeit, zum Kern vorzudringen, manchmal gefällt mir das, es entspannt mich, aber in solchen Situationen gemahnt es mich daran, dass ein einziger Mensch nicht alle Felder eines anderen abdecken kann; er kann siebzig, achtzig Prozent abdecken, es bleiben aber immer Brachen, die danach verlangen, dass jemand kommt und sie bestellt, dort etwas sät. Meine Freundin Amalia deckte diese Felder ab. Ich traf mich mit ihr und den alten Freunden, wir tranken etwas im *Violette*, aßen im *Nicolás*, im *La Playa*, und nach so einem Abend war dieses Feld bestellt bis zum Gehtnichtmehr, die Saat quoll mir aus den Ohren, und ich hätte mich übergeben können vor ideologischer Überfütterung, während manche, die einen mehr, die anderen weniger, die Ideologie längst beiseite geschoben hatten, als sich die Gelegenheit dazu bot. Oder war Amalia etwa nicht ganz heiß darauf, den Posten in Brüssel festzuzurren, kaum dass Narciso ihr den verschafft hatte? Später hat sie dem Posten, dem Sozialismus und Narciso abgeschworen. Es gibt Leute, für die ist Ideologie so etwas wie ein Kaugummi. In aller Ruhe tun sie Dinge, die nicht zueinander passen, und bilden sich ein, dass alles dem gleichen Ziel dient. Wenn ich an solchen Abenden nach Hause kam, liebte ich Juan besonders. War er schon schlafen gegangen, streichelte ich ihn so lange, bis er aufwachte. Und er war eifersüchtig. Er glaubte, dass ich mich damit nur von dem schlechten Gewissen reinwaschen wollte, mit jemand anderem zusammen gewesen zu sein, oder dass ich die Erregung befrieden wollte, die ein anderer in mir geweckt hatte. Er irrte sich, es war vielmehr so, dass ich mich mit mir selbst versöhnte, mit dem Leben, das ich gewählt hatte: Ich begriff, warum ich mich von diesem Kreis getrennt hatte, den ich pedantisch, unerträglich fand, und warum ich beschlossen hatte, mit Juan zu leben, den sie nur flüchtig kennen, von der Hochzeit her und von einem halben Dutzend Abendessen, die nicht so verliefen, wie ich gewünscht hätte, denn Juan und sie sind wie Wasser und Öl, er hält sie für Schnösel, und sie halten ihn für einen Ladenschwengel. Nichts zu machen. Und ich, wie dieser Koloss von Rhodos auf den alten Stichen, mit gespreizten Beinen, ein Fuß auf dem einen Damm und den anderen auf dem anderen. Zwischen seinen Beinen fahren die Schiffe. So ging es mir, ein Fuß auf jeder Seite, und durch die Puerta de Alcalá fährt fast alles hindurch, denn worauf es ankommt, ist, morgens die eigene Brust zu berühren und keinen Knoten zu entdecken, das Gesicht, die Stirn betrachten und nicht irgendein Muttermal entdecken, das unkontrolliert gewachsen ist; nicht dass es einem wie Elisa geht. Ich habe mich damals mit ihr versöhnt, ich habe sie bewundert, habe bewundert, wie standhaft diese Frau der Krankheit begegnete, eine Frau, die man zum Five o'Clock Tea der Revolution eingeladen zu haben schien, und sie fasste den Henkel des Tässchens mit Fingerspitzen und tupfte nach jedem Schluck sorgfältig die Lippen ab, unsäglich: Ich erinnere mich an das letzte Mal, als ich bei ihr vorbeiging, um ihr Pralinen und eine Flasche Sekt zu bringen (der Arzt hatte ihr gesagt, dass sie ein bisschen etwas trinken durfte). Sie war so voller Angst bei diesem letzten Mal. Später, auf der Treppe, schüttelte ihre Mutter den Kopf und weinte, fing sich aber sofort wieder und sagte: »Das Schlimmste ist schon vorüber«, und ich wusste nicht, ob sie erwartete, dass ich das glaubte oder sie selbst es glauben wollte, denn ich hatte gesehen, was meine Mutter durchgemacht hatte, und Elisas Geschichte erschien mir wie eine Reprise des gleichen Theaterstücks, und im Übrigen wussten oder ahnten zu diesem Zeitpunkt schon alle, dass Elisas Todesurteil längst gefällt war, egal wie lange sie noch durchhielt. Amalia sagte es mir, Demetrio auch. Der Einzige, der wie gewöhnlich nichts mitbekam, war mein Ex. Ich glaube, die

Phasen der Erholung ganz am Schluss waren Elisas Bewusstsein geschuldet: Sie war an diesem Punkt, wo man das Letzte gibt, weil man weiß, das Rennen, das Spiel ist gleich aus; der Sprint der Radfahrer, wenn sie das Transparent sehen, das die Ziellinie markiert; die übermenschliche Anstrengung der Fußballspieler, wenn sie wissen, sie müssen unbedingt noch ein Tor schießen, um sich zu qualifizieren, und die Anzeigetafel verkündet, dass der Schiedsrichter drei Minuten nachspielen lässt.

Und plötzlich kreuzt er wieder in meinem Leben auf. Pedrito Vidal. Ich sitze ganz friedlich im Liegestuhl im Garten, das Handy klingelt, Anamari, denke ich, die Sekretärin, die mich anrufen sollte, um das Papier zu besprechen, das ich über das Europäische Kulturnetz vortragen soll, aber nein, stattdessen eine heisere, unbekannte Stimme, die ein Versteckspiel betreibt, ein Quiz, rat mal, wer dich heute Abend anruft, und ich will schon aufhängen, denn woher soll ich das wissen? Womöglich ein Rowdy, ein Narr oder ein Irrer, da sagt er: »Narciso, du bist schuld, dass ich Celine gelesen habe, und ohne mich wärst du nie auf Baudelaire gekommen«, worauf ich sage: »Keine Ahnung, ich weiß nicht, wovon du redest«, denn ich habe Baudelaire niemandem zu verdanken, ich hatte schon ein paar Absätze über ihn im Französischbuch der vierten Oberschulklasse gelesen und mich hatte dieses Romantische, Zerrissene fasziniert, was junge Leute halt so mögen, und dieses leidende Gesicht auf dem Foto, sodass ich, als ich das erste Mal nach Paris kam, irgendwann Anfang der Sechziger, mir einen kleinen Band kaufte und einige seiner Gedichte auswendig lernte, die ich später Amalia rezitierte, als wir uns gerade kennen gelernt hatten. Also sage ich: »Schau, ich weiß nicht, wer du bist, vermutlich ein ehemaliger Kommilitone« (das dachte ich, ein ehemaliger Kommilitone, der um einen Gefallen bitten will, die Politik ist ein Netz, in dem sich allzu oft Leichen aus der Vergangenheit, die auf Vitamin B aus sind, einhaken). Ich denke: »Das ist einer, der etwas von mir will«, und während ich das denke, beginnt die Stimme bekannt zu klingen, fern, aber bekannt, und der Name kommt mir automatisch über die Lippen: »Pedro. Du bist Pedrito Vidal«, und er lacht und redet weiter, jetzt klingt seine Stimme vertraulich, als ob die Tatsache, dass ich ihn erkannt habe, bedeutete, dass ich ihn vermisse, dass ich an ihn denke, dass er mir fehlt oder eine Bezugsperson für irgendetwas ist. Er sagt: »Ja, Pedrito, klar, der bin ich, hat sich meine Stimme denn so sehr verändert?« Und ich weiß nicht, ob ich mich darüber freuen soll, ihn erkannt zu haben. Tatsächlich bin ich auf der Hut, denn Pedrito tat nie einen Stich ohne Faden in der Nadel, und ich weiß nicht, was er mir jetzt anheften will: »Klar, natürlich erinnere ich mich«, sage ich, während mir eine Menge Dinge durch den Kopf gehen, sein rundes Gesicht, seine breiten Hände, Zimmer ziehen an mir vorüber, überstürzte Fluchten, wie er mir vor einem Schaufenster einen Molotowcocktail reicht, selbst vor mir eine Flasche wirft und sagt: »Wirf schon, zünden und gleich werfen«, und wie er mir die Flasche aus den Händen nimmt, die Lunte anzündet und selbst wirft, zwei Explosionen, dann die leisen Flammen, die Sachen im Schaufenster brennen, die Anzüge, die Schuhe, die Flammen ergreifen die Köpfe der Schaufensterpuppen, beklemmend, und ich schaue fasziniert auf das Feuer und den schwarzen Rauch; ich stehe bewegungslos da, die Augen starr auf dieses gewalttätige und schreckliche Schauspiel gerichtet, das mir den Unterschied zwischen Worten und Taten bewusst macht, ich entdecke meine Unfähigkeit, diese Distanz zu überwinden, von den Worten zu den Taten zu springen; entdecke, dass die Theorie, das, was man schreibt oder sagt, vollkommen ist, die Umsetzung aber entsetzlich: die Überlegenheit des Wortes über das Leben, denke ich, alles in ein paar Sekunden, denn er zerrt schon an meinem Arm, »renn, renn« schreit er und zieht an mir, und ich folge ihm, wir rennen bis zur Ecke, und dann gehen wir mit erzwungener Ruhe weiter, wir passen unseren Schritt dem der Fußgänger an, die auf den Gehsteigen flanieren, doch das Herz schlägt wie bei einem schnellen Spurt, als ein paar Polizeiwagen uns entgegenkommen und dorthin rasen, wo das Feuer vermutlich immer noch Schaufensterpuppen und Kleidungsstücke verzehrt, und ich empfinde Ekel, als habe die Asche, die schwarze Schmiere, die von Puppen und Kleidern troff, mir die Hände besudelt, als handele es sich nicht um Flecken, die man schnell mit Seife oder Spülmittel entfernt, sondern um einen Flecken in meinem Innersten. Ich denke: Handeln befleckt. Ja, das ist der Satz, den ich mir vorsage, während ich neben Pedro herlaufe, neben Pedrito, wie wir ihn damals nannten und wie er sich gerade selbst am Telefon nannte. Die Tat befleckt, denke ich existenzialistisch, ein Camus-Adept, sie befleckt einen auf ewig. Die Gewalt hat mich beschmutzt, das tropfende Fett des Benzins, das sich mit den Kunststoffprodukten verbindet, ist jetzt ein Teil von mir. Dann aber, am selben Abend noch, als er mich darum bittet, zur Einschätzung der Aktion in die Versammlung der Zelle zu kommen, trete ich sicher und mitteilungsfreudig auf, als hätte ich, bevor ich zu sprechen beginne, getrunken. Ich sage: »Diese Strafaktionen schmerzen das Regime wie echte Wunden, weil sie die Ökonomie seiner Freunde antasten (die Mollys sind im Schaufenster eines großen Kaufhauses explodiert, das einem von Francos Parteibossen gehört), sie schaffen Unsicherheit in der Bevölkerung und beweisen nicht nur, dass es eine aktive Opposition gibt, sondern weisen dem Volk auch einen Weg: Nicht alles ist verloren, handeln ist möglich. Deshalb bin ich davon überzeugt, dass die öffentlich zum Ausdruck gebrachte Gewalt in der augenblicklichen

Phase die effektivste Form subversiven Handelns ist.« Das kommt mir ganz flüssig über die Lippen, ich rücke das Öffentliche in den Vordergrund, das, was der Analyse entspringt, und verberge das Innere; ich verschweige, dass das Öffentliche, jene notwendige Gewalt, das Innere zerstört, die Persönlichkeit zerstört, denjenigen, der Gewalt anwendet, zum Märtyrer macht, aber nicht zum positiven Märtyrer, sondern zu einem, der seine Menschlichkeit opfert, um sich in eine Maschine zu verwandeln; ich verschweige, dass das wahre Opfer für die Revolution nicht die Entbehrung, die Disziplin, nicht einmal die Folter ist, sondern das Opfer des eigenen Ich, man muss aufhören ein Mensch zu sein, der liebt, träumt oder fürchtet, um eine Maschine, ein effizienter Motor zu werden. Obwohl der Gedanke, dass jeder Märtyrer etwas Unmenschliches hat, gar nicht so abwegig ist. Das alles denke ich nachts, ich liege in meinem Bett, auf dem Rücken, und während ich so grüble, entdecke ich, dass die Tat nicht nur mein Ich infiziert hat, sondern auch die Worte, die mein Ich bis dahin auf eine reine, selbstgenügsame Art benutzte, jetzt aber ist meine Sprache nicht mehr rein, sondern von Spuren des Rußes gezeichnet, den die Flammen erzeugt haben, sie binden mich an die Tat, da ich, wenn ich so gesprochen habe, gezwungen bin zu handeln, weiter zu handeln, weiter zu besudeln. Ich habe erkannt, dass ich nur noch Maschine sein kann, und da überkommt mich ein neues Gefühl, das ich bis dahin nur beiläufig wahrgenommen hatte, das jetzt aber machtvoll wird: die Angst. Wie ich da auf dem Bett liege und den schmalen Winkel Licht betrachte, der an der Kante des Fensterladens in den Raum dringt und auf die Decke fällt, verspüre ich schreckliche Angst: Denn die Tat macht dich auch schuldig. Ich stelle mir vor, dass eine verborgene Kamera mich vor dem brennenden Schaufenster gefilmt hat; dass ein Passant auf meine Gesichtszüge geachtet hat, sie wieder erkennt, mir bis nach Hause folgt oder einen Guardia anspricht und ihm sagt, der da hat den Molotowcocktail geworfen, ich habe ihn gesehen, und neben ihm stand noch ein junger Mann; in diesem Fall fächert sich die Angst breiter auf, denn meine Schuld kann sich noch vergrößern, wenn die Polizei mich beim Verhör über diesen anderen befragt, wenn sie mich belauert, mich foltert, bis mein Widerstand gebrochen ist und ich seinen Namen preisgebe. Ich denke auch an die Möglichkeit, dass einer, der bei der Versammlung war, zu der ich gegangen bin, meinen Namen ausplaudert. Dass er sagt: Das war er, der hat uns zur Gewalt aufgestachelt. Dann, als sei ich direkt vom Rausch in den Katzenjammer gefallen, treibt mich die Panik aus dem Bett, ich suche die Zigarettenschachtel und zünde mir eine Zigarette an, durchwühle die Schubladen in meiner Wohnung auf der Suche nach Papieren oder Dingen, die mich verraten könnten. Es ist mir, als stänken meine Hände nach Benzin; als werde es klingeln oder laut klopfen, und dann kommen bewaffnete Männer in die Wohnung, die an meinen Händen riechen und einander bestätigen, ja, die stinken tatsächlich nach Benzin. Weg. Irgendwohin. Hinter den Fenstern der dem Kaufhaus benachbarten Häusern haben Hunderte von Personen meine Aktion verfolgen können. Es ist, als hätte die ganze Stadt meine Aktion verfolgt. Eine Zeit lang verschwinden. Es liegt großer Trost in dem Gedanken zu verschwinden. Verschwinden, eine Zeit lang schlafen, vielleicht für immer. Der Trost des Verschwindens. Manchmal ist die höchste Form der Feigheit auch ein mutiger Akt: einen Abschiedsbrief schreiben und aus dem Fenster springen. Oder Pedrito morgen darum bitten, mir etwas zu geben, eine Waffe, eine Bombe, und damit laut schreiend in die Zentrale des Geheimdienstes laufen, sie sollen auf mich schießen, und alles ist vorbei. Schlafen, gerade das, was mir jetzt nicht gelingt. Ich rauche, trinke Kaffee, schenke mir ein Glas aus der Flasche Armagnac ein, die ich von meiner letzten Frankreichreise mitgebracht habe, und schaue zu, wie ein neuer Tag anbricht; und die Angst beginnt zu weichen, aber ich rufe trotzdem Amalia an (es ist gerade erst sieben Uhr früh, ich weiß, sie schläft noch, trotzdem rufe ich sie an), sage ihr: »Es geht mir schlecht«, und sie weiß nicht, was ich meine, ob ich ihr mitteilen will, dass ich krank bin oder deprimiert, und sie fragt nach, und ich flehe sie an zu kommen, sage ihr, dass ich sie brauche, hier, bei mir, »nur du gibst mir Kraft«, sage ich, und eine knappe halbe Stunde später ist sie da, die Türklingel läutet, und es sind nicht die bewaffneten Männer, die mich festnehmen wollen, sondern Amalia, die mich streichelt, mich küsst und sagt, »was ist mit dir?«, und ich erzähle ihr von Lebensangst, sage, dass ich nicht weiß, was ich mit meinem Leben anfangen soll, dass ich nie ein Haus bauen oder einen Gedichtband schreiben werde, »nicht einmal ein einziges gutes Gedicht«, sage ich, denn ein gutes Gedicht von San Juan de la Cruz oder Quevedo enthält die ganze Welt, so wie die Tabletten eines Astronauten ein ganzes Mahl enthalten, eine Orgie von Proteinen, Vitaminen, Kohlehydraten, was auch immer, die ganze Welt in ein paar Worten, die man auswendig lernen kann, die ganze Architektur der Welt in dem Platz des Kapitols, den Michelangelo entwirft; und dann, während ich solche Sachen denke, möchte ich weinen, und ich weine an ihrer Brust, die weiße Bluse wird nass, die sie sich angezogen hat um herzukommen und die ich ihr ein wenig später auszuziehen helfe, um auf ihren warmen Brüsten zu weinen, »ich liebe dich, ich brauche dich«, sage ich zu ihr, und sie küsst mich, beißt mir in die Lippen, füllt meinen Mund mit ihrem Atem; schließlich und endlich ist die Welt Schmerz, und die Mission des zivilisierten Menschen ist es, die

Präsenz des Schmerzes zu reduzieren, ihn zu verbannen, und nun sind wir das, Amalia und ich, zivilisierte Wesen: Wir küssen uns, und diese Küsse rücken den Schmerz fern, während die Gewalt, mein Akt der Gewalt, zu nichts anderem geführt hat, als den Schmerz in der Welt einige Stunden lang zu mehren (meinen Schmerz), und dieser Akt ist auch hinsichtlich jenes anderen Ziels eines jeden zivilisierten Wesens, der Schönheit, fehlgeschlagen, denn die Flammen haben die Ästhetik zerstört, haben die fragwürdige, aber gewollte Ästhetik der Auslage zerstört, der schwarze Rauch, der an den Simsen der Fassade in der alten Straße im Zentrum Madrids hochsteigt, an ihnen leckt: Die Gewalt erzeugt eine Unordnung, die spektakulärer ist als die alltägliche Unordnung des Regimes, das, einmal etabliert, diese Unordnung nicht auszustellen braucht, sie vielmehr verdeckt, vertuscht. Das Regime schützt eine stille, versteckte, heimliche Gewalt. Amalia sagt: »Auch ich liebe dich wahnsinnig«, und sie weint mit mir, neben mir, unsere Tränen verfließen miteinander. Und an diesem Abend bleibt sie bei mir, wir brechen den Pakt, den wir, auf mein Drängen hin, zur Bewahrung unserer Unabhängigkeit geschlossen haben, dass wir uns niemals extra verabreden, sondern nur dann in der Wohnung des anderen bleiben, wenn es sich so ergibt, wir irgendwo gemeinsam sind und uns plötzlich danach ist, miteinander zu schlafen, ja, wir haben sogar die Bedingung aufgestellt, dass wir dann in derjenigen Wohnung schlafen – meiner, ihrer –, die dem Ort, wo wir gerade sind, am nächsten liegt, alles, damit nichts offiziell wird, um nichts festzulegen. In dieser Nacht aber brechen alle Vorsätze in sich zusammen. Pedrito ist, ohne es zu wissen, unser Trauzeuge. Er hat uns gerade verheiratet. Wir verbringen den Tag zusammen, verlassen das Haus nicht, wie zwei Genesende, und am nächsten Nachmittag ist Amalia immer noch da, bis sie beschließt, dass wir kurz zu der Wohnung gehen, die sie mit ein paar Freundinnen teilt, um ihre Kleider zu holen. Und so beginnt unser Leben als Paar, unsere Ehe, eine Therapie gegen die Gewalt. Drei Tage später dann gehe ich in die Fakultät und suche Pedrito und zitiere ihn in ein Café, von dem wir wissen, dass wir dort keine Bekannten treffen werden, und ich, wer weiß warum, vielleicht aus eben dem Bedürfnis nach Selbstbestrafung, das mich dazu brachte, aus dem Fenster springen zu wollen oder Amalia zu sagen, dass ich sie wahnsinnig liebe, dass ich nicht ohne sie leben könnte, auch wenn ich weiß, dass es eher umgekehrt ist, ich brauche sie, das stimmt, aber ich könnte nicht mit ihr leben, aus eben diesem Bedürfnis heraus gestehe ich Pedrito, dass ich die Mitglieder der Zelle belogen habe, dass ich Dinge gesagt habe, die ich nicht glaube, besser gesagt, die ich schon glaube, weil ich davon überzeugt bin, dass die Gewalt die einzige Sprache ist, die das Regime versteht, die es schmerzt, dass es sich dabei aber um etwas handelt, zu dem ich nicht befähigt bin und es auch gar nicht sein will, und er sagt: »Klar, du hast etwas zu verlieren, nicht nur materielle Dinge, auch etwas in dir selbst, du hast eine empfindsame Seele, genährt mit Poesie, mit Musik, und du bist nicht bereit, sie hinzugeben, du willst sie dir bewahren. Es würde dir nichts ausmachen – jetzt zumindest, wer weiß, was später kommt –, deine Kraft, dein Geld, das Geld deiner Familie herzugeben, dazu wärst du bereit, aber du willst dir deine Seele bewahren, also gerade das, was die Revolution am meisten braucht.« Er lachte. »Normal, das ist ganz normal. Gäbest du deinen materiellen Besitz nicht her, würdest du dich schäbig fühlen; aber wenn du deinen Geist verweigerst, fühlst du dich gut dabei, fühlst dich durchgeistigt. Ihr Intellektuellen liebt euer Ich mehr als alles andere; mehr noch als Geld sogar. Jedenfalls hast du dich bei der Versammlung gut geschlagen, du hast Mut gemacht, hast dich öffentlich engagiert. Und das ist gut. Besser so als umgekehrt. Dass du im Privaten beschlossen hättest, deine Seele der Revolution zu schenken und sie dann öffentlich verrätst. Es kommt auf das an, was man öffentlich vertritt, für die privaten Zweifel gibt es Psychiater oder, für die Gläubigen, Priester. Als Sekretär der Zelle gratuliere ich dir, als Freund bemitleide ich dich. Auch ich habe Zweifel, Ängste, aber ich habe gelernt, dass das, was ich empfinde, den anderen wenig nützt. Mein Ich, das sind meine Handlungen, nicht meine Wünsche und Ängste.« Und all das holt mich ein, kaum dass ich Pedritos Stimme am Telefon erkannt habe. Das und eine Nacht, ich weiß nicht wie viele Jahre später; seine Arme um Amalias Hüften, seine Hände auf Amalias Hintern, die beiden tanzen. Ich liege auf einer Matte, habe zu viel getrunken, mich mit Amalia gestritten, mir vorgestellt, dass ich sie nicht mehr sehen will, »lass uns ein für alle mal Schluss machen, vielleicht lässt du mich dann endlich in Ruhe«, hatte ich gesagt, und nun, da ich Pedritos breite Hände auf ihrem Hintern sehe, ist er wieder da, der Wunsch, sie zu sehen, nackt, sie zu berühren. Das Kind mag sein Spielzeug nicht mehr, will es aber keinem schenken, keiner soll damit spielen, seinen Spaß daran haben. Das ist es, glaube ich, aber ich kann nichts dagegen tun, es tut mir einfach weh, wenn Pedritos breite, feiste Hände Amalias Hintern umspannen. »Das ist mein Spielzeug, und er klaut es mir«, denke ich. Er würde sie gern ficken. Alle wollen Amalia gern ficken, wollen wissen, was dieser runde Körper verbirgt, welche Sehnsüchte ihren halb geöffneten Lippen entfleuchen, wenn sie nachts im Schlaf atmet. Amalia hat diese Gabe, den Eindruck zu vermitteln, dass sie wer weiß welch verdeckte Zartheit in sich birgt, eine verborgene, sanfte Wärme, bis du entdeckst, sie ist eine Mauer, eine feuchte, kalte Wand, die dich draußen lässt, allein, eine gut gebaute Mauer allerdings, das stimmt. »Keiner wird je erfahren, was du mir erzählt hast«, sagte Pedrito, »sei ganz ruhig. Ich bin dein Freund, aber selbst wenn ich es nicht wäre, würde ich nichts sagen. Es nützt der Revolution nicht zu wissen, dass du sie weniger liebst als dich selbst. Mir nützt es zu zeigen, dass viele Menschen sie lieben, du weißt ja, die Menschen unterstützen das, was unterstützt wird, sie lieben das, was auch die anderen lieben, und fliehen das, was andere aufgeben. Eine Frage der Eifersucht, wie du weißt.« Ich habe an jenem Abend darüber nachgedacht. Ich liebte Amalia nur aus Eifersucht. Ich liebte sie in diesem Augenblick, obwohl ich wusste, dass ich es nicht wirklich tat, nein, ich liebte sie nicht, hatte sie nie geliebt; gebraucht, ja, gemocht, auch, und begehrt, aber das, was man Liebe nennt, dieser Rausch, der dich weder schlafen noch essen lässt, oder dass es dir egal ist zu sterben, wenn du nur mit diesem Menschen stirbst, das habe ich nie für sie gefühlt. Unglücklicherweise habe ich später gemerkt, dass sie sehr wohl etwas Ähnliches für mich empfand. Amalia ist in der Lage gewesen, dieses Gefühl zu verwandeln, es umzukehren. Sie verwandelte es in negative Energie, die sich gegen sie selbst richtete, gegen mich. Sie hat das Mädchen mit dieser Energie erzogen, hat sie ihr übertragen. Amalia hat sich nie davon erholt. Worte haben Folgen. Du sagst, ich liebe dich, und setzt im Körper des anderen Menschen eine Maschinerie in Gang, eine Maschinerie, die nicht mehr Halt macht und in jedwede Richtung arbeitet.

Bei Rita war es klar, dass sie nicht kommen würde, gleich als ich sie anrief. Sie will nichts mit Carlos zu tun haben. So wie es Elisa mit mir ging: »Ich will ihn nicht wiedersehen«, sagte Rita, als ich mit ihr sprach. Fehlte nur noch, dass sie sagte »im Leben«, aber klar, die beiden haben Kinder, und das lässt immer Türen offen. Wenn du Kinder hast, kannst du nicht sagen, nie mehr im Leben sehen, du musst sagen, nicht wiedersehen, als Ausdruck eines dauerhaften Wunsches, eine Philosophie mit zeitweiligen Zuwiderhandlungen, ein generelles Prinzip, das Ausnahmen zulässt, eine Norm, die notgedrungen periodisch außer Kraft gesetzt wird. Stattdessen sitzt hier Taboada mit seiner Freundin, der Romanschreiberin Elvira, die so tut, als kenne sie mich nicht (»Pedro? Nein, ich kann mich nicht erinnern«, sagte sie zu Taboada, als er uns erneut vorstellte), obwohl wir uns in Denia begegnet sind und uns eine ganze Weile lang unterhalten haben, während ihr Mann, wenige Meter von uns entfernt, in einem beachtlichen Rausch schnarchte. Ich weiß nicht, was diese beiden, Taboada und Elvira, hier zu suchen haben. Guzmán hat sie auf eigene Faust eingeladen, der sammelt immer noch Beziehungen für seine imaginäre politische Biographie. Taboada gehörte nicht wirklich zu unserer Zelle, sein Verdienst war es, uns zu verteidigen, unseren Anwalt zu spielen, als wir gefasst wurden. Vielen Dank auch. Damals nahmen die Anwälte nichts oder nur wenig. Nochmals danke. Und da sitzt er, mir genau gegenüber, und bewegt geziert sein Fischmesser mit seinen langen, blassen Fingern; er blickt hinter seiner Trotzki-Brille hervor, die nun, dank eines leicht veränderten Designs und schwereloser Materialien, stylish wirkt, Taboada schiebt die Stückchen frischen Dorschs (Skrei heißt er auf der Karte) zwischen seine schmalen Lippen. Ich schaue ihn an und finde, er hat die Lippen einer gemarterten, hungrigen Frau. Elviras Lippen hingegen sind die eines naschsüchtigen Kindes. Klar, um die Gegenwart von Taboada und Elvira zu kompensieren, habe ich Amalia, sie ist schön, immer noch schön, keine alte Frau, keineswegs, und ich gebe zu, es würde mir nichts ausmachen, einige Stunden lang unseren Umgangskodex außer Kraft zu setzen. Eine Gefechtspause. Für sie allein hätte es sich gelohnt, diese Geschichte zu planen, diese Aktion vorzubereiten, auch wenn es tatsächlich einen unkomplizierteren Weg gegeben hätte, sich mit Amalia zu treffen: Ich hätte sie anrufen, etwas verabreden können, ihr sagen können: »Ich möchte mit dir essen gehen, hören, wie es dir geht, wir sollten uns treffen, ich will dich wiedersehen; siehst du immer noch so gut aus?« In diesem Fall hätte ich aber nicht Guzmán wiedergesehen, hätte nicht entdeckt, dass die Zeit nichts heilt, sondern alles nur schlimmer macht. In den vergangenen Tagen hatte ich, dachte ich an Guzmán, geglaubt, da wäre längst Vaseline auf den Wunden, was die Berührung sanft, nicht gerade warm oder zärtlich, aber doch auf zivilisierte Weise erträglich machen würde. Ich dachte, die Nostalgie wirke wie eine glättende Creme und dergleichen. Ich erinnerte mich nicht mehr so recht daran, wie sehr mir Guzmán auf die Nerven gehen konnte, was er für ein Mensch war, wie ich ihn damals nur mit proletarischer Disziplin ertragen konnte, Guzmán, der sich jetzt zu allem Überfluss auch noch in seinen Zwillingssöhnen Lalo und Juanjo wie auf Abziehbildern wiederholt, das

Trio der Guzmane: Die drei auszuhalten, empfinde ich als Tortur (die Jungen sind so, wie er damals war); nicht nur, sie zu sehen, auch noch anhören zu müssen, dass sie sich im Mittelpunkt der Welt befinden, dass die Guzmane der Mittelpunkt – der korrekte Mittelpunkt – von allem und jedem sind, hier herzukommen, um von Lalo zu hören: »Das 21. Jahrhundert wird noch das Jahrhundert Amerikas sein, aber diesmal ist Südamerika dran. Asien ist ein anderer Raum, fern, fremd. Asien ist vielleicht die Zukunft, aber die liegt noch in den Sternen. Mexiko wird die Hauptstadt des 21. Jahrhunderts, so wie New York die Hauptstadt des zwanzigsten war, davon bin ich überzeugt. Die zwei aufregendsten Städte, die ich im Leben gesehen habe, jede auf ihre Weise. Mexiko, die Hauptstadt der Amerikas, die Flamme, die von einer Hoffnung bleibt, die sich im Rest der Welt verflüchtigt zu haben scheint: ein Packen Sprengstoff kurz vor der Explosion. Die Marksteine des Kapitalismus: Paris war, wie schon Benjamin sagte, die Hauptstadt des 19. Jahrhunderts und New York ist die des zwanzigsten, das jetzt zu Ende geht. Mexiko wird die des 21. Jahrhunderts sein. New York, Stadt des Stolzes und der Hoffart, Welt aller Welten.« Uff, was für ein Albtraum, was für eine Schnapsidee, hier herzukommen, um sich die Plattheiten von Guzmán und seinen Mariachis, seinen Schößlingen, anzuhören, zu hören, dass New York die Stadt der Städte ist, dass sie eine Skyline, Luxus und Elend aufweist, gut, sehr gut. »Ich war schon länger nicht dort«, sage ich. »Oh«, prescht Lalito vor und fuchtelt mit dem Fischmesser in der Luft, »man muss einfach hin. Jeder Mensch unserer Zeit, der es sich irgendwie erlauben kann, muss mindestens einmal im Jahr nach New York, eine Pilgerfahrt, muss erfahren, was da ausgebrütet wird, einen Veranstaltungskalender kaufen und sich kundig machen, überall herumlaufen, sich alles ansehen, das Röntgenbild vom Herzen der Welt betrachten, alles ansehen, einmal, noch einmal, morgens, nachmittags, nachts, denn New York (Lalo lächelt: Jetzt wird er etwas sagen) ist, wie soll ich sagen, wie ein Chamäleon, die Stadt verändert sich, sie verändert sich jede Minute, das Wasser, die Wolkenkratzer, denn jetzt fällt das Licht von einer anderen Seite darauf, vor allem aber verändert sich die Stadt auf Bodenhöhe: Da gibt es kollektive Migrationen, Transformationen der menschlichen Geographie, Destruktion und Rekonstruktion. Der große Ameisenhaufen, den uns das 20. Jahrhundert hinterlässt.« Ich denke an die Landschaft, die ich von meinem Haus aus sehe: den Swimmingpool, den Garten, die Bougainvilleas, die über die Steinmauer schäumen, die Siedlungen, die in Kaskaden zum Meer hinabfallen, das Meer und die Berge, die in der Ferne aussehen, als stiegen sie ins Wasser, und dort diese Insel, die aber eine Halbinsel sein muss, denn das müsste Peñíscola sein, auch wenn ich mir nicht ganz sicher bin, und auch diese Landschaft verändert sich, auch auf sie fällt das Licht von hier und von dort, wie auf New York, und es gibt Bäume, Obstgärten hinten im Tal, die grüne Weite der Orangenplantagen, die verdrängt werden von neuen Bauten, von Apartmentblocks, von Fabrikgebäuden, gedeckt mit Uralit, Metallplatten oder was auch immer, von riesigen Zementflächen, von wilden Müllkippen und Schutthaufen; die zerzausten Pinienhaine an den Berghängen, die Siedlungszentren – ich sehe das Meer und an klaren Tagen von meiner Terrasse aus zwanzig, dreißig Küstenstädtchen und vor dem Meer Kräne, Neubauten allenthalben: Klar, das ist nicht New York, auch nicht das Zentrum von irgendwas, nein, nur ein Altenheim, in dem die kältesteifen Arbeiter Europas in der Sonne den Tod erwarten, ein blühender Hinterhof, ziemlich schmutzig, aber sonnig; ja, ich weiß, ich bin nicht im Zentrum von irgendwas, doch um mich vor Lalo zu retten, breite ich auf dem Tisch den Zauber von Shanghai aus, lege die Dame des Orients auf die Tischdecke zwischen die Weingläser (»Neulich aber war ich in Shanghai, dort ist eine alles sprengende Vitalität zu entdecken. Einmal angenommen, die Hauptstadt des 21. Jahrhunderts liegt im Fernen Osten. Warum nicht an eine Zukunft denken, die nicht allzu fern ist? Keiner beherrscht das komplizierte Spiel mit Virtuellem so meisterhaft wie die Orientalen: das Geld, eine Kalligraphie, in die Leichtigkeit der Luft geschrieben. China hat nie seine Altertümer geschätzt, nur die Erinnerung daran, das niedergeschriebene Gedächtnis, den Hauch, den sie im Gedächtnis der Menschen hinterlassen«, so rede ich). Ich erzähle ihm von Shanghai, das ich nicht etwa seinerzeit zusammen mit Vater Guzmán besucht habe, vor ich weiß nicht wie vielen Jahren (Elisa war bei dieser Expedition dabei), wo ich aber unter dem Vorwand der Keramikmessen in Kanton, das heute Guangjou heißt, in letzter Zeit mehrmals hingefahren bin. Shanghai: alte Quelle der Inspiration für unsere revolutionären Träume und heute Kapitale des Kapitalismus der Tigerstaaten (»Wird sie das wieder? Oder bleibt sie die Sklavin von Singapur und Hongkong?«, frage ich laut). Ich kenne auch Hongkong und Singapur. Ich spreche von der *Condition humaine*, nicht von unserem Menschsein, sondern von Malrauxs Buch, und es freut mich diebisch, dass die Zwillinge es nicht gelesen haben. »Das müsst ihr lesen, ein ausgezeichneter Roman«, tönt Guzmán senior: »Chiang Kai-shek, der die Kommunisten als Brennmaterial in den Lokomotiven verheizt; die Kommunisten, die Blausäuretabletten schlucken, um sich vor der Folter zu befreien und ihre Genossen nicht zu verraten.« Und Lalo: »Aber war Malraux nicht einfach ein Abenteurer, eher ein Reaktionär? Ein Herrensöhnchen auf der Suche nach großen Gefühlen? Ein Gaullist?« So reden sie daher, während ich von Shanghai spreche: Ich erzähle ihnen, dass es sich noch schneller als New York verändert, seine Silhouette fließender ist, seine Skyline stärker vom Menschen bedroht, noch mehr Dynamit jagt die alten Art-déco-Viertel in die Luft, noch mehr Bagger schlagen ihre Zähne in die nahen Reisfelder, noch mehr neue Wolkenkratzer, noch höhere, noch breitere Straßen werden dort eingeschnitten, mehr Viertel abgerissen und neu aufgebaut, mehr Brücken werden dort geschlagen; und auch auf Shanghai fällt das Licht aus dieser und jener Richtung. »Ich glaube, Lalito, man sollte Shanghai mindestens alle zwei Jahre besuchen«, sage ich maliziös, »das ist, als sähe man das Unkraut des wilden Kapitalismus sprießen, als höre man die Musik seines Atems.« Und er weicht aus, kehrt zum Thema der asiatischen Fremdheit zurück: »Andere Parameter, eine Kultur, die uns noch fremd ist, aber zweifellos faszinierend. Keine Frage, Pedrito, ich brenne darauf, dieses fremde, geheimnisvolle China kennen zu lernen.« Ich erzähle ihm, dass ich mich an den Gedanken klammere, es könne in unserer Welt doch noch zwei Welten geben, und seien es nur zwei Dämonen, die sich gegenüberstehen (»Auf Gott wartet man noch, er ist noch nicht erschienen«, sage ich), zwei Welten aber, »die Hoffnung, das Universum gehöre nicht nur einem Satan«, sage ich, »und für deinen Vater, wie für mich, wie für alle, die an diesem Tisch sitzen, war China einmal sehr nah, sehr zu uns gehörig: *La Cina è vicina.* New York ist Marketing, Reklame, Umweltverschmutzung. Die jüdischen Intellektuellen und Banker, die Maler des abstrakten Expressionismus, die Bier auf ihre Bilder pinkeln, Woody Allen und all das, ein Nebel leerer Worte und willkürlicher Formen, der nur den Lärm der Rüstungsindustrie dämpft.« »Sag bloß, du magst Woody Allen nicht«, hakt Guzmán ein, »du willst mir doch nicht erzählen, dass du immer noch so dogmatisch bist! Es gibt heutzutage doch nichts, was so intelligent, so geistreich wäre wie Woody Allen.« Kurios, dass er das sagt, der im Namen des Antidogmas immer noch so blutunterlaufene Augen bekommt wie damals, als er das Dogma verteidigte. Ich lasse ihn reden. Er betet nach, was die Kritiken in *El País* über Allen sagen. Ich habe sie gelesen. Ich weiß Bescheid. Er hat mir keine Zeit gelassen zu sagen, ob ich Woody Allen mag oder nicht mag, aber ihm passt es in den Kram, dass ich ihn nicht mag. Vor seinen Söhnen natürlich. Hat mit seinem eigenen Image zu tun. Lalo sagt (warum macht der andere Bruder nie den Mund auf? Ist er stumm? Mongoloid?): »Das 20. Jahrhundert ist das Jahrhundert des Überflusses gewesen, das Jahrhundert der Reichen; das 21. wird das Jahrhundert des Elends, das Jahrhundert der Armen sein. New York und Mexiko.« Und Carlos schwächt ab: »Unser 20. Jahrhundert ist nicht besonders reich gewesen. Es ist noch nicht lange her, dass wir aussuchen können, was wir essen wollen. Unsere Generation kann nur bezogen auf die letzten drei Jahrzehnte von Wohlstand sprechen. Die vorigen Generationen wussten nicht, was das Wort bedeutet. Das 20. Jahrhundert war das der großen Völkerwanderungen, der großen Revolutionen und Kriege, die Zeit, in der das grauenhafte Gespenst des Hungers seine Arme am weitesten geöffnet hat.« Carlos nimmt die Diskussion ernst. Während er uns von der Seite her beobachtet, kaut Guzmán seinen Söhnen noch einmal vor, was ich einen Augenblick zuvor gesagt habe. Er versucht zu erklären: »China unser Modell? Wir waren so verrückt, dass wir die Ebenen des Jangtse mit denen der Mancha verwechselten.« Und er lacht. Lalo, versöhnend: »Wir können so viel von China lernen. Das Wissen über den Körper, die Naturmedizin, die Vorstellung von der Nutzung des Raumes, die traditionelle Fähigkeit, die Abfälle, das Wasser zu nutzen, eine permanente Wiederaufbereitung.« Er sieht mich an, sieht seinen Vater an, abwechselnd, lässt dann seinen Blick über die ganze Runde schweifen, bezieht die anderen Tischgenossen mit ein; es ist ihm gelungen, sich in die richtige Mitte zu stellen, beide Haltungen zu verstehen: das Zünglein an der Waage, der geborene Führer. Er hat seinen Vater und mich in zwei gegensätzliche Fraktionen verwandelt, die der von einem Führer, von ihm, herbeigeführten Synthese bedürfen. Ich denke, Lalo wäre, rechtzeitig geboren, ein ausgezeichneter Maoist gewesen, ein Lieblingssohn der Kulturrevolution. Sein Vater schaut ihn an und ist hin und weg. Er ist bereit, die Parole zu skandieren, für die sich der kleine Führer entscheidet. Und wenn man dafür töten muss, wird er töten. Oder zumindest versuchen, dem Feind das Portemonnaie zu klauen, das ist die erste Phase. Wenn du deinen Feind nicht töten kannst, dann nimm ihm den Geldbeutel ab. Womöglich überkommt den Feind dann der Wunsch, sich umzubringen. Es ist der alte Guzmán, er kann es nicht verleugnen. So wie ich immer noch der alte Pedro bin. Auch ich bin hin und weg, wenn ich meine Tochter Norma sehe, in diesen engen Shirts, die ihre Brüstchen abzeichnen und den Nabel frei lassen, mit ihrem Piercing, ein klitzekleiner Brillant, den ihr meine Frau geschenkt hat, klar, wir Eltern sind nun mal so: Dass Lalo spricht und sein Vater ihm zuhört, ist normal; für ein Kind klaut man die Geldbeutel, die nötig sind; es ist auch normal, dass Taboada und Elvira, seine junge Romanschreiberin, zuhören. Sie hat gerade ihren ersten Roman veröffentlicht. Sie brauchen das, intellektuelles Gerede, Gelärme, um zu leben, darin zu baden, ich aber sammle, während er spricht, Stichpunkte für meine Antwort: Gorki, der auf der Insel Capri schreibt; Lenin, der die Revolution in Zürich plant, und, ebenfalls in Zürich, Apollinaire und die Dadaisten; Zürich, das nicht viel mehr als eine Stadt der Rentner war, ein Erholungsort in den Bergen, ein Sanatorium, ein Asyl für Reiche, verwandelt sich zu Beginn des 20. Jahrhunderts in den Nährboden der Revolutionen, politische Revolution, künstlerische Revolution, literarische Revolution; ich denke an Machado hinter den vereisten Fenstern seiner bescheidenen Pension, er beobachtet, wie sich die Nacht auf das triste und einsame kastilische Dorf senkt, alte Steine, gesprengt vom Frost, ein Kaff, lebensleer, Soria, so allein unter dem Mond, fern von allem Geschehen der letzten fünfhundert Jahre; ich denke an Alvar Aalto, der Rovaniemi erbaut, die Lichter der Fenster leuchten inmitten ferner Eisflächen, auf denen die Polarnacht lastet. Schweigen, draußen weht nur der Wind, heult über den vereisten Feldern Lapplands. Tausend Jahre Städte gehen mir durch den Kopf: stolze und schäbige Städte, verfallen oder in ihrem Glanz, verdorrend oder in Seen versinkend, in Sümpfen erstickt, durch Erdbeben zerstört, von Flammen verzehrt, überschwemmt von den Launen des Meers. Sodom, Pompeji, Alexandria, Babylon, Ninive. Ich denke daran, um mich vor Lalito zu retten, der so viel weiß, so viel mehr als ich, und dabei noch so jung ist. Woher die Bücher auf Englisch, die Flugtickets? Ein Palast erhebt sich auf dem Rücken derer, die in Hütten leben. So ist es. So ist es gewesen. »Wer weiß schon, Lalo, wo das Zentrum der Welt ist?«, sage ich reif, nachdenklich, gleichsam abgeklärt, »wir kennen das Zentrum dessen, was abstirbt, wissen aber nicht, wo der winzige Keim dessen, was geboren wird, zu suchen ist.« Ich beneide ihn darum, dass er gut reden kann, und habe ihm deshalb die Litanei von Zürich, Lenin, Machado, Rovaniemi heruntergebetet. Ihm gefällt das, klar gefällt es ihm, fühlt er sich doch inmitten eines kulturellen Seebebens. Er gibt mir Recht. Und deshalb bin ich nicht weniger wütend auf ihn. Nicht einmal wenn ich an meine Tochter denke, bin ich besänftigt, weil meine Tochter, meine Norma, mit ihrem klitzekleinen Brillanten im Nabel, ihrer trägen Gleichgültigkeit, auch eine Portion Wut in mir auslöst, ihre Portion Wut, die Portion Wut, die ihr gilt, die nicht gerade klein ist, auch wenn sie von meiner Rührung bei ihrem Anblick zugedeckt wird. Wir mussten so sehr kämpfen, so viele Umwege gehen, um das zu sehen und zu lernen, was für Lalito und meine Norma jetzt täglich in Reichweite ist. Sie kleiden sich damit ein. Sie hängen es sich über, wie sich jemand einen teuren Pelz umhängt, um sich vor der fremden Kälte zu schützen, um sich zu schmücken. Wissen, Ideologien, Kosmetika, Kleider. Wir mussten lernen, und dann mussten wir verlernen, weil das, was wir wussten, sich gegen das richtete, was wir mussten. Uns das Leben verdienen. Die Brüder betrachten mich verächtlich, das ist normal, aber der Vater auch; verächtlich redet Guzmán senior mit mir: »Was ist los? Weil wir nichts mehr auf die Zukunft geben, muss man doch nicht denen, die nach uns kommen, die Möglichkeit verweigern, sie zu gestalten«, sagt er, »sie wissen mehr als wir, andere Erziehung, bessere Ausbildung, außerdem haben sie den Kompass, den wir verloren oder nie wirklich gehabt haben, ein Instrument, das verlässlicher ist als unseres«, sagt er; mein Gott, er, wer war er denn, was für ein Instrument hat er gehabt und benutzt und verloren, von was für einer Vergangenheit hat er wohl seinen Söhnen erzählt, was für eine Vergangenheit hat er sich erdacht, und jetzt erlaubt er sich, auf mich herabzusehen. Er schaut von oben nach unten: auf einen Provinzler, der in Denia lebt und Ferienhäuser baut; belangloser Tourismus, Spekulation, so denken die drei über mich, und auch Taboada und seine naive Freundin, die sich angeblich nicht an mich erinnern kann, Immobiliengau, schlechte Materialien, Bauten, die man ansehen aber nicht anstupsen darf, Pfusch, das alles denken sie, allerdings habe ich den Eindruck, dass Lalito uns allesamt mit Verachtung betrachtet, die aus Denia und die aus Madrid, ja, und Amalia hat er auch nicht geantwortet, als sie ihn fragte, ob es ich weiß nicht was für ein Geschäft auf der Fifth Avenue noch gebe, kein Schickimickigeschäft, nichts dergleichen, ein Laden für Bücher und Platten, anscheinend einer der bestsortierten, den Namen habe ich nicht gehört, und sie hat auch von einem Theaterstück gesprochen, das sie gesehen hat, von einer Ausstellung von Guston, von dem sie eine Graphik gekauft hatte, und Lalito hörte gar nicht zu, er war mit dem Kopf woanders: Mit Ausnahme seines Vaters sieht er auf uns alle herab. »Lalito, ich baue Häuser für Touristen, aber ich habe Le Corbusier gelesen, Texte von Gropius, über das Bauhaus habe ich gelesen, habe mich über Loos und Otto Wagner kundig gemacht, über Schinkel und auch über die Architektur, die sich Speer für Hitler ausgedacht hat; ich habe die Erfahrungen der linearen Stadt von Arturo Soria studiert und die Versuche der Sowjets, sie anzuwenden; auch die Arbeiten von Perret. Ich habe Palladio und Borromini studiert. Ich habe gelesen, geschaut, bin gereist, Lalito, und ich habe gegessen und getrunken und gevögelt, ich bin die reife Frucht dieses Lebens, schrumpelige Haut, aber fleischig im Innern«, sage ich zu ihm, und, nach einer Pause, »was mich nicht davon befreit, Scheiße zu bauen«; und der gute Carlos mischt sich ein, um Frieden zu stiften: »Jede Epoche hat ihre Ziele, ihre Illusionen, ihre Widersprüche«, sagt er. Und schon hat er den Angelhaken verschluckt und geht brav und wohl erzogen auf das rote Tuch los. Lalo pflegt sein Image eines jungen Protestlers aus den Sechzigern, eines Achtundsechzig, das er nicht erlebt hat, an das er aber mit seinen Liedern andocken möchte, sie sollen eine Brücke sein, er will sich die Geschichte schmieden, die ihm abgeht, Mama und Papa lieben dich sehr, dir ist viel in die Wiege gelegt worden; Lalo trägt einen Dufflecoat, so nachtblau, dass er schwarz wirkt, er hat ihn ausgezogen, als er das Restaurant betrat, und zeigt jetzt folgendes Outfit: etwas längeres, leicht gewelltes Haar wie Dylan achtundsechzig, runde Brillengläser, metallisch gefasst, wie Lennon, und einen Pullover mit Rollkragen, geschlossen bis zum Adamsapfel, genau wie ihn Dylan vor gut dreißig Jahren trug, jetzt ist das ein Zeichen der Rückbesinnung, der Rückgewinnung der Revolution, Lalo selbst ist genauso alt, wie Dylan es war, als er Dylan war, und er begleitet sich ebenfalls auf seiner Gitarre und der Mundharmonika, die mit einem Gestell an die Gitarre gekoppelt ist, und er singt über einen Wind, der die Kokospalmen im lakandonischen Urwald bewegt, die Blätter der Mangobäume, das feierliche Grün der Bananenstauden, und die Luft singt mit auf spitz geschliffenen Dornen, als handele es sich um eine Geige, und er zeigt seinen Sinn für Paradoxa, weil seiner Meinung nach die beiden großen Städte Nordamerikas heute den Norden und den Süden verkörpern (»Wir vergessen, vergessen allzu oft, wir alle vergessen«, unterstreicht er, »dass auch Mexiko zu Nordamerika gehört. Die eine Stadt verkörpert die Widersprüche des Nordens und die andere die des Südens, denn Norden und Süden sind nicht rein geographische, sondern auch soziopolitische Begriffe«), die beiden nordamerikanischen Städte seien dazu verdammt, sich als Zentrum der Welt abzulösen, denn New York sei die kapitalistische Vergangenheit, die wie ein zeitgenössisches Venedig in ihren beiden Goldflüssen, dem Hudson, dem East River, versinkt, das ist die hoffärtige Vergangenheit, das Symbol der Kultur des Nordens, während die Zukunft in Mexiko liegt: Die Zukunft tragen die kleinen Indios des lakandonischen Urwalds auf ihrem Buckel. Sie tragen ihre Macheten, ihre Trommeln, Maistaschen als Reiseproviant; sie tragen ihre Gürteltiere und Ferkel mit sich, ein tragbarer Bauernhof, und inmitten all dieses wirren Gepäcks tragen die kleinen Indios, ohne es zu wissen, die schwere Last der Zukunft. Das große, kosmische Amerika Nerudas, das alle Symbole des Nordens und des Südens verschmilzt. Von der Beringstraße bis nach Kap Horn, die Kordilleren, die Täler, die Wälder, die Wüsten, die Ozeane, Flüsse, breit wie Meere, Diktaturen, Revolutionen, der Salzgeschmack des kalten Metalls, des Gewehrlaufs, und der süße Geschmack der lauen Tropenfrüchte, Mango, Pfirsich, Guave, Maracuja. Üppige, bunte Bäume, Jacarandá, Flamboyant, die monochromen Tannen der eisigen Flächen, die großen und geheimnisvollen Sequoias, die stoppeligen Kakteen, die sich wie Kandelaber des Schattens in den Wüsten erheben. Lalo hat sein großes Lied schon vollendet, in dem er das alles der spanischsprachigen Menschheit erzählt (»Aha, das war's also, hätte er doch gleich sagen können«, flüstere ich Amalia ins Ohr), besser gesagt, seine Kantate, die große, die Kantate gegen die Globalisierung, von der die Freizeitbeilagen, die Musikressorts, die Kulturseiten der Zeitungen zu schreiben beginnen: »Lalo Guzmán: Eine Kantate auf die Zukunft«, oder: »Lalo Guzmán: Ein Aufschrei gegen die Globalisierung«, »Ich setze auf den Süden« – es handelt sich um ein einziges Lied, eine ganze CD, nach Art von Lluís Llach (*si arribeu en la vida mes lluny de on jo puga arribar*), ein nerudianisches Poem, eine Art Großer Gesang, ein einziges Stück, über zwanzig Minuten lang, es soll *AltaSierra* heißen, zusammengeschrieben, aber mit dem Großbuchstaben in der Mitte, das große S für Süden. Das Cover ist schon entworfen, eine Collage aus dem traditionellen kleinen mexikanischen Totentanzskelett und einem virtuellen Manager von der Wall Street, erklärt Lalo, das Cover hat ein Guatemalteke entworfen, der im mexikanischen Exil war und den er, Lalo, vor ein paar Monaten in einem Café im New Yorker Soho kennen gelernt hat. Amerika, These, Antithese, Synthese. Guzmán hört seinem Jungen zu und schwillt immer mehr. Er hat bei diesem Projekt mitgearbeitet, hat dem Sohn beim Schreiben einiger Passagen der Kantate geholfen, und der hat ihm eins der bewegendsten Stücke gewidmet: der Titel lautet »Bleib nicht stehen (meinem Vater gewidmet)«. Die Platte enthält noch andere Widmungen (an Silvio, an Víctor Jara, an Violeta Parra), auch an Serrat. *AltaSierra* von Lalo Guzmán, eine Art weltlicher und theologischer Summa der Protestlieder, die sein Vater in der Jugend aufgesogen hat (logisch, er sagt, »die mein Vater aufgesogen hat«) und deren Gedächtnis er für ihn bewahrt hat (»deren Gedächtnis er für mich bewahrt hat«). So ist auf dem Cover der CD, die er uns gleich bei seiner Ankunft geschenkt hat, bevor wir Zeit hatten, über uns zu sprechen und unsere medizinischen Bulletins auszutauschen, was in unserem Alter zur Unterhaltung gehört; aber nein, Lalito mit seiner CD, auf deren Cover das Gleiche steht wie in den Interviews, die ich von ihm gelesen habe, wie in dem Interview, das ich neulich im Radio gehört habe. Das war der Tag, als Carlos mir bestätigte, dass jener Guzmán, dessen Flickreime (Sklave-Guave, Brigaden-Kameraden, Lippen-Rippen) meine Tochter zu Hause trällerte, der Sohn unseres Guzmáns sei. »Der Schatz des Gedächtnisses« hatte eine der Zeitungen das Interview betitelt. Im Übrigen, erklärt Lalo weiter, während sein stummer Bruder nickt, wurde die Aufnahme mit vielerlei Stimmen gemacht (»Eine Luxusproduktion, die denen aus Ländern wie den USA oder Großbritannien in nichts nachsteht«, so Lalo in diesem Interview). »In einem kulturell und ökonomisch rachitischen Land wie Spanien eine solche CD zu produzieren, ist ein Traum«, wiederholt er jetzt. Beigetragen haben zu dieser Aufnahme Orfeón Donostiarra, eine kubanische Sängerin für die zweite Stimme, ein junger Mann aus Niger (»ganz außerordentlich«, sagt Lalo), der nach einem unglaublichen Abenteuer, das sich über fünf Jahre erstreckte, in Spanien gelandet ist (»so was von spannend, wenn er davon erzählt«), ein Flamencosänger aus dem Hafen von Santa María (der Süden! Das Mestizentum!). Im Hintergrund sind Gamelans aus Bali zu hören (»eine Odyssee, diese Instrumente und geeignete Musiker zu bekommen, in Spanien gibt es so etwas nicht«), peruanische Quenaflöten und das Klagen chinesischer Geigen. »Alle Wege führen nach China«, sage ich laut, und Guzmán lacht, öffnet und schließt die rechte Hand, als wolle er mir Adieu sagen, als wolle er mir sagen, vergiss mich. Er raucht. Während Lalo die Morgenröte einer neuen Zukunft erspäht, saugt Guzmán senior zweimal an seiner Zigarre und schaut seinen Sohn mit triefenden Augen an, die Revolution ein Zuckerstückchen. Alle Revolutionen der Welt zieren das Tischtuch, von dem wir gespeist haben, wie eines dieser chinesischen Lämpchen, wie bunte Jahrmarktgirlanden von irgendwoher aus der Fremde, die ganze Süße der Welt, die ganze Liebe eines Vaters. Der Rauch der Zigarre hüllt uns ein. Ich sage, dass ich als Sänger Albert Pla mit seiner Liebe zu schmutzigem Sex und Chemie sehr mag (eigentlich mag ihn meine Tochter, aber auch ich finde einige seiner Lieder witzig, all die Ficks, die mir entgehen, all der Koks, der ungesnifft bleibt, die Pillchen, die ich nicht schlucken werde, oder das vom Maurer, der die Tochter des Königs von Spanien heiraten will), und Lalo, ganz nebenbei, »Ja, Pla ist nicht schlecht«, während Guzmán senior versichert, er habe noch nie etwas von ihm gehört. »Das ist so ein kleiner Hässlicher«, endlich hat Juanjo den Mund aufgemacht, der Zwilling, der bis jetzt geschwiegen hatte, er hebt leicht die Augenbrauen und verrät mit dieser Geste, dass er ganz der Vater ist, mürrisch zusammengewachsene Brauen. Die Zwillinge ähneln in ihren Gesichtszügen dem Vater, sie sind plattnasig, dunkelhäutig, haben stark gelocktes, schwarzes Haar, und auch vom Körperbau her sind sie ganz der Papa, breit, massig, so jung noch und schon so massig, obwohl man sagen könnte, es handele sich um vergrößerte Kopien, die neuen Generationen, andere Ernährung, anderes Volumen (der Übergang vom Ameisenbären zum Dickhäuter). Juanjo, der für eine nichtstaatliche Organisation arbeitet, setzt in die Praxis um, was sein Bruder singt. Er ist sehr in Sorge (aha, der Mongo kann sprechen) über das, was er in Mexiko-Stadt gesehen hat: »Schrecklich, unglaublich, da wird man von normalen Taxifahrern entführt, und das, obwohl die eine große Nummer auf dem Autodach haben müssen, damit die Polizei sie notfalls vom Hubschrauber aus verfolgen kann, entsetzlich, Mexiko-Stadt, was soll man da noch sagen. Eine Abwasserleitung ist in einem Viertel im Norden der Stadt geplatzt, und dreißigtausend Leute, vielleicht waren es auch dreihunderttausend, ihr wisst ja, Zahlen sind dort immer wirr und nicht nachvollziehbar, also, die Leute schwammen in der Scheiße, ja, in der Brühe aus den Kloaken, genau, in Scheiße, bis zum Hals, bis zum Mund, sie ertranken in Scheiße, grau-en-haft, und stell dir mal vor, die Lastwagen, die den Tequila von Jalisco in den Rest des Landes transportieren, müssen in Kolonnen fahren, vier, fünf Laster, eskortiert von gepanzerten Wagen der Polizei, der Armee, von Pistolenschützen, sonst werden sie ausgeraubt, so wie vor vierhundert Jahren die Flotte nach Westindien auslief, genau wie die Galeonen, die unter dem Geleitschutz von Fregatten fahren mussten, grauenvoll.« Wir alle spielen erstaunt, schütteln den Kopf, gestikulieren. Guzmáns Zwillinge: Als kleine Jungen waren sie dick und tollpatschig, wie verspielte Charolaiskälber, zwei Fettärsche, die vier Hinterbacken in Cordhosen gepackt, die fast platzten. Jetzt (was doch gute Erziehung ausmacht) sind sie rundlich, geistig aufgefüttert und sprechen mit schleppender

Stimme. Juanjo hat heute Abend ein Piratentuch um den Kopf gebunden, vielleicht als Zeichen dafür, dass er gerade von seiner wilden transatlantischen Reise zurückgekehrt ist; beide tragen sie weite Hosen von der Sorte, die am Nabel mit einem Band zusammengehalten werden, man weiß nicht recht, ob sie damit einem Modetrend folgen oder ihrer persönlichen Ästhetik gehorchen, ihren Hintern etwas zu kaschieren. Juanjo erzählt von seinen Erlebnissen im lakandonischen Urwald, seinem Aufenthalt in Dörfern, die Iztiuatazinango oder Tapletantiguanaguango heißen, Ortsnamen, die er ausspricht, ohne einen einzigen Buchstaben auf dem Weg zu verlieren. Juanjo spricht: »Wir sind praktisch einen Monat dort gewesen, die Anreise (eine grauenhafte Reise, stundenlang im Flugzeug, Touristensyndrom, du kannst an einem Gehirnschlag sterben, so eng sind die Sitze) und die Rückkehr nach Madrid eingeschlossen, ein langer, fruchtbarer Monat, in dem ich mehr gelernt habe als in den gut zwanzig Jahren meines bisherigen Lebens; wir haben mit dem Zapatistenheer zusammengelebt, haben geholfen, den Mais zu säen, eine Schule errichtet, die Pfosten eingerammt, aus denen einmal die Wände eines Hospitals entstehen werden.« Da ist das Dickerchen gewesen, hat sein festes Charolaisfleisch als Opfergabe für die Launen eines kleinen Majaidols dargeboten. Guzmán kommentiert, ist mit der Geschichte auf Du und Du: »Der Subcomandante Marcos scheint Spanien und die spanische Poesie bestens zu kennen. Er ist über alles, was hier geschieht, auf dem Laufenden«, und, danach, immer dasselbe: das Ausländergesetz, die Abtreibungsdebatte, die Spekulation mit Immobilien und an der Börse, immer dasselbe. Diese Leute haben die Macht verloren und das Geschichtsgedächtnis gewonnen und ein Feingefühl für Gerechtigkeit entwickelt. Elvira diskutiert mit Carlos, ob es in Spanien eine Romantradition gibt, die diesen Namen verdient.

Sie sagt: »Niemals. Der Roman wurde scheel angesehen, es gab da ein ästhetisches Vorurteil, das erst die Jungen langsam durchbrechen, deshalb haben sie auch Borges wiederentdeckt. Sie lieben Handlungsstrukturen, die kreisförmig, spekulativ, anagnorisch verlaufen, in denen am Ende des Romans alles seinen Sinn und Ort findet, wie in einem Puzzle.« Lalo nickt zustimmend. Es ist, als hätten die beiden letztes Jahr gemeinsam die Kunst erfunden, neu erfunden für eine Menschheit, die noch in ihrer langen vorästhetischen Nacht lebt. Elvira trinkt keinen Wein, sie trinkt Kamille, Kamillentee, Kamillenblüten schwimmen schlapp im gelblichen Wasser der Teekanne, deren Deckel sie ab und zu hebt. Die schlappen, welken Blüten betrachten, den penetranten Duft der Kamille riechen, der mit dem warmen Dunst aufsteigt. Elvira, die einen reichlich handlungsarmen lyrischen Roman geschrieben hat, träumt von einer Anagnoresis, um ihr nächstes Buch zu beschließen. Schwimmende Blütenreste. In diesem Restaurant wird die Kamille nämlich nicht in diesen unangenehmen Beuteln aufgebrüht. »Aber das stimmt doch einfach nicht. Was ist mit der ›Präsidentin‹, mit dem ›Lazarillo‹, dem ›Quijote‹? Und Bringas, Torquemada?« Taboada lächelte. Er hatte seine Brille auf das Tischtuch gelegt, die Gläser funkeln, von den Lichtkeilen berührt, die auf den Tisch fallen, auf leere und halb leere Gläser, bauchige Rotweingläser, halb ausgetrunken. Taboada, der eine Anwaltskanzlei hat, dessen Leidenschaft aber der Literatur gehört, ist froh, sich einmischen zu können, wenn es mal nichts mit Politik zu tun hat. (Amalia erzählt mir von seinen subtilen Annäherungen an die PP, wie er den rechten Stier von links an den Hörnern packen will). »Nein, das ist es nicht. Wir sprechen von Romanhaftem, von Thrillern, Krimis, die sich auf ein Handlungsnetz stützen und eher die Intelligenz als die Gefühle des Lesers ansprechen. Da gibt es keine Tradition.« Elvira trank diese Worte wie ihren Kamillentee. Lernen als eine Variante zeitgenössischer Gier, nicht als Synonym für Wissen, sondern für Akkumulation, mehr zu haben als, überlegen sein über. Elvira trinkt Kamillentee, trinkt Literatur, trinkt Kunst. Schnell wissen: nicht das Bedürfnis zu erkennen, sondern das Bedürfnis zu essen und zu trinken, mehrere Leben zu leben, fremdes Leben zu verzehren, die anderen mit Haut und Haar zu verschlucken. Deshalb lohnt es sich, aufmerksam zuzuhören, die Biographie der anderen in die eigene einspeisen, fremde Leben dem eigenen einverleiben, verschlingen, aussaugen, das Abendmahl zu sich nehmen, eine Epoche, in der man bei Serienmördern Speisekammern voller Menschenfleisch entdeckt, Tiefkühltruhen, gefüllt mit den Hirnen und Innereien der Opfer, Hannibal Lecter, der Mörder unserer kannibalischen Zeit. Elvira, Lalo und Juanjo, die genetischen Welpen einer hungrigen Generation, gehen auf die Jagd, praktizieren den Neokannibalismus. Ich betrachte Amalia. Ich betrachte sie schon wieder, warum auch nicht. Ihre Kette bebt auf ihrer Haut, hebt und senkt sich unmerklich, als führe sie ein geborgtes Leben, so ist es, die Kette lebt ein geborgtes Leben, sie lädt sich nach und nach mit Wärme auf, die von ihr kommt, sie hebt und senkt sich dank des mechanischen Impulses, der von ihrem Kessel kommt, von dem Sauerstoffbrenner, den sie hinter ihren Brüsten versteckt, oder besser, hinter ihren Titten: Brüste, das klingt zu mütterlich, Amalia hat Titten, und die hat sie, damit wir Papas damit spielen können. Wenn Antonia mir statt einem Mädchen einen Sohn geschenkt hätte (sie kann keine Kinder mehr bekommen, sie wurde vor Jahren operiert, man hat sie ausgeräumt, im Übrigen ist sie gerade vierundfünfzig geworden), dann wäre der bestimmt wie ich, so wie Juanjo seinem Vater nachkommt, er würde wie ich die Stirn runzeln und hätte, wenn er wütend wird, die gleichen Falten, die gleichen Haare in den Ohren (beim Friseur werden sie mir alle zwei Wochen mit einem harten, kalten Scherchen abgeschnitten; auch die Nasenhaare werden geschnitten und die Brauen getrimmt). Es gibt diesen Augenblick, in dem alles klar wird, auch ohne Wörter oder Bücher. In diesem Moment hält das Leben inne, ein Schwebezustand, eine Pause tut sich auf. Amalia. Immerhin haben sich unsere Füße ein paar Mal berührt, aber wir haben sie sofort wieder weggezogen. Und das, berühren und zurückziehen, ist das Schlimmste, der überstürzte Rückzug. Das ist das Einfallstor, durch das man in diesen Schwebezustand der Zeit gerät, es bedeutet nämlich, dass Funken sprühen, Elektrizität da ist. Diese überstürzten Fluchtbewegungen verraten die Angst, denunzieren das Begehren. Ich schließe die Augen und sehe die dunklen Aureolen der Brustwarzen, ins Blauschwarze schimmernd, groß, mütterlich: Ich sehe sie am Strand von Cascáis, in dem Sommer, in dem wir mit Rita und Carlos und Narciso dort waren. Ich hatte mich diesem Ausflug angeschlossen, weil Elisa auch kommen sollte, aber Elisa kam nicht, weil ich kommen wollte. Ich war allein unter zwei erwachsenen Paaren und ein paar Kindern. Damals war ich krank, sehr krank. Krank wegen Elisa, Mangelzustände nennt man das: Es fehlt dieses Vitamin, jenes Salz oder ein bestimmtes Protein, und das nimmt der Körper übel, er funktioniert nicht. Mein Körper wollte nur Elisa und hatte Elisa nicht, er hatte sie geliebt und nicht bekommen. Narciso und Amalia wälzten sich nackt am leeren Strand, damals gab es das noch, leere Strände, und die Freunde konnten in einiger Entfernung im Sand tollen, so waren die Dinge noch, die Unschuld, die in den Sechzigern geboren wurde und bis in den Anfang der Achtziger reichte. Sie tollten mehrmals an mehreren Tagen, auf halbe Distanz und auch wenige Meter von der Stelle entfernt, wo ich mich auf einen Klappstuhl setzte und meinen Blick abwechselnd auf einem Buch und dem Meer ruhen ließ; ich sah mit Kummer auf sie und spürte meinen Mangel noch deutlicher, meine Gemütsavitaminose, aber an einem jener Nachmittage geschah es auch, dass Amalia mit zum Meer gewandtem Gesicht weinte, sie saß im Sand, hatte die Füße im Wasser. Ich legte ihr die Hand auf die Schulter und rezitierte ein Paar banale Verse von Becquer. Und sie lachte und weinte zugleich, hob den Kopf und hörte dann ganz kurz zu lachen und zu weinen auf, um mir zu sagen: »Sehen zu müssen, wie das, was du dir am meisten wünschst, endet, und nichts dagegen tun können.« Ihre Tochter spielte ein paar Meter weiter mit Sand, sie hatte ein Eimerchen, Sand und Wasser, sie grub ein Loch, baute eine Burg, und Amalia konnte gar nichts tun. Wie soll man mit der hohlen Hand das Meer fassen? Ich hatte auch nichts tun können, konnte nichts tun. Elisa war gegangen, und weil Elisa gegangen war, ließ ich Amalia ziehen, denn ich war krank nach Elisa. Elisa war die Einzige, die über die Fläschchen mit den Substanzen verfügte, um mich zu heilen. Auch für mich hatte das Liebste, das am meisten Gebrauchte, ein Ende gefunden, also konnte ich ihr nicht helfen, nicht ihre Aureolen küssen, nicht mir selbst helfen. So lagen die Dinge. Aber das war Jahre später, Amalia trennte sich von Narciso, oder Narciso verließ sie. »Wenn eine Beziehung zu Ende geht, sind es immer zwei Menschen, die etwas verlieren«, sagte ich, um sie zu trösten. Und sie, lachend: »Einer gewinnt, und der andere verliert. Höchstens, dass beide gewinnen, einer von beiden es aber nicht weiß, nicht erkennt, dass er gewinnt, und deshalb leidet. In diesem Fall bin wohl ich diejenige, die leidet, weil sie nicht weiß, dass sie gewinnt, aber ich leide.« Carlos und Rita waren mit den Kindern nach Portugal gekommen. Mit Pau und Irene. Im Inneren des Lieferwagens stank es wie die Pest, wenn es an der Zeit war, Pau die Windeln zu wechseln; damals hatte er eine Darminfektion, und heute wartet er auf dem Meeresgrund auf uns: Vom Deck einer Barkasse aus streuen die Hände von Rita und Carlos Asche ins Meer. Die letzte Veranstaltung, zu der sie gemeinsam erschienen, die letzte gemeinsame Aktion jener beiden, die einmal ein Ehepaar gewesen sind und es nicht mehr waren: Beide stecken die Hand in die Urne, verstreuen die Asche, aber das geschah viele Jahre später, und ich habe es nicht gesehen, ich war nicht anwesend, bin nicht auf diese Barkasse gestiegen, die eine Meile aufs Meer hinausgefahren ist und dann den Motor abgeschaltet hat. Ich sehe Daumen und Zeigefinger diese Aureolen kneten, als ihre Liebesgeschichte zu Ende war. Ich gebe ihr Feuer, wenn sie sich wieder eine Zigarette in den Mund steckt. Vielleicht war es richtig, nach Madrid zu kommen. »Unter Umständen war es ein Treffer, nach Madrid zu kommen«, denke ich, während sich unser Blick begegnet und sie über etwas, das ich gesagt habe, lächelt. Die Lippen, welch schöne, volle, sinnliche Lippen, sie schürzen sich, wenn sie lächelt. Gerade ein wenig Ziegelfarbe liegt auf ihnen, eine Farbe, die bestimmt süß schmeckt, wenn man darauf beißt, wenn sie ein wenig bröckelt oder sich in Speichel auflöst. Damals waren Amalia und ich nicht dazu fähig: Unsere Wunden waren noch zu frisch und schmerzten, als wir uns aneinander rieben. Eine neue Rauchschwade von Guzmáns Zigarre dringt herüber. Die Nacht wird am Ende erweisen, ob sich diese Fahrt gelohnt oder nicht gelohnt hat. Es ist noch Zeit. Lassen wir der Zeit ihre Zeit, geben wir der Nacht Zeit, ihre Arbeit zu erledigen. Guzmáns Rauch hüllt mich ein. Niemand darf darüber richten, ob jemand es verdient hat zu leben oder nicht, doch während mich der Rauch der Zigarre des Antolín Guzmán Montañés einhüllt und ich seinen prononcierten zugewucherten Brauenwulst betrachte und seinen Mund davon sprechen höre, wie nötig der Sozialismus sich angesichts der rechten Brutalität erweist, die uns seit Monaten regiert, und höre, wie er mit einer Mischung aus Mitleid und Verachtung über die kriminelle Naivität des realen Kommunismus spricht, nicht der Kommunismus, von dem wir geträumt haben, dann denke ich, dass Elisa gestorben ist, dass Carlos' Sohn Pau gestorben ist, der bei den Zellen-Treffen weinte und die kleinen Fäuste über seinen Kopf reckte, wenn er in der Wiege lag, der mit seinem zahnlosen Mund lachte, wenn man ihn mit dem Finger am Kinn kraulte; ich denke an die Millionen von Helden, die auf den eisigen Ebenen von Russland gestorben sind, auf den Reisfeldern in China, zwischen den Disteln von Belchite und den Felsen des Maestrazgo; ich denke an die schönen jungen Mädchen, die sich in den kalten Studios eines winterlichen Paris entkleidet haben, um so vielen Fotografen als Modell zu dienen; an die Athleten, die auf den Aschenbahnen der Stadien gelaufen sind und später starben, und daran, dass Guzmán immer noch raucht. Er spricht von den Werten der Sozialdemokratie, von Gerechtigkeit, vom Sozialen. Ich bete die Sorte von Gebet, die uns Laizisten bleibt, eher eine Art von Bannspruch. Ich betrachte Amalia, die gerade vor ein paar Tagen aus irgendeiner psychiatrischen Behandlung entlassen worden ist und heute Nacht neben mir sitzt, sie sieht toll aus, lächelt, als wäre es ihr gelungen, der Zeit ein Schnippchen zu schlagen, mit diesem erbsengrünen Seidenkleid (Atlasseide heißt er, glaube ich, dieser changierende Stoff) und dem Ausschnitt, der bis an jene Grenze vordringt, wo sich die Gesäßhemisphären zu trennen beginnen, ein fleischernes V, das ich sehen kann, wenn ich aufstehe, um zur Toilette zu gehen und hinter der Lehne ihres Stuhls vorbeigehe. Womöglich ist diese Welt nur die Schwemme der Welt; dahinter liegen die noblen Salons, die eleganten, komfortablen Zimmer, zu denen wir in einem anderen Leben Zugang haben werden. Ich blicke auf Carlos, der, wie er sagt, immer noch schreibt (über was schreibt er? Wozu schreibt er? Was fürchtet er immer noch? Was flieht er? »Du hast den Frauen nie das geben können, was sie von dir wollten; sie wissen, du hast es, und du selbst kennst es nicht«, habe ich ihm einmal gesagt, und er ist wütend geworden). Ich glaube, es ist seine Pflicht, im Roman, in Erzählungen, in was auch immer er schreibt, komplexe Figuren zu schaffen, auf dass sogar die übelste Figur ihre Rechtfertigung findet, eine narrative Gerechtigkeit, ich dagegen baue Häuser, kaufe Grundstücke, und ich muss niemandem irgendeine Gerechtigkeit widerfahren lassen; ich kaufe, verkaufe, tausche. Guzmán fällt ein und regt sich auf über die rechte Brutalität, die uns regiert, und deren Komplize ich bin, so hat er es nun einmal beschlossen. »Die Regierung der Spekulanten«, sagt er, »die habt ihr mit eurer Kritik an der sozialistischen Regierung herbeigeredet. Jetzt habt ihr die Quittung.« Ich werde nichts sagen, ich habe keine Lust, mich wie Carlos auf eine Diskussion einzulassen. Sie haben das Dessert angekündigt, das Guzmán ablehnt. Er ist schon bei der Zigarre und bestellt Kaffee. »Später, wenn ihr so weit seid, trinke ich noch einen, ich kann nach Kaffee schlafen«, sagt er. Ich sehe auf die Uhr. Es ist fast Mitternacht in Madrid, Mitternacht im vereinten Europa. Zu dieser Stunde hat Wall Street schon geschlossen, der Dow Jones ist um anderthalb Punkte gestiegen, der Nasdaq dagegen nur um ein paar Zehntel, und ich bemerke das mit einem Schauder: Das sind die Vorteile der Globalisierung, die unter ihrer glänzenden Oberfläche ihr eigenes Totenhemd trägt, man trägt stets den eigenen Mörder in sich. Der Kapitalismus trägt seinen Mörder mit sich herum, ich trage meinen Mörder in mir, draußen ist nur die Komparserie, die anderen sind nichts weiter als Komplizen, derjenige, der dich wirklich umbringt, ist bei dir. »Der Kapitalismus wird fallen, wenn die Banker beginnen, sich gegenseitig umzulegen, wenn Generäle andere Generäle aufs Schafott bringen«, sage ich zu Guzmán, und dann fällt mir ein, dass ich hierher kommen, mich mit diesen Leuten treffen wollte, weil das bedeutete, Elisa wieder zu begegnen, mit ihr zusammenzusein, und dieser Gedanke erschreckt mich. Mir graut davor, so etwas zu denken, aber ich denke es und sage mir empört, nein, das kann nicht der Grund dafür gewesen sein, dass ich mich bemüht habe, dieses absurde Abendessen zu organisieren. Nach Madrid mit der einzigen Absicht zu fahren, die Spitzen der kleinen Finger von diesen und jenen zusammenzulegen, auf dem runden Tisch einen Kreis mit den Händen zu bilden, auf dass sich dann auf einmal dumpfe Klopfzeichen im Holz hören lassen, ein Klopfen wie von Schritten, die Schritte des Kapitän Ahab auf dem Deck des Walfängers; dumpfe Schritte in der Nacht, die Elisa bewohnt, dass sie spricht, sich dank dieser geballten Energie aus der Vergangenheit materialisiert, für mich wieder gegenwärtig wird; die kristallisierte Vergangenheit zur Stimme des Komturs geronnen, harter Stein. Die Nacht schiebt sich wie ein dunkles Messer in den Tag. Die ewige Nacht tritt an die Stelle der belanglosen vergänglichen Nacht. Ich schiebe diesen absurden Gedanken beiseite, denke, was hat die Revolution als Form der Entsagung für uns bedeutet, was ihre christlichen Wurzeln. Ich denke: Dieses und nicht jenes getan zu haben – das christliche Opfer. Arbeiten, wenn nicht aus Lust an der Arbeit, dann aus Verzweiflung. Die Arbeit, ein Kampf gegen den Geist, die Arbeit als Form des Vergessens, als Gefecht gegen die Manöver der Seele. Ich verteidige mich vor Guzmán und seinen Söhnen: »Geld interessiert mich bei meiner Arbeit am wenigsten. Kapiert ihr nicht? Mir gefällt, was ich tue. Ich arbeite, weil Arbeiten am wenigsten langweilig ist, weit weniger zumindest als sich zu vergnügen.« Und so wird der Immobilienpromotor zum Erben jenes jungen Mannes, den Guzmán kannte; aber ich weiß, dass ich unter diesem ständigen Kampf nicht wirklich leide, er ist nur lästig, und er hat keinen anderen Zweck, als das Ganze in Gang zu halten.

»Wenn schon nicht aus Lust arbeiten, dann einfach deshalb, weil es weniger langweilig ist als sich zu amüsieren«, das hat Pedrito gesagt, und etwa so lautet dieser Satz auch in dem Buch, das in meinem Bücherregal steht, von ihm mit unsicherer Hand und rotem Kugelschreiber vor über einem Vierteljahrhundert angestrichen. Und auch das hat er unterstrichen: »Es gibt nur drei respektable Figuren: den Priester, den Krieger, den Dichter.« Er hat mit Elisa über diesen Satz gestritten. Sie fand alle drei einfach schrecklich. Sie sagte zu ihm: »Ich gehöre zu den anderen Figuren. Uns kann man ausschneiden, formen: Haustiere, an das Stallleben gewöhnt, aufgezogen, um das auszuüben, was man Beruf nennt, jeder für sich auf seiner Parzelle. Deine Helden: drei Masken der Grausamkeit«, so Elisa zu Pedrito, der damals besoffen vor Aktionismus war, außerdem unbedingt Chef unserer Zelle werden wollte, um die bevorstehende Revolution vorzubereiten. »Du, Carlos,« sagte er zu mir, »wirst niemals Revolutionär. Du bist ein beschissener Kleinbürger, der nur eins will: Schriftsteller sein. Du suchst nach dem Organ, wo sich das Innenleben versteckt, um Gerechtigkeit geht es dir nur nebenbei«, und das, weil ich mich geweigert hatte, bei einem verrückten Abenteuer mitzumachen, einem bewaffneten Überfall auf einen Lieferwagen, um Geld für die Organisation zu erbeuten, daran muss ich jetzt denken, während Pedrito gegen die Berufspolitiker wettert, um Guzmán und Taboada zu quälen: »Bei mir ist mal ein Gemeindesekretär aufgetaucht, hat den Bau gestoppt und ging mir auch sonst mächtig auf die Eier; also habe ich mir einen seiner Parteifreunde geschnappt, einen Abgeordneten, und bin mit dem morgens um sieben im Haus des Bürgermeisters erschienen. Ein großes Tier aus seiner Partei und ich, wir haben also den Bürgermeister rausgeklingelt, den ich im Pegolí mit Langusten gefüttert und im Bordell mit Whiskey abgefüllt hatte, und nachher kommt dieser Kerl und stoppt mir den Bau. Er hat uns im Pyjama empfangen, wir haben ihm Bescheid gesagt, dass so was nicht die feine Art sei, und er: strammgestanden und zu Befehl!, und um acht Uhr waren die Maurer wieder bei der Arbeit, und der Bürgermeister hat dem Gemeindesekretär den Marsch geblasen.« Pedrito hat seine Rede beendet und flüstert mir jetzt ins Ohr, dass er Guzmán einfach nicht erträgt, dass gegen Guzmán anzudenken ihm Kraft gibt, Energie verleiht. »Der Hass auf so einen Typen«, flüstert er mir ins Ohr, »ist ein Grund, weiter durchzuhalten. So ein Typ darf nicht bei deiner Beerdigung auftauchen.« Zu Lalo gewendet spricht er laut von Arbeit, seiner Arbeit, und wieder entwischt ihm unfreiwillig Baudelaire: »Das Vergnügen verbraucht uns, die Arbeit kräftigt uns.« (Auch dieser Satz ist in dem Buch unterstrichen.) Pedrito ist immer noch ein Baudelaire-Adept, setzt ihn bewusst ein und ist ihm unbewusst noch stärker verpflichtet, er ist düster, zerquält, trotz seiner Maske eines Lebemanns. Allzu oft gibt er sich verkrampften, zwanghaften Formen der Lust hin: der Spiegel, der in Polizeistationen, in Verhörzellen ein Fenster tarnt, oder umgekehrt. Dahinter sitzt Savonarola (seinen Schwiegervater nennt er Calvin). Sein anderes Gesicht. Die Verlängerung des bewaffneten Kampfs mit anderen Mitteln, statt des Erschießungspelotons nun der Bagger, der Kran. *Il faut aller fusiller le général Aupick!* Schlimm nur, dass auch Guzmán ein bis an die

Zähne bewaffnetes Peloton darstellt. Zwei Henker. Es fehlt ihnen nur der Gefangene, weshalb sie einander verstohlen, verunsichert im Auge behalten. So viele Jahre nachdem man sich getrennt, nicht mehr gesehen hat, ohne zu wissen, wie viele Jahre vergehen werden, bis man sich wiedersieht, macht sich Pedrito die unnötige Mühe, Guzmán zu hassen, so wie andere Cebion einnehmen, Multivitamine, Müslis oder Pillen mit hohem Ginsenganteil. Er redet auf Lalo ein, als wolle er ihn dem Vater abspenstig machen. »Ich arbeite«, hat er gerade gesagt. Er hat ihm erklärt, dass er ein halbes Dutzend Großbauten hinter sich hat, Apartmentblocks in Benidorm, Bungalowsiedlungen in Denia und Torrevieja. »Ich bin lebendig«, sagt er an Guzmáns Adresse. Und in dem Moment klingt es wie ein Jubelschrei, weil er ihm gerade einen Ball ins Tor geschossen hat. Das Peloton, die Detonation. Seine Frau, erzählt Pedrito, mache ihm Vorwürfe, weil er so viel rackere, was jetzt der Akkumulation geschuldet sei, so wie früher der Revolution: »Wozu? Wozu arbeitest du so viel? Du musst allmählich Verantwortung abgeben«, sagt seine Frau, und er erzählt das Lalo, gewissermaßen um Verzeihung bittend. Mit väterlicher Stimme gibt er ihm zu verstehen, dass er bereit sei, den wahren Vater zu spielen und die Lagunen zuzuschütten, denen der natürliche Vater kein Land abgewinnen konnte. »Das Auge auf ein Grundstück werfen, es belauern, so wie ein Irrer sein Opfer belauert, sich langsam verlieben, es immer besser kennen lernen, bis der Augenblick gekommen ist, das Netz auszuwerfen. Ein Grundstück angeln: Dazu gehört viel Arbeit, Liebe, Abarten der Liebe, Obsession, aber das freie Spiel des Marktes winkt auch mit einer Belohnung, die ist seinen Listen, seinem Zynismus inhärent, einer Schläue, die Ergebnisse zeitigt, anders als die intellektuelle Schläue, ein Rad, das unabhängig vom Getriebe rotiert, im Leerlauf, staunenswert, aber in der Luft.

Anders als du denkst, Lalo, befindet sich das Zentrum der Welt nicht hier oder dort, es ist nirgends und überall, es liegt in jeder Transaktion, die man durchführt: Jedes Mal, wenn sich das Wunder des Mehrwerts ereignet, findet die Welt ihre Mitte«, und ich habe den Eindruck, dass Pedrito sich nun unendlich überlegen fühlt. Dass er denkt, er hat Guzmán einen Ball ins Tor gesetzt. Triumph des Realismus in seiner prosaischsten Version. Derselbe Pedrito, der sich vor fünfundzwanzig Jahren über mich lustig machte: »Mit den Frauen warst du immer ungeschickt, schüchtern. Es fiel dir schwer, ihnen zu geben, was sie von dir wollten. Und das willst du nun schreibend in Ordnung bringen.« Baudelaires Tod. Nichts von Poesie. Kein Rad dreht sich vergeblich in der Luft, jedes Rad ist ein Zahnrad und greift in ein anderes und trägt dazu bei, das Getriebe in Gang zu setzen, ist Teil der großen Maschine. Heutzutage wird kein Atom Energie verschwendet. Der Geist ist nicht Schall und Rauch, er ist Kraft, Motor. Vor einer Weile hat Pedrito sich vergaloppiert und darüber diskutiert, ob das Zentrum der Welt nun in Hongkong, Shanghai oder Singapur läge, und das alles nur, um Lalo zu ärgern, der wie ein Floh von Mexiko nach New York sprang. Pedrito hat auf konfuse Weise ein System der Peripherien verteidigt. Etwas in der Richtung wollte er sagen, so habe ich es zumindest verstanden, als er von Machado und Soria sprach, von Lenin in Zürich. Er weiß, dass Baudelaire von dem Schreibtisch aus, an den er sich selbst in langen Winternächten starrsinnig verbannte, der Welt die Massen in den großen Städten gezeigt hat, das Verkehrsgewühl, die Busse: Jener Ort, wo sich zum ersten Mal zwei Menschen lange ansehen konnten, ohne sich deshalb kennen zu müssen; die Menschenmenge, inmitten derer ein Mann einer Frau folgt und das Haus beobachtet, in das sie gegangen ist, und ihr tagelang auflauert (eine Frau, ein Grundstück) oder sie für immer verliert: nur ein Augenpaar, an das er sich am Abend, in der Stille seiner Wohnung, erinnern wird. Aus der spärlich erleuchteten Nacht seiner Wohnung kommen die Worte des Dichters. Er wirkte wie ein Rad im Leerlauf, aber nein, auch dieses Rad war Teil des Getriebes. Das alles scheint Pedrito jetzt nicht mehr wahrzunehmen, er merkt nicht, dass er gegen Worte antritt, die er irrtümlicherweise für Tatsachen hält. Er hat die Perspektive verloren, erkennt nicht, dass Worte nur gegen Worte antreten und nie mehr als Worte sind. Schriftsteller, die gezeigt haben (nicht mehr als eine Hand voll Worte: Nur die Gewalt der Tat durchbricht das Spiel), wie Menschenmengen einen Mann decken, der einem anderen gegenüber eine geheime und anzügliche Sprache gebraucht; oder (Variationen ein und desselben Themas) eine Frau, die sich die Kleider aussucht, die sie im Frühjahr tragen will, und entdeckt, dass unter den anderen Kundinnen eine Unbekannte ist, die ihr zulächelt, näher kommt und sagt, dieses Muster stünde ihr sehr gut, und anbietet, mit in die Umkleidekabine zu kommen, wo sie ihr hilft, das Kleid an der Hüfte zu schließen; sie glättet den Fall des Rocks mit der Hand und gibt leicht klopfend dem Saum Schwung, bleibt an ihrer Seite, während sie zahlt, und lädt sie ein, nun schon auf dem Gehsteig, zu einer Tasse Tee auf einer der eleganten Terrassen am Boulevard des Italiens. Doch nein, all das hat uns nicht Pedritos Meister entdeckt, Proust war es. Noch einer, der sich in seinem Zimmer abgeschottet hat. Allerdings glaube ich kaum, dass Pedrito je Proust gelesen hat. Ich muss ihn später danach fragen, nicht vergessen! Pedrito beim Lesen von Proust kann ich mir nicht recht vorstellen. Elisa schon. Elisa las sehr wohl Proust. Pedrito hat gerade eben von Elisa Redol gesprochen. Ich wollte das nicht hören. »Die Leidenschaft ist eine Walze, die alles zu Schrott macht, Ideologien, Bilder, Vermögen«, hörte ich ihn zu Lalo sagen. Wahrscheinlich spricht er von seinen Gespenstern, von dem Gespenst seiner Leidenschaft für Elisa. Er sagte es einen Augenblick bevor er sich zum Trinkspruch erhob: »Auf jene, die niederknieten, um den Himmel zu berühren, und sich heute dahinschleppen; auf jene, die in einem Grab ruhen, das niemand besucht; auf jene, die darum gebeten haben, dass ihre Asche an einem Strand oder unter einem Olivenbaum verstreut werde, in der Überzeugung, so zu einer Erde zurückzukehren, die einer Ordnung gehorcht, welche der Mensch kraft seiner Vernunft deutet.« Mit erhobenem Glas hat Pedrito einen Trinkspruch begonnen, der, als er aufstand, um zu sprechen, auf ein halbes Dutzend Worte angelegt schien, dann aber ausuferte und immer pathetischer wurde. Er ist ziemlich betrunken, und seine alkoholisierte Gemütsverfassung hindert ihn, die Wirkung seiner Worte auf uns wahrzunehmen. »Pflanzen, die emporstreben ans belebende Licht, Tiere, die auf endlosen Weiden grasen, und, über der Natur, der Mensch, der stolze Mensch.« Er nimmt noch einen Schluck, bevor er weitermacht: »Auf jene, die glaubten, ihr Reich sei von dieser Welt, aber nicht von dieser Zeit, und die nicht einsehen wollten, dass der Mensch unbedeutend ist, und die deshalb zum Teil einer Idee wurden, wenngleich sie die Schwäche der eigenen Natur ahnten.« Er redet weiter, obwohl aus den Lautsprechern im Separée des Restaurants schon »Hier encore« erklingt, das Lied von Aznavour, das Pedrito höchstpersönlich ausgesucht hat, es ist auf einer dieser CDs mit Hits aus den Sechzigern und Siebzigern, vor dem Essen hat er sie dem Maître mit dem Auftrag gegeben, sie nach dem Trinkspruch aufzulegen. Die Musik und die Stimme des Sängers überlagern seine Worte, sodass Pedrito, statt mit seiner Rede fortzufahren, beschließt, uns, derweil das Lied erklingt, dessen Text zu übersetzen (»Wir haben die Zeit verschwendet beim Versuch, sie anzuhalten, und um sie anzuhalten oder ihr vorauszueilen, sind wir gerannt, gerannt und sind nun ausgebrannt«). Und dann hat er melancholisch ein paar Verse mitgesummt (*Ou sont ils à present, où sont ils mes vingt ans*), während er dazu das Glas in einer Wellenbewegung schwenkt. Zwei Tränen kullern über seine Wangen. Ich muss gestehen, ich war befremdet, als er mir die CD zeigte und sagte, er wolle, dass zum Dessert eben dieses Chanson von Aznavour erklinge, das wir in unserer Jugend als Schnulze abgetan hätten, und dennoch muss ich zugeben, dass auch ich jetzt, da ich es höre und auf den Text achte, gerührt bin. Vielleicht hat dazu beigetragen, dass Amalia erwähnte, Magda habe es im Pub immer für Elisa gespielt. Als das Chanson zu Ende ist, bittet Pedrito den Maître, es noch einmal aufzulegen, und jetzt erklingt es inmitten einer fast religiösen Stille. In dem kleinen Speiseraum verdichtet sich das Schweigen. Das Lied ist zum zweiten Mal zu Ende, und keiner rührt sich. Ich nutze den Moment, um aufzustehen und zur Toilette zu gehen, als ich zurückkomme und den Stuhl abrücke, um mich wieder hinzusetzen, höre ich erneut Elisas Namen aus Pedritos Mund. Wahrscheinlich will er klarstellen, auf welcher Asche sich seine Elegie erhebt. Dann hallt der Name in Amalias Mund wider, in dem von Guzmán. Amalia spricht über den Barock, über Elisas Barockstudien. »Du bist, was ich einst war, ich bin, was du sein wirst«, hat sie gesagt. Ich schließe die Augen nur eine Sekunde lang, während ich die Stuhllehne in der linken Hand halte.

Er hat ihre Bücher über die italienische Barockarchitektur auf dem Tisch und ihre Designerklamotten im Schrank gesehen. Sie ist nicht mehr da. Aber er hat einen Moment die Augen geschlossen und sie wieder gesehen. Elisa erzählte ihm vom Florenz der Medicis, von Palladio; über Sant'Ivo della Sapienza und San Carlino alle Quattro Fontane; über Borrominis Wahnsinn; über Caravaggio, der fiebernd an einem Strand im Sterben liegt; aber auch über die Bauten von Aldo Rossi, Siza, über die Brücke, die Calatrava in Sevilla zu bauen begonnen hatte. Ein Glas kalter Weißwein, eine Dose foie gras, *das Atelier, ihre ganze Wohnung ein Atelier im Dachgeschoss jener Villa im alten Madrid, einem ehemaligen Vorstadtviertel, die Ziegeldächer nachgedunkelt im Lauf der Jahre, und ihr kleiner hängender Garten und die Poster mit dem Dom von Florenz aus der Kavalierperspektive, Blätter mit Aufnahmen der Fluchtperspektiven von Padre Pozzo im Gesú in Rom, Zeichnungen vom Pantheon: »Eine Leidenschaft für Kuppeln«, sagte sie. Von ihrer Wohnung aus sah man die von San Francisco el Grande; im Salon ein Krug mit schwarzblauen und gelben Blumen, Lilien, die sie bei dem Stand am Cebada-Markt kaufte, Wasserblumen (wie die Seerosen, etwas Perverses, diese Jugendstilglasarbeiten, die sie allerdings hasste, Moska, Lalique. Pedrito brachte ihr aus Prag ein paar Art-déco-Figürchen mit: »Nippes einer abgetakelten Femme fatale, Bibelots einer alten Hure«, sagte sie grausam, küsste ihn aber dann auf den Mund), Klarheit, Stühle von Tusquets, Elisa, ihre Artikel in Kunstzeitschriften, in* Casa Vogue, *in* Arquitectura y Diseño, *in* Arquitectura Viva*; sie sprach von Krag-*

steinen, von gekröpften Bogen, von Spannungslinien; der Tisch im Arbeitszimmer, untadelig, ein offenes Buch und im Hintergrund leise Musik, Sauberkeit, kein Stäubchen auf der Tischplatte, die Kanten des Buchs parallel zu denen des Tisches, der Mackintosh-Sessel in einer Ecke, »Magst du etwas essen? Ich habe ein wenig gekochten Seehecht da«, alles mit Sorgfalt gewählt, die Flasche kaltgepressten Öls, um den Fisch zu vergolden, die Flasche Milmanda, ebenfalls goldfarben, das trank man damals, sie trank das damals, ein Modewein, Besteck, Teller und Flasche auf kleinen Deckchen, die sie bei der Compañía de China y Oriente gekauft hatte, um Glas, Teller und Besteck darauf zu legen, und ein Bambuskörbchen, das sie sicher im selben Geschäft gekauft hatte, das Exotischste, was Madrid zu bieten hatte; und ein chinesischer Drache aus Seidenpapier hing von der Decke, eine Erinnerung an ihre Zeit als aktive Maoistin, an jene Chinareise, die sie gemeinsam mit Guzmán, Ana, Narciso, Amalia und Taboada unternommen hatte; die Revolution als behutsame Schönheitsoperation, ein Hauch von Seide hüllt die Welt ein, dringt mit der Brise des Herbstabends durch die offenen Fenster herein. Die Brise trug den Duft des Geißblatts mit sich, das sie auf die Südterrasse gepflanzt hatte, Jasmin und Geißblatt öffneten ihre Blüten in der unwirtlichen Luft von Madrid. Die Revolution, die Musik con Cimarosa, von Satie, die Musik von Barbara (rue Druot: die reife, verarmte Frau, die, als sie den zum Pfandhaus getragenen Gegenstand wieder abholen will, entdecken muss, dass er bereits weg ist; es war die einzige Erinnerung, die ihr von ihrer großen Liebe geblieben war), die Musik von Sting, das Abendrot von Madrid umgibt das Haus, als stellte es dieses in die Lichtreflexe einer Kristallkugel, Seidenkristall, und die Bluse, die sie sich gerade gekauft hat. Die Papiertüte aus dunklem Material mit dem Logo einer teuren Firma liegt noch auf einem Stuhl. Gaultier. Unvollendet ihr Artikel für Casa Vogue *über das Bahnhofsprojekt am Flughafen von Lyon-Satolas, unvollendet der Essay über die Trompe-l'oeils in der pompejanischen Malerei. Nun diente das kleine Tischdeckchen dazu, dass ihre Mutter, die aus Valencia gekommen war, den Teller mit dem undefinierbaren Brei darauf stellte, den sie schon nicht mehr essen konnte. Sie begrüßte ihn: »Im Kühlschrank steht eine Flasche Milmanda, mach sie auf«, goldener Wein, der das Glas beschlagen ließ, »der Arzt hat mir gesagt, ich kann ruhig ein Gläschen trinken, es wird mir nicht schaden. Es geht mir gut, so als wäre ich gar nicht operiert worden. Ich habe wieder angefangen zu arbeiten. Nur während der Chemotherapie geht es mir schlecht, du weißt schon, eine Woche speien und so, danach geht es mir gut, bis zum nächsten Mal.« Sie hatte sich eine teure Perücke gekauft, und es war kaum zu sehen, dass das schöne Haar nicht ihr eigenes war; es schien fast so, als mache es ihr nichts aus, die Haare zu verlieren. Am ersten Tag hatte sie die Perücke abgenommen, um ihren rasierten Schädel zu zeigen (»Ich sehe aus wie ein Berliner Punk«, sagte sie lachend, »wenn man sich für dieses Image nicht von Kopf bis Fuß neu einkleiden müsste, dann würde ich keine Perücke tragen, aber, klar, um als Glatzkopf loszuziehen, musst du das ganze Drum und Dran aufbieten, und, ehrlich gesagt, ich sehe mich nicht ganz in schwarzem Leder und mit drei Ringen im Ohr und zwei weiteren in der Lippe«). Drei Monate später war ihr Wimmern schon von der Treppe aus zu hören. »Der Kopf«, schluchzte sie, »mir tut der Kopf so weh.« Die Schmerzmittel wirkten nicht mehr. Man spritzte ihr die Betäubungsmittel direkt in den Kopf, mit so etwas wie einem sensiblen Drillbohrer, der zu bohren aufhörte, sobald er auf weiche Zonen stieß, erzählte sie. Sie hatte geplant, den Sommer in Altea zu verbringen, in dem Haus der Familie, wo sie als Kind ihre Ferien verbracht hatte. »Ich werde baden, aufs Meer schauen und Wermut trinken, oh ja! Einen Sonntagswermut, mit einer sardellengefüllten Olive, einer Zitronenscheibe, dem Tropfen Gin, und neben dem flachen Martiniglas ein Teller mit Chips, ein anderer mit eingelegten Muscheln, einige Scheiben Thunfischrogen mit ein paar Tropfen Öl.« Ein Sommer wie jene, die sie als junges Mädchen in Alicante verbrachte, als ihr Vater noch lebte. Er nahm sie mit in ein Terrassenlokal unter Palmen auf der Explanada. »Und im Herbst will ich nach Neapel, wusstest du, dass ich Neapel nicht kenne? Als man mir sagte, dass ich operiert würde, hatte ich Angst, den Operationssaal nicht mehr lebendig zu verlassen, sodass mir keine Zeit bliebe, Neapel zu sehen. Das hat mir in dem Moment gefehlt, Neapel nicht zu kennen, gehen zu müssen ohne die Bilder dieser Bucht, ohne den Geruch des Meeres, ohne zwischen den verfallenden Palästen gewandelt zu sein und ohne das Pflaster der Straßen von Pompeji betreten zu haben.« Sie sagte auch zu ihm: »Mich zu verabschieden ohne ein paar Gläser deutschen Weißweins, vielleicht eines* Schloss Johannisberg, *getrunken zu haben. Es heißt, das seien göttliche Weine. Tatsächlich habe ich mir, kaum entlassen, im Corte Inglés eine Flasche Sauternes gekauft; es gab dort keine deutschen Weine, keine aus dem Rheingau, aber man sagte mir, dass der Sauternes aus derselben Familie stammt, so etwas wie ein Vetter oder ein Neffe. Sind diese Rheinweine wirklich so wunderbar? Ich möchte nicht sterben, ohne einen guten Rheinwein, aber einen wirklich guten, gekostet zu haben.« Über einen Freund, der bei einer gastronomischen Zeitschrift arbeitete und mit dem er sich noch ab und zu traf, hatte er in Erfahrung gebracht, wo er in Madrid eine Flasche dieser deutschen Winzerweine auftreiben konnte. Er schickte sie ihr mit einem Boten. »Trink sie ganz allein«, sagte er, als sie anrief, um sich zu bedanken, und meinte, sie würde die Flasche aufbewahren, um sie gemeinsam mit ihm zu trinken. »Ich bringe eine neue mit, wenn ich dich besuchen komme.« Und sie darauf: »Weißt du, das mit dem Wein ist eigentlich albern. Viel wichtiger ist Neapel. Das Licht in Madrid an einem Wintermorgen, das Licht in Altea, wenn es Abend wird, darauf kommt es mir an. Denk nur, so ein altmodisches Gemüt bin ich. Ist dir aufgefallen, dass im zeitgenössischen Roman die Landschaft verschwunden ist? Nicht nur die natürliche Landschaft, auch die Stadtlandschaft. Jetzt gibt es nicht mehr die großen Szenerien wie bei Hugo, Dickens oder Proust, wahrscheinlich weil der Tourismus nicht länger eine Beschäftigung für einige wenige ist, er ist für jedermann da, und das hat die Denkmäler, die in den Besitz von Würstchenverkäufern auf Wochenendausflug übergegangen sind, entwertet, die Wahrnehmung ist banalisiert. Das Gespräch darüber ist zum Smalltalk geworden. Jetzt suchen sich die Romane ärmliche Vorstadtlandschaften, schäbige Zimmer, eine Rückkehr zum Expressionismus, zum Dandytum und seiner Lust am Düsteren. Die letzte Möglichkeit, den Bürger und den Studienkollegen zu schocken: die einzige Art, sich abzuheben, die unseren Freunden geblieben ist, die sich jetzt, wo ihre Umgebung sich nach und nach zum Vernünftigen hin entwickelt, dem dunklen Irrationalismus hingeben. Sag mal, in deinem Roman, kommt da Landschaft überhaupt vor?« Sie hatte ihn schon immer für etwas altmodisch gehalten. So richtig gefiel Elisa nur Azúa, der zudem in Kunst bewandert war und gut aussah. Und einen Prolog zu Belji geschrieben hatte (die Beharrlichkeit der Avantgarden). »Ich habe große Lust, deinen Roman zu lesen«, sagte sie. Und er dachte, dass sie ihn trotz allem, obwohl er nicht solchen Avantgarden angehörte, gern mochte. »Ich nehme an, der Roman spielt in Denia. Du musst mir eine Kopie geben, sobald du fertig bist«, sagte sie. Sie weigerte sich, stückweise einzelne Kapitel zu lesen: »Ich mag es nicht, wenn man nachher die Verbesserungen sieht; wenn man diese Nähte gesehen hat, dann fällt es schwer, das Werk als einheitliches Ganzes zu betrachten, man hat den Eindruck, dass es sich um ein Konglomerat von zusammengeflickten Dingen handelt, die kaum etwas miteinander zu tun haben.« Es war Mai, als sich die Schmerzen im Kopf einstellten, und genau zu der Zeit beendete er seinen ersten Roman, an dem er drei Jahre gearbeitet hatte. Er ließ ihr eine Kopie zukommen, doch sie las den Text nicht. Sie hatte ihn in diesen drei Jahren immer wieder zum Schreiben ermuntert, hatte geduldig zugehört, wenn er sagte, er werde das Buch nicht beenden können, und als er dann fertig war, konnte sie nicht mehr lesen. Sie verlor das Sehvermögen, oder vielmehr, die Ausrichtung des Sehvermögens veränderte sich. »Es ist nicht so, dass ich weniger sehe«, sagte sie, »ich sehe einfach anders.« Sie sagte, sie sehe jetzt so, wie in Büchern und Fernsehsendungen der Blick der Bienen dargestellt wird: Die Wirklichkeit ist in eine Reihe geometrischer Figuren aufgespalten. »Ich habe einen poliedrischen Blick«, sagte sie. »Mal sehen, ob meine Augen bis zum Sommer wieder in Ordnung sind und ich dann deinen Roman lesen kann, ich wünsch es mir sehr. Meine Mutter hat versucht, mir vier oder fünf Seiten vorzulesen, aber es gelingt mir nicht, mich zu konzentrieren, ich schweife ab, und wenn ich mich zwinge aufzupassen, setzen sofort die Kopfschmerzen ein. Ich werde müde, bekomme nichts mit, ich werde das Buch in aller Ruhe selbst lesen. Das erste Kapitel sieht sehr gut aus.« Das erste Kapitel hatte gerade einmal zwei Seiten, das zweite drei oder vier, und das gesamte Buch umfasste – trotz der Mühe, die das Schreiben bereitet hatte – kaum mehr als hundert Seiten in übergroßer Schrift. Es war eher eine lange Erzählung, das, was die Franzosen eine* Nouvelle *nennen. Die Zeit war vergangen, und er fragte sich, was sie von dem, was sie gesagt hatte, selbst geglaubt hatte, denn ihr Bruder erzählte ihm am Tag der Beerdigung, dass der Arzt nach der Operation gemeint hatte, sie könne noch anderthalb Jahre durchstehen, »und genau so ist es gekommen, kein Monat mehr oder weniger«, sagte, als er diesem sein Beileid aussprach, der Bruder und: »Sie wusste es nicht; nun ja, ich glaube, dass sie es nicht wusste, auch wenn ich manchmal denke, sie wusste es doch, sie durchschaute alles und hat alles genau berechnet; ich habe keinen Zweifel, dass sie, falls sie es nicht wusste, es doch zumindest ahnte. Womöglich hat sie beschlossen, so zu leben, als wisse sie es nicht. Es hätte ihr nicht gefallen, dass wir sie bemitleiden.«* Par delicatesse, j'ai perdu ma vie. *Wie ihr Bruder glaubt auch er, dass sie es von Anfang an gewusst hat, obwohl, wer kann schon wissen, wie man sich selbst betrügt, wenn man davon überzeugt ist, sterben zu müssen. Den Rheinwein, noch eine Gänseleberpastete kosten, ihrer Freundin Amalia die Kunstbücher schenken. Ihm bot sie eines über Caravaggio an. »Weißt du, dass er die letzten Jahre seines Lebens zwischen Neapel und Malta verbracht hat? Ich kenne weder Neapel noch Malta; in Malta hängt eine ganz außer-*

ordentliche Enthauptung des Johannes, *ein Bild von einer kalten, alltäglichen Gewalt, der Henker wirkt wie ein Handwerker und Salome wie eine Köchin, die das Tablett bereithält, um einen Leckerbissen aufzutragen. Wenn es mir besser geht, wenn ich etwas mehr Kraft habe, würde ich gern nach Malta fahren. Wollen wir das wagen? Vielleicht nächsten Winter, oder im Frühjahr, dann bin ich nicht mehr so schwach. Jetzt strengt mich schon der bloße Gedanke an, einen Koffer durch den Flughafen zu schleifen.« Er wollte ihre Mutter um den Caravaggio-Band bitten, als er aber in der Trauerhalle auf sie zutrat, sie begrüßte und es ihr sagen wollte, kam er sich plötzlich wie ein Aasgeier vor, dabei wünschte er sich das Buch nur als Erinnerung, es hätte aber vielleicht so ausgesehen, als habe der Band für ihn mehr als nur Gefühlswert, und so bat er stattdessen um ein altes Foto im Format 12x18, das sie gerahmt auf dem Regal für die CDs stehen hatte und über das sie beide öfters hatten lachen müssen; es zeigte einen dicken Mann mit Schnurrbart, als Operettenteufel verkleidet, mit Schwanz und Hörnern und allem Drum und Dran. Elisa – schöne, geordnete Revolution, Harmonie: die Kuppel von Santa Maria delle Fiore, die Kuppel des Pantheon, ein Stuhl von Tusquets, den sie so sehr bewunderte. Die Revolution als Form: Linien, Winkel, Voluten; Voraussetzung für Schönheit und Vernunft. Sie verzieh Pedrito nicht, dass er das Realitätsprinzip einführte, dass er, um sich bei ihr einzunisten, behauptete, von der Polizei verfolgt zu werden, was sich als Lüge herausstellte (Lügen waren eine Erscheinungsform des Hässlichen); dass er darüber hinaus seinen Aufenthalt ausnutzte (bis dahin hatten sie sich nur sporadisch geliebt, erst das Zusammenleben machte aus ihnen ein Paar), um ohne ihr Wissen diese Pistole und den Koffer mit Sprengstoff in ihre Wohnung zu schmuggeln (das Verschweigen, noch eine Erscheinungsform des Hässlichen). »Ich wollte dich nicht kompromittieren, für den Fall, dass etwas passiert«, entschuldigte Pedrito sich, »ich tat es doch nur, weil ich dich liebe, merkst du das nicht?« Doch sie verzieh ihm nicht. Das konnte die Revolution nicht sein, wenn sie Lüge,*

Verschweigen, Hässlichkeit voraussetzte. Die Revolution war eine universelle Wahrheit wie die Kunst, eine Erscheinungsform der Schönheit. »Lenin hat so etwas als politisches Jesuitentum bezeichnet, als Doppelzüngigkeit«, sagte sie, und er begann zu lachen. Er sagte: »Wenn Lenin von Jesuitentum sprach, meinte er etwas anderes, das hier hat nichts damit zu tun. Hier geht es um Klandestinität, um Untergrundarbeit.« Und nach einer wohl berechneten Pause: »Glaubst du, Lenin ist an die Macht gekommen, weil er der zaristischen Polizei Musik von Cimarosa und Weißwein aus dem Penedés kredenzte?« Sie gab ihm eine Ohrfeige und warf ihn aus der Wohnung. Elisa. Auch die Krankheit gehörte, wie die von Pedrito verfochtene Revolution, dem ehrlosen Realitätsprinzip an. Sie hatte immer häufiger immer stärkere Kopfschmerzen. Die Runde, die sich, seitdem Elisa krank war, jeden Abend in ihrer Wohnung traf, versammelte sich nun nicht mehr im Salon, wo sie auf dem Sofa lagerte, sondern um ihr Bett im Schlafzimmer. Sie stand kaum noch auf. Später dann wurden die Gespräche jeden Abend zwei oder drei Mal unterbrochen. Plötzlich bat sie darum, einen Augenblick allein gelassen zu werden, und die Besucher verließen dann das Schlafzimmer und blieben schweigend oder flüsternd im Salon, während sie hinter der Tür mit etwas zu tun hatte, bei dem nur die eine oder andere Freundin dabei sein durfte, die ihr in solchen Momenten zur Seite stand. In den letzten Monaten gab es keine Gesprächsrunden mehr, nur kurze Besuche, Freunde, die mit gedämpfter Stimme ein paar Minuten lang mit ihr sprachen und dann noch eine halbe Stunde still im Wohnzimmer saßen, bevor sie sich von der Mutter verabschiedeten. Man kam nicht mehr, um mit ihr zusammen zu sein, man kam, um sie zu sehen, so wie die Gläubigen eintreten, um das Bild eines Heiligen zu sehen, wenn sie zufällig am Tor der Kirche vorbeikommen, in der er verehrt wird. Sie kamen, um sie einen Augenblick zu sehen, und sie öffnete kaum die Augen, man wusste aber, dass sie einen erkannt hatte, weil sie den Kopf bewegte, wenn man eintrat, weil sie einem die Hand drückte, leise stöhnte und die Lippen ver-

zog – zu einem Lächeln, wie sie wahrscheinlich glaubte. Ihre Mutter erzählte ihm, dass Elisa sie an jenem Spätnachmittag – Sommer in Madrid, lange, heiße Nachmittage – gebeten habe, die Fenster zu schließen, gesagt habe, sie wolle niemanden sehen, die Augen schloss, sagte: »Ich ertrage es nicht mehr«, und einige Stunden später starb. »Als ob sie sich geweigert hätte, sich ganz von der Krankheit beherrschen zu lassen, und, da sie schon nicht bestimmen konnte, wie, wenigstens entscheiden wollte, wann«, erzählte die Mutter ihm in der Aussegnungshalle. Er war nicht in Madrid gewesen, und man hatte um zwei Uhr morgens angerufen, um ihm Bescheid zu geben, dass sie gestorben war und am nächsten Tag eingeäschert würde. Er befand sich fast fünfhundert Kilometer weit weg, und das Auto war in der Reparaturwerkstatt, also musste er ein Taxi nehmen, um kurz vor der Trauerfeier anzukommen und sie im Sarg liegen zu sehen, sie war geschminkt und erinnerte ihn an eine chinesische Porzellanpuppe, es war sie, was von ihr blieb, kaum ein paar Kilo von ihr, kaum zu erkennen, geschminkt, ausdruckslos, als könne auch der Tod, wie die Revolution, sauber und schmerzlos sein, eine Form der Ästhetik. Als sei der Tod nichts anderes als ein Schauspiel, Gefühllosigkeit. Die Gleichgültigkeit der klassischen Statuen. Die Stadt war in den Dunst eines stickigen Augusttages gehüllt. Sie dort, und die Kleider im Schrank, der Rock, den sie aus Rom mitgebracht und den sie getragen hatte, als sie essen gegangen waren, um den guten Ausgang der Operation zu feiern (wusste sie damals schon?), die Seidenblusen, die sie in Paris gekauft hatte, bei Gaultier in der Passage Vivienne, als sie mit Agustín dort war, dem neuen Freund, der Pedritos Platz eingenommen hatte (Agustín, Magier des Lichts, wie sie ihn nannte: Er war Fotograf), ein paar Wochen bevor der Knoten in der Brust entdeckt wurde. Tatsächlich hatte Agustín sich mit ihr an eben dem Abend gestritten, als sie ihm gesagt hatte, ja, die Biopsie habe ergeben, dass der Knoten ein Karzinom sei, dass man operieren müsse. Das Licht, das bricht, wenn es auf das Glas der Realität trifft. Er sah Augustín an eben dem Abend mit Elisa streiten und missgelaunt verschwinden. Er ließ sie allein. »Was hat er denn?«, hatte er gefragt (als er in das Pub, ins Violette, *gekommen war, hatten die beiden mit gedämpfter Stimme diskutiert). Elisa darauf, lächelnd: »Vorwände, Eifersucht, er fühlt sich betrogen, es stinkt ihm, dass ich auf den Krebs reingefallen bin. Lass ihn, es ist besser so.« Vier oder fünf Monate später bekam er einen Anruf von Agustín. Der war zu seiner Frau zurückgekehrt. Sie hatten sich wieder versöhnt. Agustín rief an, das heißt, ganz so war es nicht, zuerst rief seine Frau an, fragte ihn, ob es ihm etwas ausmachen würde, mit Agustín zu sprechen. »Er macht sich nämlich Sorgen um Elisa«, sagte die Frau, und er hätte aufhängen sollen, tat es aber nicht, sie alle gehorchten nicht Kants kategorischem Imperativ, den die Professoren gelehrt hatten. Schon tat niemand mehr das, was er glaubte tun zu müssen. Das Durchhaltevermögen, die richtige Einschätzung entwickelten sich allmählich zu einer Form der Intoleranz. Sie wussten nicht mehr, wer der Gesellschaft besser diente, derjenige, der behauptete, sein Leben für sie zu geben, oder jener, der nach der passenden Krawatte zum Anzug für das Diner am Abend suchte (etwas Ähnliches steht bei Proust, den sie so sehr mochte). Zwei Formen der Angst, der Neurose. Die Verwirrung der Werte. Am Telefon sagte er: »Er wird schon wissen, was er zu tun hat«, und am nächsten Tag rief Agustín an: »Wann gehst du sie besuchen? Glaubst du, es ist in Ordnung, wenn ich mitkomme?« »Das musst du selbst wissen«, antwortete er. Agustín wollte nicht zu ihr gehen. Er wollte nur von ihm hören: »Geh nicht zu ihr«, und sich entschuldigt fühlen. Er wollte mit sich selbst im Reinen sein, gegenüber seiner Frau und seinen Kindern etwas von seiner Würde bewahren. Er hatte drei Kinder, die Älteste war sechzehn, er wollte das Beste für sie; das hieß in diesem Fall, dass sie einen würdigen Vater hätten, einen Vater, der seine Geliebte nicht verlassen hatte, weil sie Krebs hatte, einen Vater, der nicht zur Familie zurückgekehrt war, weil seine Geliebte den Krebs ihm vorgezogen hatte. Dieser Anruf ähnelte jenen, die ein Spieler an der Börse bei den Brokern macht, wenn er von dem bevorstehenden Anstieg eines Aktienkurses erfährt, ein Manöver, um sichere Werte zu günstigem Preis einzukaufen, ein Coup in Sachen Würde, die Akkumulation von Menschlichkeitskapital, zu genießen von seiner Frau und seinen Kinder, für den Familienverzehr. »Solltest du nicht besser allein gehen?«, bohrte Augustín nach. Und noch einmal hatte er wiederholt: »Das musst du selbst wissen.« Augustín kam nicht, warum sollte er auch? Sie vögelte ja nicht mehr, entschied nicht mehr in irgendeiner Architekturzeitschrift, wer die Fotos zu ihrer Reportage machen sollte und wer nicht, würde nicht mehr die Schlüssel aus der Tasche ziehen, um die Tür des Hauses in Altea aufzuschließen, von dem man über Jacarandábäume, über Grapefruit- und Zitronenplantagen hinweg das Meer sah. Wozu auch? Sie hatte doch das Kapitel Liebe abgeschlossen und las andere Seiten des Buchs. Elisa war fünfunddreißig. Sie wurde nicht älter. Sie starb drei Monate vor ihrem sechsunddreißigsten Geburtstag. Der Drachen aus Seidenpapier schwebt im leeren, dunklen Esszimmer, ein einsamer Drachen, reglos in der Mitte des Esszimmers mit den geschlossenen Fenstern, den geschlossenen Jalousien, auf einer von ihnen ist außen ein Schild angebracht, darauf steht »Zu verkaufen«, darunter eine Telefonnummer und ein Name: »Señor Álvaro«. Wer ist wohl dieser Señor Álvaro? Ab und zu war er noch die Straße entlanggegangen. Er gewöhnte sich langsam daran. Zuerst hatte er noch einen Umweg gemacht, um nicht die Dachterrasse mit den Kletterpflanzen – Jasmin, Glyzinie, Geißblatt – zu sehen, die sie gepflanzt hatte und die allmählich verdorrten. Hinter den Fenstern die Kleider im Schrank, die Bücher in den Regalen, der gedämpfte Lärm der vorüberfahrenden Autos. Auf dem Tisch ein offenes Buch, die Kante parallel zum Tischrand. Elisa. Der Regen rauscht, und die schlecht justierten Fensterflügel knarren – »die Toten, die armen Toten haben große Schmerzen, und wenn der Oktoberwind weht« –, während er sich an all jene Jahre erinnert, die er, als er sie durchlebte, nicht als glücklich erkannt hatte.*

»Der Mittelpunkt der Welt«, sagt Pedrito und richtet seine Augen auf mich, als sei ausgerechnet ich dieser Mittelpunkt. »Die letzte große theologische Debatte, die der Fall der Berliner Mauer beendet hat. Die letzte der Häresien, die den Himmel auf Erden versprachen. Die letzten Visionäre«, sagt Taboada, »der Kommunismus war die letzte große Abtrift des Christentums. Gerechtigkeit, Gleichheit, Barmherzigkeit, all das. Künftige Geschichtsbücher werden diese Abweichung behandeln, ihr ein paar Absätze widmen.« – »Eine Häresie, die zwei Milliarden Menschen betroffen hat. Die Hälfte der Menschheit angesteckt von falschen Propheten, und fünf Jahre haben genügt, sie aus dem Gedächtnis der Menschheit zu tilgen«, sagt Guzmán, nutzt die Gelegenheit, vor seinen Söhnen zu glänzen und gleichzeitig den Melancholiker zu geben. Lalo und Juanjo führen Kuba ins Feld, die Zapatisten, und während Guzmán spricht, bittet mich Pedrito, ihm meine Handfläche zeigen. Er will die Zukunft daraus lesen. »Damit wir erfahren, ob dir dein Stück Himmel auf Erden winkt«, sagt er und zwinkert mir zu. Mit der anderen Hand spiele ich mit der Karte, die man uns vor dem Essen auf den Teller gelegt hat und die ich zusammengeknickt habe. Mit der geknickten Karte gebe ich Pedrito drei, vier Mal einen Klaps auf die Handfläche. »Du stalinistischer Hexer«, sage ich, und wir lachen. Ich sehe, dass ein Rotweinfleck ein paar Buchstaben auf der Karte verwischt hat. Während Pedrito sich an seine chiromantische Arbeit macht und mit schwülstigen Worten und den Gesten eines Komikers der Menschheit eine orientalische Zukunft verkündet (»Die Zukunft kommt aus dem Osten, und sie wird noch grausamer«, sagt er), blicke ich auf die Karte und überfliege das Menü, das er für uns ausgesucht hat.

JUBILÄUMSTREFFEN DER ALTEN GENOSSEN

MENÜ

Reismehlravioli, gefüllt mit Steinpilzen, in Geflügelbrühe mit gehobeltem Trüffel.
Skrei in knuspriger Kruste auf einem Bett süßer Tomaten.
Gänseconfit mit Foieklößchen an Schminkbohnen und im Gänseschmalz karamelierten Zwiebeln aus dem Bierzo.
Schwarze Schokolade mit Kokosschaum und Mangojus.

GETRÄNKE

Champagne Pommery
Milmanda Chardonnay 1994
Tinto Pesquera 1986
Armagnac Château de Laubade

»Das Leben«, hat Pedrito gerade zu Guzmán gesagt und den Blick von meiner Hand gehoben, um irgendeinem Vorwurf zu entgegnen. Ich kann nicht verstehen, was Guzmán sagt. Er gehört zu denen, die beim Sprechen so laut schreien, dass man sie am Ende nicht richtig versteht. Pedrito ist jetzt ein Baulöwe, und

Guzmán kann ihn nicht ausstehen. Er redet sich immer noch ein, er selbst mache keine Geschäfte, er schaffe Kultur mit seiner Produktionsfirma, mit Anas Galerie und Lalos Liedern, die wie ein Zertifikat für irgendetwas sind. Natürlich lässt Pedrito ihm das nicht durchgehen. Die beiden sind gereizt, bis aufs Blut. Sie konnten sich damals nicht ausstehen und können es heute nicht. Zwei Diven auf derselben Bühne, die sich die Gunst des Publikums streitig machen, das ist nie gut. Guzmán, mürrisch, hinter seinem Bart versteckt, in der schlichten Rolle des Unbeugsamen, als wolle er sagen, ich habe alles kennen gelernt, auch das Beste, und ich bin immer noch derselbe, einer vom Dorf, der von den Weideflächen der Extremadura mit einem Stipendium nach Madrid gekommen ist, um zu studieren. Keiner würde meinen, dass er der Ehemann einer Galeristen ist, die seit dreißig Jahren die Avantgarde gepachtet hat. Das ist sein Spielzeug, sein Doppelspiel, sein schwindelerregender Maskenball, die sorgfältige Konstruktion des Ungehobelten als Projekt, als Maske. Pedrito verschlingt mich mit den Augen, berührt mich mit seinem Blick auf eine geradezu schamlose Weise, die mich unruhig macht. Er sieht mich an wie früher, wenn sich die Gelegenheit ergab, mit mir zu tanzen. Nur dass er mir damals nicht so recht gefiel. Jetzt hat er das Gehabe eines Provinzideologen abgelegt, ist weltläufiger geworden, eine mondäne Verpackung. Wenn ich wollte, würde er heute Nacht mit mir gehen – das liegt in der Luft –, und ich würde mit ihm gehen, wenn diese Dinge mit dem Fallen des Vorhangs beendet wären und keinen Epilog hätten. Aber ohne den geht es nicht, auch wenn er nicht auf der Bühne gespielt wird. Rufst du am nächsten Tag an, dann deshalb, weil es einen Epilog gibt, und wenn du nie wieder anrufst, auch nicht angerufen wirst, dann gibt es ebenfalls einen Epilog, einen längeren womöglich. Also wird es gar nichts geben. Kein Taxi, das man sich teilt, keine Anrufe, kein Austausch von Telefonnummern, keine Versprechen, sich ein andermal wiederzusehen. Die Dinge in aller Ruhe an sich vorbeiziehen lassen. Das Abendessen wird ohnehin bald vorüber sein, weil Guzmán angeblich sehr früh aufstehen muss (sagen wir, er hat keine große Lust darauf, weiter am Tisch zu sitzen), er muss morgen in den Süden reisen, an einen Ort namens La Bobadilla, in der Gegend von Málaga, oder bei Granada, wo er ein Treffen mit französischen Produzenten hat, die daran interessiert sind, in Zusammenarbeit mit der andalusischen Landesregierung eine Fernsehserie über das spanische Exil zu drehen. Besser, wir brechen bald auf, dann bleibt mir daheim noch Zeit, ein wenig im Bett zu lesen. Eine Platte auflegen und lesen, bis ich müde werde, denn ich habe zuviel geraucht, ich habe getrunken, und es wird dauern, bis ich einschlafen kann. Das kenne ich schon. Du rauchst, trinkst, und dann gibt es nichts, was dich einschlafen ließe. Du bist hellwach und liest, bis du unten den Bus vorbeifahren hörst. Lesen, weiterlesen, wozu? Noch ein Buch, noch einen Roman im Morgengrauen, um zu begreifen. Was? Was will ich begreifen? Gott sei Dank ist Narciso nicht gekommen. Habe ich schon zu Pedrito gesagt, als er anrief. Obwohl wir uns vor mehr als zehn Jahren getrennt haben, sind wir immer noch inkompatibel. Und wenn ein Jahrhundert verginge, es würde sich daran nichts ändern. Die Leidenschaft: eine Krankheit, von der man nie ganz geheilt wird; sie hinterlässt Wunden, einen Kater, Epiloge, ja, auch wenn das in diesem Fall nicht ganz zutrifft, denn was mir noch heute wehtut, ist nicht, wie es zu Ende ging (als er das Haus verließ, ohne etwas zu sagen, nachdem er schon Jahre mit Laura herumgemacht hatte, zu Laura ging, von Laura kam), auch nicht der Haufen Lügen, den ich während der letzten Monate zu ertragen hatte: Nicht das tut mir weh, sondern was danach kam, all seine Intrigen, damit man mich von meinem Posten in Brüssel abberief, sein Eifer, aller Welt zu beweisen, ich hätte nur deshalb einen politischen Posten bekleidet, weil er ihn mir verschafft hatte, und dass dieser Posten sich in Luft auflöste, wenn er es wollte. Das Schlimme ist, dass es genau so kam. Oder zumindest zum Teil. Den anderen Teil habe ich dazu beigetragen; wenn du nämlich feststellst, dass er dir tatsächlich den Boden unter den Füßen wegziehen kann, merkst du, dass das ganze herrliche Gebäude auf einem fauligen Sumpf errichtet ist: eine Welt wie Venedig, die reine Erscheinung, die schönen Steine liegen auf modernden Stämmen, stinkendes Wasser, Ratten. Die Motive des Barock, über die Elisa arbeitete, der Glanz der Früchte, die Fäulnis, eine Frage von Minuten. Das milchig leuchtende Grün einer Avocado, die eine halbe Stunde später schon schwärzlich angelaufen und eklig aussieht. Und du verlierst das Quäntchen Glauben, das dir noch geblieben war, weil du schließlich merkst, dass das, was Narciso vor sich her trug, womit er sich brüstete, die Wahrheit war, zumindest ein substanzieller Teil der Wahrheit, den ich nicht wahrgenommen hatte oder nicht hatte wahrhaben wollen. Wie im Theater, wo du am Ende feststellst, dass man nur dem Trugbild der Aufführung glauben kann, weil die Aufführung die einzige Wahrheit ist. Er hat mich nicht von meinem Posten entfernt, ich bin ihm wahrscheinlich eine halbe Stunde zuvorgekommen, aber als ich ging, war es mir bereits wie Schuppen von den Augen gefallen, ich hatte erkannt, dass ich mit meinen eigenen Mitteln nie eine Fahrkarte nach Brüssel hätte lösen können, weil diese Reise mehr kostete, als ich der Frau am Schalter hätte hinblättern können. Es wäre der Mühe wert, sich niemals im Leben zu verlieben, da doch die Rückflut nach der Liebe unweigerlich all dieses Elend, den Abfall zurücklässt. Nun ja. Narciso ist nicht gekommen, Ana ist nicht gekommen (ich sehe sie ab und zu, vermisse sie nicht), auch Magda und Mauricio sind nicht gekommen. Dass Magda, meine alte Freundin, nicht gekommen ist, tut allerdings weh. Guzmán erkundigt sich bei mir nach ihr und nach Mauricio, den beiden Genossen, die nicht gekommen sind und die zu sehen er erwartet hatte. »Ich glaube, sie ist nach Vigo gezogen«, sage ich und meine damit Magda. Von Mauricio muss ich berichten, dass er vor ein paar Jahren gestorben ist. Pedrito habe ich es neulich am Telefon erzählt – er wollte, dass ich ihn ausfindig mache, dass er zu diesem Essen käme –, und Guzmán habe ich es, glaube ich, schon vor langem erzählt, auch wenn er heute Abend behauptet hat, nichts von Mauricios Tod zu wissen. Wir hatten ihn aus den Augen verloren, keiner hatte etwas von ihm gehört, aber er erschien eines Tages in der Praxis eines Arztes, der mit uns in der Partei gewesen war und Carlos behandelt hatte, als der sich mit einem Molotowcocktail verbrannt hatte. Mauricio war wohl bei dem Arzt aufgetaucht, um ihn auf die Probe zu stellen: Er wollte von ihm etwas bekommen, Pillen, Tropfen, etwas, um sich umzubringen. Er sagte, er wolle sich einen würdigen Tod gönnen, wer will das nicht?, wollte Musik hören, ein Gedicht (vielleicht diese Platte, auf der Neruda seine Liebesgedichte spricht) und friedlich einschlafen. Er liebte die Musik. Im Gefängnis habe ihm am meisten gefehlt, dass er nicht Musik hören konnte, sagte er. Ich stelle mir vor, dass er, als es ans Sterben ging, wohl auch gedacht hat, jetzt ist es vorbei mit der Musik. Er liebte die Brandenburgischen Konzerte, die Leningrader Symphonie von Schostakowitsch, für einen Kommunisten war Schostakowitsch, Tod und Widerstand, besser als Bach, Tod und Gottesglaube, obwohl Schostakowitsch für den Moment des Todes wohl zu heftig war. Als lege man eine halbfertige Arbeit nieder, verließe eine Baustelle. Schostakowitsch und die Baugerüste des Sozialismus, sie wuchsen empor und krachten eines Morgens zusammen, Gerüste im Staub. Besser Violeta Parra. Musik hören. Und jemand, der dir ein Kapitel aus einem Buch vorliest, einen Abschnitt aus dem *Kommunistischen Manifest* (»Die Bourgeoisie hat nicht nur die Waffen geschmiedet, die ihr den Tod bringen; sie hat auch die Männer gezeugt, die diese Waffen führen werden«) oder eins der Lieder der Verzweiflung von Neruda (»Geliebte, es ist Nacht / das schwarze Wasser, die schlafende Welt sind um mich«). Jemand liest, und im Hintergrund etwas Musik, ja, sagen wir Bach (Gott, das einzige Gerüst, das sich als stabil erwiesen hat, es widersteht den Stürmen, dem langen Frost), und ein paar Betäubungstabletten, etwas, was auch immer. »Ich bitte nur um etwas Musik und ein paar Betäubungstabletten«, sagte er zu dem Arzt, »und bei diesem Projekt bist du für die Betäubungsmittel zuständig und musst mir helfen, sie einzunehmen.« Er bat ihn darum, ihm beim Sterben zu helfen. Und er verlangte das in aller Dreistigkeit, als wolle er ihn provozieren, prüfen, wie weit er gehen konnte. Dem Arzt gefiel weder, worum er bat, noch wie er darum bat. Er weigerte sich: »Du weißt, das kann ich nicht machen«, sagte er zu ihm. Wenn er es wünsche, könne er ihm die CD seiner Wahl schenken, die Seiten aus dem Buch auswählen, das ihm das liebste sei, oder, besser noch, er könne sich dafür einsetzen, dass man ihn zur Schmerztherapie in das onkologische Zentrum aufnahm, aber darüber hinaus könne er nichts tun. »Ich bin Verpflichtungen eingegangen, ich bin Parteimitglied. Du musst begreifen, dass ich das, worum du mich bittest, nicht tun kann. Ich befürworte die Sterbehilfe, aber nicht die Illegalität. Nicht mehr. Wir leben jetzt in einem demokratischen Staat. Man muss dafür kämpfen, dass auch auf diesem Gebiet gerechte Gesetze erlassen werden, aber nicht das Gesetz umgehen«, sagte er. »Was geht mich euer Gesetz an?«, erwiderte Mauricio. Er war wütend: »Sag mir, wie ich es anstellen kann, damit ich keine Schmerzen habe. Gib mir ein Rezept und sag mir, wie ich vorgehen muss, merkst du nicht, dass ich Angst habe, etwas falsch zu machen, unnötig zu leiden?« Der Arzt gab ihm die Adresse einer Gesellschaft der Freunde der Sterbehilfe. »Das ist alles, was ich tun kann«, sagte er. Wenige Tage später rief ihn Mauricios Frau an. Mauricio hatte sich nicht umgebracht. Er lag im Hospital de la Paz im Sterben, Lungenkrebs. Sie bat um Hilfe, er möge ihr die Telefonnummer von einem von uns geben. Mauricio wollte uns sehen. Er nannte die Namen der alten Genossen. Als seine Frau es mir erzählte, war Mauricio bereits tot. In jenen letzten Tagen war er wohl ziemlich grausam zu ihr. Sie war fast dreißig Jahre jünger, sie hatten keine Kinder, er hatte keine gewollt (»Stell dir das doch mal vor, wenn der Junge zwanzig ist, bin ich achtzig. Ein Urenkel«). Zuletzt sagte er immer wieder: »Wie hast du dir denn das gedacht? Es ist nicht so, wie du dir das vorstellst. Es gibt kein gutes Ende, niemals, nichts endet auf geordnete Weise.« Das erzählte mir der Arzt, als ich ihm einmal zufällig beim Verlassen eines Kinos begegnete, Mauricios Frau erzählte es mir überstürzt und wirr am Telefon, nachdem der Arzt ihr die Nummer von Demetrio gegeben hatte und Demetrio ihr meine gesagt hatte, damit wir »von Frau zu Frau« sprechen könnten: »Er sprach von euch als von den ›Kampfgefährten‹. Er wollte euch sehen. Wahrscheinlich hätte ich euch damals anrufen sollen, aber ich hatte nicht die Kraft«, sagte sie. Mehrmals sprachen wir davon, uns einmal zu treffen (»Ich würde dich gern kennen lernen, mit dir reden«, sagten wir zueinander), aber wir haben es immer wieder verschoben und schließlich nicht mehr miteinander telefoniert. Seit über einem Jahr habe ich nichts mehr von ihr gehört. Zuletzt hatte sie mir am Telefon erzählt, sie fühle sich einsam. Sie hatten keine gemeinsamen Freunde gehabt, und sie suchte jemanden, mit dem sie über ihn sprechen konnte, über Mauricio. Sie kam sogar auf den Gedanken, in das Café zu gehen, in das er, wie sie wusste, immer gegen Abend gegangen war, wollte jene Männer ansprechen, die mit ihm eine Partie zu spielen pflegten, wollte ihnen sagen, dass ihr Partner gestorben sei. Wollte ihnen sagen: »Ich möchte mit euch über ihn sprechen.« Aber wen hätte sie ansprechen sollen? Das hätte doch sonderbar gewirkt, wenn die junge Witwe in die Bar kommt und dem Kellner sagt: »Sagen Sie ihren Gästen, dass mein Mann gestorben ist. Der Mann, der immer hier herkam und dann nicht mehr kam, das war mein Mann, und er ist gestorben, und ich möchte über ihn sprechen.« Das habe ich heute Abend über Mauricio erzählt. Das, was ich von seiner Frau über ihn wusste. Na ja, und dann habe ich ihnen auch erzählt, dass er die letzten Jahre bei einer Lieferfirma gearbeitet hat, er war so etwas wie ein Bote, und dass es ihm dabei nicht gut ging, weil er Rheuma hatte oder Arthrose und ihm die Gelenke wehtaten. Pedrito wollte auf Mauricio anstoßen (»Auf die verschwundene Arbeiterklasse, auf ihr bitteres Ende«, hat er gesagt), und anschließend hat er den Trinkspruch auf diejenigen ausgedehnt, die nicht gekommen sind, auf Ana (es war ihm, glaube ich, anzusehen, dass der Trinkspruch auf Ana ein Zugeständnis war, nur weil Guzmán und seine Söhne vor ihm saßen), auf Narciso (er war bemüht, mich nicht anzusehen, während er auf ihn anstieß. Ich habe nicht einmal das Glas erhoben. Wenigstens war er höflich genug, nicht an Laura zu erinnern), auf Magda. Als er nach Magda fragte, haben wir ihm nichts Neues berichten können. Verschwunden. Missing. »Ich habe so oft das *Violette* benutzt, um dort Flugblätter zu verstecken. Ihr wusstet das nicht, aber im Keller stand fast ein Jahr lang die Vervielfältigungsmaschine. Ihr könnt euch gar nicht vorstellen, was wir da alles gedruckt haben. Manchmal bei voll besetzter Bar. Magda drehte die Musik lauter, damit man nichts hörte, denn es war eine höllisch laute Maschine. Wir haben sogar zwei Pistolen und die Sprengstoffpäckchen, die sie uns aus dem Baskenland geschickt hatten, dort versteckt, damals, als wir in der Organisation, aber außerhalb der Strukturen die Unterstützungsgruppen aufgebaut haben«, erzählte Pedrito. Das war mir alles neu, und mir fiel auf, dass Guzmán und Taboada die Richtung, die das Gespräch nahm, gar nicht witzig fanden, als wüssten sie Bescheid, hätten aber lieber nichts gewusst. Dagegen spitzten Lalo, Juanjo und Elvira die Ohren, wollten wohl mehr erfahren. Guzmán fuhr schroff dazwischen: »Keiner weiß etwas von Magda.« Ich habe ihm bestätigt, dass in der Tat seit etwa sechs Jahren keiner mehr etwas über sie hat in Erfahrung bringen können. Sie ist offenbar nach Vigo zurückgekehrt, und Vigo kaut jetzt auf ihr herum. Vielleicht hat die Stadt sie sogar schon verschluckt und verdaut sie nun allmählich. »Aber Vigo ist doch nicht die Wüste Gobi«, sagte Pedrito, »ich kenne dort Leute, wir könnten herausfinden, wo sie steckt.« »Ich weiß nicht, ob es Vigo selbst ist oder eines der Dörfer in der Umgebung, vielleicht Padrón oder irgendein Ort an der Ría, Cangas, Bueu, vielleicht noch weiter weg, El Rosal oder La Guardia.« Ich habe gedacht, dass ich gerne von ihr gehört hätte. Ich erinnere mich, als wäre es heute, wie sie mir im *Violette* sagte: »Die Frauen prüfen, so wie man Diamanten auf ihre Härte prüft, um sicher zu sein, dass es auch wirklich die Beste ist, und dann um sie kämpfen.« Ich musste lachen. Ich dachte, sie mache einen Witz, aber nein, diese Frau war so. »Du Machistin«, sagte ich zu ihr. Sie funkelte mich an, als wolle sie mich mit den Nägeln zerteilen, mich mit der Schneide eines Diamanten sezieren. Sie war ehrgeizig. Aber es war ein seltsamer Ehrgeiz: Er betraf nicht Geld oder Macht, sondern die Anstrengung selbst. Wenige Tage zuvor hatte mir ihre Freundin Lola gesagt: »In Romanen, im Film kämpfen die Leute für ein Ziel und überwinden Schwierigkeiten, bis sie es geschafft haben. In der Wirklichkeit ist das ganz anders, du kannst einen Menschen leidenschaftlich lieben, wissen, dass sie die Beste ist, und zugleich wissen, dass das nichts für dich ist, dass es keine Zukunft hat, dass die Liebe keine Berge versetzt. Ich liebe Magda, aber wir sind so verschieden. Oder so übermäßig ähnlich. Zu wissen, dass wir immer zusammenleben würden, wäre mein Golgatha. Es hieße, ständig zusammenzustoßen, aufeinander loszugehen, uns an anderen Frauen zu beweisen, um uns stark zu fühlen, zu konkurrieren. Wozu so was aufrechterhalten? Aus Prinzip, das in diesem Fall Liebe heißt? Ich mag sie sehr, und das ist das Schlimmste. Man muss sich disziplinieren, verzichten und versuchen, sich in einen anderen Körper zu verlieben, dessen Seele einen nicht so lähmt.« Ich fand es anstrengend, ihnen zuzuhören: Wie Gladiatoren, die eine Vorlesung über Philosophie halten. Der permanente Kampf, die Liebe als eine Form des Krieges: *struggle for life.* Lola war, glaube ich, ein bisschen verliebt in mich. Sie berührte gern die Blusen, die ich trug, und machte so ihre kleinen Scherze, sie schaute auf meinen Büstenhalter und sagte: »Das hält sich doch von selbst.« Und Magda, immerhin meine Freundin, meine Genossin, beobachtete die Szene aus dem Augenwinkel: Dann fühlte ich mich wie ein armes Lamm in den Krallen von zwei Raubvögeln, ein Beutestück, um das sich zwei bis zu den Zähnen bewaffnete Krieger streiten. An dem Abend sagte Magda: »Ich geh mich mal umgucken, ich brauche Luft, du erstickst mich.« Sie hatte »Yukatali« aufgelegt, das Lied von Kurt Weill, in dem von einem unmöglichen Gelobten Land die Rede ist. Es sang Lotte Lenya. Magda hatte einen Sinn fürs Theatralische. Das nächste Lied auf der

Platte war »September Song«. Noch mehr Trauer, Herbst, verlorene Tage. Zwei Minuten, nachdem Magda gegangen war, schloss Lola das Lokal, stürzte hinaus und nahm ein Taxi, sicherlich mit Kurs auf eines der Lokale, wo sie Magda vermutete. An einem anderen Abend schüttete Magda ihr ein Glas Whisky ins Gesicht, als sie sich in einer Ecke mit einem Mädchen unterhielt. Als ich zu Hause Probleme bekam, sagte sie: »Du hast doch auch bloß Angst, dass die Liebe dich verletzt. Angst vor Narciso. Carlos sagt dasselbe von mir. Der mag es, wenn seine Romanfiguren leiden, sich verlieben, sich schlagen, sich trennen, weinen. Und er steht darüber, hat die Kontrolle, und keiner kontrolliert ihn. Es gibt kein übleres Individuum als den, der behauptet, sich zum Wohl der anderen etwas Höherem hinzugeben, das ist nichts anderes als Egoismus. ›Lasst mich in Ruhe, stört meinen Schöpfungsprozess nicht, das mache ich für euch‹, sagt der große Egoist.« Als Magda Guzmán erzählte, sie habe sich von Lola getrennt, bot er sich an, ihre Gefühle in die rechte Bahn zu lenken, »das ist eine Gelegenheit, einmal normale Erfahrungen zu machen, die Erfahrungen einer Frau mit einem Mann. Sag nicht, dass du nicht neugierig bist, wie das funktioniert, und sei es nur die Mechanik. Dieses Mysterium auszuprobieren, dass ein Körper in einen anderen dringt. Diese morbide Neugier ist universell. Warum willst du dir das versagen? Ich bin ein verheirateter Mann, bin diskret. Bei mir verpflichtest du dich zu nichts«, hatte ihr der dreiste Kerl eines Nachts gesagt, als er ihr half, das Lokal zu schließen. »Er griff sich meine beiden Hände und drückte sie auf den Bartresen, während er mir starr in die Augen blickte und seine feuchten Lippen zwischen dem Bart hervortraten«, erzählte mir Magda unter Gelächter, »ich sollte sehen, wie sein Schwanz anschwoll und wie er ihn mir reinsteckte. Er sagte, es gebe eine ›universelle Neugier‹, ihn den

Schwanz reinstecken zu sehen. Man muss schon ganz schön abgebrüht sein.« Jetzt weinte sie. Ich hatte sie noch nie zuvor weinen sehen und danach nie wieder. Mal eine Träne zerdrücken, das schon. Kokett die Augen wischen, wenn sie eine Platte hörte oder zur Gitarre ein Lied sang, aber das war kein Weinen, das waren Verführungsstrategien. In jener Nacht weinte sie jedoch auf diese Weise, die nicht verschönert, die dein Gesicht hässlich macht und dich in ein nervendes Kind oder einen abstoßenden alten Mann verwandelt. »Lass mich«, wies sie mich ab, als ich ihr den Arm um die Schulter legte. Lola sah ich nicht mehr in dem Lokal, auch nicht mehr im Viertel. Ich traf sie viel später in einer Kinoschlange, aber sie war mit anderen Freundinnen zusammen und fragte nicht einmal nach Magda. Ich bin ihr noch drei, vier Mal begegnet, und wir haben uns nicht einmal gegrüßt, wir waren nur ein paar Meter voneinander entfernt, in einem Lokal, jeder an einem anderen Platz, ich wie gewöhnlich am Tresen (um im Sitzen zu trinken, habe ich meine Wohnung, in einer Bar bleibe ich lieber am Tresen. Auch Narciso trank gern am Tresen), mit irgendeiner Freundin, einem Arbeitskollegen; sie an einem Tisch, ebenfalls in Begleitung von Freundinnen, sie hat immer einen kleinen Hof um sich, darin ähnelt sie Magda. Menschen verhalten sich seltsam, denn, wie gesagt, ich glaube, ich gefiel ihr. Magda öffnete auch in den folgenden Tagen das Lokal. Nach einiger Zeit beobachtete ich, dass an der Ecke der Theke immer dasselbe dunkle Mädchen stand, gebannt allen Bewegungen Magdas folgte, bis zuletzt dablieb und ihr half, das Lokal zu schließen. Magda hatte einen Ersatz für Lola, ein Mädchen, das wahrscheinlich weniger streitbar, weniger leidenschaftlich war. Einmal, als ich beschlossen hatte, mich durch die nächtliche Stadt treiben zu lassen, traf ich auf Magda und die kleine Brünette mit dem kurzen Haar. Magda hatte ihr den Arm um die Schultern gelegt und hielt mit der anderen Hand ihr Kinn. Sie knutschten. Ich erinnerte mich an ein anderes Lied, das Magda liebte. Eins von Ferrat, in dem es heißt: *Avec le temps on n'aime plus.* »Bist du verliebt?«, wollte ich wissen, und sie lachte. »Meinst du? Gute Titten hat sie«, antwortete sie. Sie erzählte, sie lerne gerade, sich mit Personen zu umgeben, die sie erregten, ohne ihr zu schaden. »Eine gute Gymnastik, sich auf Zehenspitzen zu stellen und die Frucht zu pflücken, die man ohne große Anstrengung erreicht«, sagte sie. Man lernt nie aus bei den Menschen. Sie, die strenge Rote alten Schlags, ließ dem Dandy Narciso Dinge durchgehen, die sie uns anderen nicht verziehen hätte. Sie meinte wohl, seine pseudointellektuellen Witze, seine Blödeleien und die vielen mehr oder weniger erfundenen Zitate anstößiger Autoren, die er ins Gespräch einwarf, seien was für die Aura des Lokals. Das muss es wohl gewesen sein. Es scheint so, dass in der Zeit, als er mit Laura zusammen war und ich aus einsichtigen Gründen nicht dort auftauchte, Magda nicht böse wurde, obwohl die beiden ständig ihre Nummern abzogen, sich anschrien und Gläser an den Kopf warfen. Magda hätte das sonst keinem durchgehen lassen. Narciso und Laura waren für sie so etwas wie Scotty und Zelda. Aber wenn ich behaupte, Magda habe sich da rausgehalten, bin ich schrecklich ungerecht, denn sie setzte etwas ein, so als kümmere sie die Polizei nicht, als mache sie sich keine Sorgen wegen der Faschisten im Viertel, die ihr Parolen an die Fassade geschmiert und ihr mehrmals die Tür zertrümmert hatten und eines Nachts, als sie allein war, ins Lokal gekommen waren und alles kurz und klein schlugen. Magda haben sie den Kopf geschoren und ihre Kleider mit Farbe besprüht. Sie wehrte sich, »zwei von diesen Arschlöchern haben einen ordentlichen Tritt in die Eier bekommen«, sagte sie. Heute erzählt mir Pedrito, sie habe noch mehr gewagt. Jahre zuvor war sie mit uns zusammen festgenommen worden, und in den Kellergängen der Geheimpolizei sang sie die Internationale, und einige Stimmen aus den Zellen fielen ein, nicht nur unsere, auch die von ein paar alten Arbeitern. Ich habe ebenfalls in diesem dunklen, übel riechenden Keller gesungen und geheult. Es war einer dieser Augenblicke, in denen das Leben seinen ganzen Sinn zu erreichen scheint, vollkommen wird, in denen du sterben kannst, das war's, du hast alles getan. Zu überdauern, das wussten wir damals, ist nicht das Wichtigste, und nun – da klar wird, dass wir dazu verdammt sind, nicht zu überdauern – scheinen wir es vergessen zu haben. Das *Violette* war, wie sie zu sagen pflegte, »eine permissive Nachbarschaftskneipe«, in der die politischen Aktivitäten der Gruppe und die Sexualität der Besitzerin sich auf geheimnisvolle Weise mit den Gewohnheiten der Gäste aus dem Viertel vertrugen, die ihr Glas bestellten und so taten, als nähmen sie das Ambiente nicht wahr. Magda achtete sehr auf dieses Zusammenspiel, weil sie wusste, dass sich darauf das labile ökonomische Gleichgewicht des Lokals stützte, und deshalb wies sie zwei ihrer radikalen Freundinnen zurecht, als die sich am Tresen küssten. »Das hier ist eine Nachbarschaftskneipe, verstanden?« Die beiden fanden, Magda sei repressiv, und bemalten am nächsten Tag die Fassade des Lokals mit feministischen Zeichen und Parolen: »Lesben unterdrücken Lesben. Boykott.« Vielleicht war das der Grund dafür, dass Magda beschloss, Madrid zu verlassen (»Ich habe dieses Haifischbecken satt, die Lesben satt, die nichts so sehr hassen wie andere Lesben, und die Roten, die sich gegenseitig zerfleischen, alles Scheiße hier«). Danach hat sie sich dann tatsächlich, wie ich weiß, mit ihrer Familie versöhnt und ist wieder ab und zu nach Vigo gefahren. Was Narciso den Bumerangeffekt nannte. Die Diaspora. Ich muss an Magda denken. Eine Frau von über fünfzig, wie ich. Was sie wohl in Vigo macht? Wo ist das Land ihrer Träume, Jukatali, aus dem Lied von Kurt Weill? Eine mehr in der endlosen Herde jener Menschenwesen, die gebeugt, resigniert voranstapfen, einen Augenblick lang von den Lichtkegeln erfasst werden, um dann in der Dunkelheit zu verschwinden. Pedrito hebt die Stimme, er will etwas zu Guzmán sagen: »Ich bereue nichts«, sagt er, »gar nichts. Mit neunundfünfzig kann ich mir erlauben, alles zum Teufel zu schicken. Verstehst du? Alles abzuschreiben. Das Beste ist längst vorbei. Den Rausch habe ich hinter mir. Die Liebe, die Fähigkeit, mich zu verlieben, zu verblöden, das alles habe ich hinter mir. Was bleibt mir, uns? Katzenjammer? Die halluzinierende Hellsicht des Katzenjammers? Hospital und Altenheim können sie sich bei mir sparen, Katheter, Windeln, Spritzen, all das teure Zeug schenke ich dem System, soll es das doch bei anderen einsetzen. Ich habe immer noch ein großes Herz.« Während ich ihm zuhöre, frage ich mich, was wir beide heute Nacht anstellen könnten, aber mir fällt auch auf, dass seine Augen feucht geworden sind.

Pedrito hat das noch mal wiederholt, von der Zukunft, die kein Bestandteil der Zeit ist, keine Eigenschaft der Zeit, sondern nur ein Konstrukt, dazu da, ohne Angst die richtungslose Zeit anzunehmen, die uns wie ein unendlicher, einsamer Platz umgibt. Zukunft bedeutet, der Zeit eine Stimme geben, dasjenige zu uns sprechen lassen, das uns im Stillen erwartet, nicht länger zwischen stummen Ruinen wandeln, sondern vielmehr zwischen den Gerüsten von etwas, das im Bau ist. Der Lärm von Hämmern, von Kränen auf einer Baustelle. Diese Eigenschaft eines Baus, an dem gearbeitet wird, ist es, was dem Leben die Vorstellung von Zukunft vermittelt. Pedrito bezieht das auf Rechnungen und Wechsel, er glaubt an das Geld, das man in der Hand hält, alles andere ist Rauch, Nebel, Möglichkeit. Er will Guzmáns Söhne beeindrucken. Man merkt es ihm an. Demetrio sagte vor drei oder vier Monaten etwas Ähnliches über die Zukunft: Es sei erschütternd, Jorge vor sich zu sehen, einen noch jungen Menschen, der schon vom Tod gezeichnet sei, »aber er steht noch auf, zieht sich an, redet, isst, hört Musik. Du ahnst nicht, Carlos, wie erschütternd es ist, Leben ohne Zukunft zu sehen«, sagte er zu mir, » der dünne Faden, der das Leben vom Tod trennt.« Vor allem machte es ihm zu schaffen, mit einem Leben ohne Struktur umzugehen, ohne irgendein ordnendes Element, eine Idee, was auch immer, so etwas scheint den Tod erträglicher zu machen. Früher sprach man vom Sinn des Lebens und dergleichen. Kurz danach sah ich ihn wieder. Er war fürs Wochenende nach Denia gekommen, und ich traf ihn mit meinem Bruder Joaquín in einer Bar. Wie es Jorge ginge, wollte ich wissen. Das Panorama hatte sich erneut verändert: Wenn Demetrio jetzt nach Denia fuhr, musste er jemanden finden, der solange seinen Freund versorgte. Er hatte einen jungen Ekuadorianer aufgetan, der das übernahm (»von Tag zu Tag, noch können wir das zahlen, ich weiß nicht, was geschieht, wenn die Sache sich hinzieht«). Ich fragte ihn, ob Jorge sich wenigstens noch innerhalb der Wohnung bewegen könne: »Nein«, war die düstere Antwort, »er kann kaum noch aufstehen. Er verlässt nicht mehr das Haus. Eine langsame Agonie. Am Anfang hoffte ich auf ein möglichst schnelles Ende, jetzt aber denke ich, es ist besser so. Der Tod braucht anscheinend einen Prolog, den Verfall, sonst erscheint er uns ungerecht, willkürlich; aber so, wenn wir es müde sind zu leiden oder dem Leiden zuzusehen, rufen wir ihn herbei, und er folgt unserem Ruf, kommt und scheint eine Form von Gerechtigkeit herzustellen; mehr noch, er tritt in Gestalt der Barmherzigkeit auf, der Tod. Proust rief den Männern, die Frankreich in einen Weltkrieg geführt hatten, zu: ›Ihr dürft nicht Menschen für Steine opfern, deren Schönheit gerade daher rührt, dass sie einst humane Wahrheiten festgemauert haben.‹ Das Üble ist, dass Aids als qualvolles Opfer nicht einmal Gott, Vaterland oder irgendeiner ewigen oder flüchtigen Wahrheit zum Ruhme gereicht; Aids ist nicht einmal ein Opfer für die Liebe, wer das sagt, redet dummes Zeug. Es bedeutet ganz einfach, wie ein Hund zu krepieren, verstehst du, Carlos? Wir werden wie die Hunde krepieren, weil wir unsere Lust zu vögeln nicht gezügelt haben, weil das Tier in uns sich durchgesetzt hat, sich täglich durchsetzt. Zwischen der poetischen Anbetung der Schönheit und dem niedrigsten Instinkt, da stehen wir. Nicht einmal mit

Prügel haben wir den Leib erziehen können. Wir sind ausgezogen zu den Orten, wo Sex praktiziert wird, in eben der Stimmung, in der die jungen Männer in Pamplona aufbrechen, um in der Calle de La Estafeta mit den Stieren zu rennen, und wir mussten später feststellen, dass die Sexualität nicht mit einem Hornstoß tötet, sondern nach und nach: nachlassende Kontrolle der Bewegungen, des Schließmuskels, fortschreitender Verfall, das ist das Schlimmste. Wir waren Idioten, wie diese Muttersöhnchen, die den Wagen auf Hochtouren peitschen und dann feststellen müssen, dass es nicht um Leben oder Tod ging, blöd glotzen sie dich an aus ihren Rollstühlen, in denen sie querschnittsgelähmt hocken, sie sabbern, machen in die Hose, und das hat nichts Romantisches. Ich weiß, ich weiß, die Alternative ist das Nichts. Nicht begehren, nicht ficken, nicht existieren. Nicht geboren sein. Aber was erzähle ich da.« Nicht begehren, nicht rauchen, nicht trinken. Wie lange werden Leber, Lunge, Herz durchhalten? Es nähert sich die Stunde der letzten Dinge. Man muss sich langsam vorbereiten, sich abfinden. Der Arzt hat mir vor etwa sechs Jahren den »Ausweis für Bluthochdruck« ausgestellt, und ich habe zu Hause so einen Apparat, mit dem ich den Blutdruck und den Puls messen kann. Du schnallst dir eine Armbinde um, die durch einen Gummischlauch mit einem batteriebetriebenen Kästchen verbunden ist, drückst auf einen Knopf und siehst, wie auf dem kleinen Bildschirm die Zahlen in abnehmender Folge auftauchen. Zweihundertzehn, hundertachtundneunzig, hundertdreiundachtzig, vierundneunzig, fünfundachtzig. Am Ende bleiben die Ziffern stehen und zeigen dir an, dass du mehr Pulsschläge hast, als du haben solltest (neulich waren es über hundert, ich weiß nicht warum), und dass der obere Blutdruckwert wieder über neunzehn ist, während der untere über elf liegt, obwohl du ständig die Enalapril-Tabletten eingenommen hast; klar, du hörst ja auch nicht auf, dir täglich ein halbes Dutzend Gin Tonics und zwei Schachteln Zigaretten reinzuziehen. Um nicht zu sterben, nicht zu leben, nicht gelebt zu haben, nicht geboren worden zu sein. Der Apparat zeigt dir an, dass sie dich umkreist, die schmale Baudelairesche Dame, die dem Anschein nach alles gleichmacht, und ich sage dem Anschein nach, weil nicht einmal sie eine absolute Gleichheit zwischen den Menschen herstellt: Manche haben Mausoleen, ihre Namen sind in Stein gemeißelt, werden auf Papier geschrieben (nicht zu reden von den Erben); andere hingegen haben rein gar nichts: die Entwurzelten, die Flüchtlinge, die unzähligen Migranten, Massengräber, mit Löschkalk bedeckt, mit Benzin getränkt. Tja. Es gibt ein Beharrungsvermögen der Klasse noch über den Tod hinaus. Soll mir keiner erzählen, dass der Tod Tutenchamun und den letzten seiner Sklaven gleichgemacht hat, denn es ist nicht wahr. Elisa ist gestorben, und in der Erinnerung setzt sich ihre Klasse gegen Pedrito durch, und sie geißelt ihn damit, und daran ändert die Tatsache nichts, dass er noch lebt und viel Geld verdient hat (»Elisa hat mich nicht geliebt, oder nur ein paar Tage. Sie hat gemerkt, dass ich nichts war, nichts wert war«, sagte er heute Morgen, hinterm Steuer, den Blick starr auf die Landstraße gerichtet, »du hast es auch gewusst: ein Großmaul, alle Welt weiß das, ich bin nur ein Großmaul, auch wenn mir das keiner ins Gesicht sagt, denn würde es einer tun, ich hätte keine andere Wahl, als ihm den Schädel einzuschlagen«). Die zähe Resistenz der Klassenschranken. Uns Anarchisten und Kommunisten war klar: Wollte man Gleichheit wenigstens für einen Augenblick erreichen, musste man zuerst die Grundbuchämter, die Archive verbrennen. Wollte ich noch einmal eine egalitäre Welt schaffen, ich würde außerdem noch die Porträts verbieten, nicht nur weil die Kleidung auf den Bildern die Klasse verrät, sondern auch, weil sich in Haltung, Gebärden sowie im Blick eine besondere Geschmeidigkeit ausdrückt, die nur eine über Generationen wiederholte Klassengymnastik hervorbringt. Ich schaue auf die Uhr, es ist fast ein Uhr morgens, und ich bin müde. Ich glaube, ich werde auf das letzte Glas, das Pedrito vorschlägt, verzichten, ich werde heute Nacht nicht mehr irgendwo mit Pedrito hinziehen. Wir hatten ausgemacht, die Reise zu nutzen, um uns in Madrid zu verlieren, zu den Huren oder in irgendeine komische Kaschemme zu gehen, wir wären vielleicht auch zu Magda in die Kneipe gegangen, wenn Amalia uns nicht erzählt hätte, dass es das *Violette* nicht mehr gibt. Ich werde direkt ins Hotel gehen. Die Fahrt hat mich angestrengt, den größten Teil der Strecke hat es geregnet, die Laster wirbelten diesen Dunst auf, der blind macht, eine Mischung aus den Auspuffdämpfen und den mit Schlamm vermengten Wassertropfen, die sich zu einem dünnflüssigen Brei verbinden. Es strengt mehr an, wenn ein anderer lenkt, als wenn du selbst am Steuer sitzt. Man ist angespannter, fürchtet, der andere lässt sich ablenken, hat Aussetzer, reagiert falsch, verliert die Kontrolle über das Fahrzeug. Außerdem hat Pedrito sich nicht verkneifen können, mir die Leistungsfähigkeit, wie er es nennt, seines Automobils vorzuführen, und hat den Wagen trotz Regen und schlechter Sicht streckenweise auf zweihundert hochgefahren. Wir haben es von Denia nach Madrid in knapp drei Stunden geschafft. Jetzt drückt er aufs sentimentale Gaspedal und bringt sich selbst auf zweihundert: Ich sehe, wie begeistert er von Amalia ist – ein flash, eine wahre Wiederbegegnung –, er betrachtet die Linien ihrer Hand und fragt sie nach ihrem Sternzeichen, dem Tag, sogar der genauen Stunde ihrer Geburt. Er liest ihr die Zukunft aus der Hand, wird ernst, als glaube er daran. Kaum zu fassen, dass diese jugendlichen Aufreißtricks noch funktionieren. Obwohl, beim Sex funktioniert wirklich alles, es ist nicht wie in den Romanen oder den Filmen, die auf eine bestimmte Dosis Glaubwürdigkeit angewiesen sind, eine Logik in der Entwicklung. Beim Sex kommt es einzig und allein auf das Ziel an, den Vollzug, darauf, dass beide Parteien sich einig sind, was den Vollzug betrifft, und den Wunsch haben, zum Ziel zu kommen, und wenn das der Fall ist, kommt es nicht auf den Weg an, den man wählt. Alle Wege führen nach Rom oder, besser gesagt, zu Venus, zumindest potenziell. Die Glaubwürdigkeit liegt nicht im Objekt, sondern im Subjekt; nicht der Text gibt sie vor, sondern der Wunsch der Schauspieler, mit der Vorstellung zu beginnen. Die Glaubhaftigkeit steht außerhalb jeder Logik. Ich gähne verstohlen. Die Unterhaltung schleppt sich hin. Guzmán sagt, er müsse früh aufstehen, und sobald das hier zu Ende geht, nehme ich ein Taxi zum Hotel und lege mich ins Bett: eine Weile lesen. Die Deckenbeleuchtung ausschalten und nur die Lampe am Kopfende anlassen, dem Schnurren der Klimaanlage lauschen, mich wie von einem Wiegenlied einlullen lassen, die Luft hören, so wie ich jetzt Pedrito sagen höre, dass unser Irrtum darin lag zu meinen, all das ließe sich ändern. »Es war uns klar, welches Gift alles infizierte, wir haben als gute Ärzte die richtige Diagnose gestellt, aber nicht gemerkt, dass es dafür kein Medikament gibt. Das haben wir erst später gemerkt«, sagt er, und Guzmán widerspricht, wedelt mit der Zigarre in der Luft. Ich weiß nicht, ob er sagt, er habe sich nicht geirrt, oder ob er meint, doch, es gebe ein Medikament. Er will wohl nur, dass seine Söhne nicht mitbekommen, dass das hier, alles hier, außer Kontrolle geraten, aus dem Ruder gelaufen ist. Schlafen. Unbekümmert in diesem Zimmer schlafen, das mir perfekt lärmgedämmt schien, als einzige Gesellschaft die Klimaanlage, ein Atem, der die Einsamkeit ertragen hilft, ein Rauschen im Hintergrund, ein monotones Wiegenlied, wie von einem avantgardistischen Komponisten. Das Wiegenlied einer fürsorglichen, minimalistischen Mutter. »Die Kinder hören gerne Stimmen, Geräusche, sie spüren dann, dass sie nicht allein sind«, sagte ich zu Rita, als Pau geboren war und wir uns mit der Zelle in dem Zimmer versammelten, in dem er schlief, und alle leise redeten, um ihn nicht zu wecken. Ich dachte daran, wie Pau in seiner Ecke schlief, als ich Rita am Telefon hörte: »Du willst nicht wahrhaben, dass dein Sohn ein Junkie ist«, worauf ich mit der Mentalität eines mumifizierten Achtundsechzigers sagte: »Du und ich, wir haben uns doch auch alles Mögliche reingezogen, oder etwa nicht? Und du rauchst gern mal einen Joint, verdammt«, worauf Rita laut wurde: »Davon rede ich gar nicht, ich rede davon, dass er ein Junkie ist, dass er im Leben keine andere Beschäftigung hat, er ist unterwegs, um sich Stoff zu beschaffen und spritzt ihn sich dann; das ist seine Arbeit, seine Ideologie, seine Lebensform, seine einzige Sorge, high und down sein, high bleiben, so wie es deine einzige Sorge ist, in dieser Scheißnische zu verharren, in die du dich da unten in Denia verkrochen hast, um bloß nicht in die Wirklichkeit zu fallen, denn wenn du fällst, schlägst du dir den Schädel ein.« »Du willst doch nicht etwa mir die Schuld geben.« »Was redest du da, bist du blöd oder was? Deine Schuld interessiert mich einen Dreck. Du willst mal wieder die Hauptperson sein, er ist für dich nur ein Unfall, ein Zwischenfall, der dich betrifft, ein Furunkel an deinem Arsch. Nichts davon. Du hast damit nichts zu tun und ich auch nicht. Er ist es, er ist Junkie, sein eigenes Furunkel, schlägt sich allein durch, als Furunkel. Du hast da gar nichts zu melden, kapiert? Du und ich, wir sind seine Furunkel, und nicht umgekehrt. Erzähl mir ja nicht: ›Ich hab ein Problem, mein Sohn ist ein Junkie‹, er hat ein Problem, er, nicht du.« Das schreit sie ins Telefon, von Madrid aus. Derweil geht das Meer, schlaflos, ohne einen Augenblick stillzustehen, die Herbstregen sind schon vorüber, es kommt und geht in Einsamkeit, keiner schaut es an, unermüdlich, kraftvoller noch als zu der Zeit, als es Myriaden von Touristen in der Sonne als Schauspiel diente. Ich: »Aber ist er denn schon süchtig?« Sie: »Du scheinst schwer von Begriff zu sein. Er ist süchtig. Und wenn du wissen willst, seit wann, kann ich nur sagen, seit Urzeiten, oder hast du das etwa nicht gemerkt? Ist dir nichts aufgefallen, als er in den Ferien bei dir in Denia war?« »Nein, nichts.« Und sie, das Gespräch beendend: »Was fällt dir schon auf.« Und dann muss man feststellen, dass dieser Junge, der eigentlich gar kein Junge mehr ist, ein Junkie geworden ist, versucht man mit ihm zu sprechen, dann heult er und sagt, er sei gerade dabei, davon wegzukommen, man holt ihn nach Denia (»Bring mich nicht in so ein Zentrum, Papa, da sind nur Scheißtypen, das Allerletzte«), und dann haut er ab, nachdem er deine Schubladen durchsucht und alle Wertsachen mitgenommen hat, und ein paar Tage später ist er wieder da, jetzt tatsächlich ganz reuiger Sünder, bereit, zu tun, was du verlangst (»Verschaff mir irgendwo einen Platz, ich will davon loskommen«), und dann, ein Weilchen später, könnte man sagen, nach wenigen Tagen oder Wochen oder Monaten, ohne Übergang zwischen dem Moment, wo du es erfahren hast, und dem Beginn der Vorstellung, gewöhnst du dich dran, dich wie ein Waschlappen zu fühlen, ein Wrack, gebeugt, schuldig, läufst durch Gänge, sitzt in den Büros von Sozialarbeitern, die deinen Stolz beschädigen, denn man muss sie nicht bezahlen, es sind städtische, regionale Dienste, die deine wenigen Gewissheiten unterminieren, denn da ist plötzlich die Rede von familiären Problemen, Erziehungsproblemen, sie schnüffeln in deinem Haus, in der Nachttischschublade, im Waschbecken, auf der Suche nach seinen Spritzen und deiner väterlichen Unfähigkeit, nach beidem zugleich, Psychologen, Psychiater, Soziologen, Ärzte, Berater, Beamte, Polizisten, die Nahrungskette, die sich erhält, indem sie die übrig gebliebenen Fundamente des fragilen Gebäudes zerstört, das du aufzubauen glaubtest. Mein Gott, Carlos, du bist ein Waschlappen, der allmählich auf dem Barhocker vor der Theke zusammenschrumpelt, wo du, dank jener Kette von Beratern, anfängst zu grübeln, dieser Gin Tonic, den du dir bestellt hast und den du genussvoll trinken könntest, sei womöglich ein weiteres Beweisstück der Anklage im Prozess über dein Scheitern, du trinkst hier nicht einfach so, um dich abzulenken, auf einen Schwatz, ein Zigarettchen, um mal aus dem Haus zu kommen, nein, du trinkst und rauchst in dem Bewusstsein, dass du rauchst und trinkst, weil du krank bist, ein Alkoholiker, und dass dein Alkoholismus und deine Nikotinsucht bei der dir nachfolgenden Generation zur Drogenabhängigkeit mutiert ist (Gene? Übertragung durch Blut? Eine Frage der Verhaltensmuster und der Erziehung?). Carlos, ein gescheiterter Schriftsteller, ein schlafloses Wrack, von der ganzen Welt, von Psychologen, Psychiatern, Polizisten, Ärzten, zur Rechenschaft gezogen, weil Pau es eilig hat, mit den Fingerspitzen den Himmel zu berühren, ein ganz anderer Himmel, als der, den du berühren wolltest. Du bist ein zitterndes, schlafloses Wrack, das jeden Abend vor vier Gin Tonics viermal schuldig wird an der verlorenen Zukunft seines Sohnes, ein Wrack, heulend und zähneklappernd, und unterdessen, während seine Unterlagen für die Einweisung in etwas, das Projekt Mensch heißt, bereits bearbeitet werden, verschwindet Pau endgültig, nachdem er die paar noch zu findenden Sachen hat mitgehen lassen, denn was an relativ wertvollen Gegenstände noch übrig geblieben war, hattest du in Sicherheit gebracht. Ein Wrack, das vier Monate später, wie schnell alles geht, trostlos zittern und heulen wird, an einem kalten Morgen in Madrid, in einem winterlichen Frühling, der Himmel hoch, eine eisig-blaue Kuppel über der städtischen Leichenhalle: eisige Gänge, trockene, gefrorene Brachen, Autolärm von der Ringautobahn umgeben die Leiche eines jungen Mannes (es wurde eine Autopsie vorgenommen in der Erwartung, dass der Tod Geheimnisse preisgibt: das Geheimnis eines Menschenwesens, eisig das Hirn, eisig das Herz), und du stehst verzagt vor ihm, vor der geöffneten und wieder geschlossenen Leiche, die manipuliert, ihrer Geheimnisse entleert wurde, die daliegt, nun ein für alle Mal ihrer Geheimnisse beraubt, und ich, ein schuldbeladenes Wrack, sehe ein Mädchen näher kommen, ein Skelett, die Beine in Lycraleggings, und sie fragt: »Bist du sein Vater? Ich bin seine Freundin gewesen.« Und das Skelett mit den ungewaschenen Haaren und einem Mund mit ungepflegten Zähnen, ein Schneidezahn fehlt, beginnt zu weinen. Und ich sehe sie an, wie man einen Mörder ansieht, lasse mich jedoch von diesen blassblauen, schrundigen Lippen küssen, weil mir, wer weiß, warum und woher, der Gedanke gekommen ist, dass ihre einzige Schuld darin besteht, noch nicht gestorben zu sein. Ich denke, wer hat wen angesteckt. Und dann sage ich zu mir selbst: »Du hast ihm beigebracht, es gebe einen Himmel, zum Greifen nah, und hast ihm nicht den Weg gezeigt, weil du ihn selbst nicht wusstest, du, ein falscher Weg«, und ich möchte vor Schmerz aufjaulen, mir mit den Fäusten gegen die Stirn schlagen, doch ich rege mich nicht, betrachte die Leiche und gehe später auf die Terrasse, die zu den Halden hinausgeht, am Horizont die Hütten der Zigeuner, und ich zünde mir eine Zigarette an, er, ich, ein falscher Weg. Du willst denken und kannst es nicht, wer und wie ihr Vater wohl ist, wer ihre Mutter, wie sie wohl sind: Du stellst dir eine ordentliche Wohnung vor, siehst die Küche, eine Tischdecke, eine Obstschale. Du denkst, das Mädchen sei womöglich auch die Tochter von jemandem, der aus irgendeinem Himmel gestürzt ist. Jemand, der einen Himmel berühren wollte und dabei ausrutschte und sie im Sturz erdrückte. Kinder mögen es, wenn sie beim Einschlafen in ihrer Wiege Stimmen hören, wenn sie sich begleitet fühlen. Sie mögen es, wenn die Erwachsenen sich neben ihnen im Raum zusammensetzen und reden und sie bei diesem Murmeln einschlafen, dass Mama Radio hört, ein Programm, das vielleicht jeden Abend mit der gleichen Melodie angekündigt wird, und das gefällt den Neugeborenen, den drei Monate alten Babys, den Kleinkindern, sie speichern diese Musik im Unterbewusstsein und werden sie immer mit dem Wohlgefühl verbinden, schön warm einzuschlafen, beschützt, wohlgenährt, von Mama bewacht, die neben dem Radio näht, während die Erkennungsmelodie der Sendung ertönt oder die Reklame für Möbel, Waschpulver, die das Radio täglich zur gleichen Zeit sendet. Symbole einer glücklichen und sicheren Zeit, dazu sind diese Geräusche da, die den ersten Schlaf der Kinder begleiten, damit sie als Erwachsene sich wehmütig daran erinnern können, das Geräusch verbindet sich mit einem wohligen Gefühl, warmes Süppchen, weiches Federbett, Nestwärme. Wie bei Proust, geeignet, aus ihnen Dichter zu machen, wenn sie erwachsen sind. Vorlogische Paradiese, voreiszeitlich, der menschlichen Logik und dem Eis des Lebens vorgelagert. Darüber schreiben? Davon erzählen? Sollen andere das tun, auch wenn der Biograph bekanntermaßen nicht sehr subtil ist, er setzt mit seinem Bericht außerhalb des ehemaligen Zentrums an, ein schiefer Ansatz; dennoch, ihm gehört die Zukunft, wir brauchen die Lüge des Biographen, um zu leben, so wie die Gesellschaft die grobe Rekonstruktion des Tathergangs braucht, die Polizisten und Richter liefern, um sich zu erklären, was unerklärlich scheint – das Schreckliche.

Elvira hat mich den ganzen Abend lang nicht angeschaut, so als kennten wir uns nicht. Taboada musste sie, als wir uns begrüßten, darauf hinweisen: »Erinnerst du dich nicht an Pedrito? Wir haben ihn vor ein paar Jahren in Denia getroffen.« Und sie hat mich mit Fingerspitzen begrüßt, und ich habe den Gruß erwidert, ihre Fingerspitzen an meinen Fingerspitzen, und fast hätte ich laut gelacht. Damals, in jener Sommernacht in Denia, war sie honigsüß. Wir haben über eine Stunde lang allein geplaudert, während Taboada einen fürchterlichen Rausch ausschlief, den Kopf auf einem Tisch in der Diskothek. Heute soll ihre Art, die Sachen zu halten – Zigarette, Weinglas –, wie sie sich das Haar zurückstreicht, redet, wohl vor allem Distanz herstellen, zu mir, urbane, hauptstädtische Distanz. Seitdem ich nicht mehr in der Hauptstadt lebe, bemerke ich solche Dinge. Als ob die Verhaltensmuster in Madrid von außen leichter zu deuten wären. Ich sehe von außen in den Zookäfig, in dem sie sich unruhig bewegen. Was sollte ich ihr sagen? Was wollte sie mir entlocken? Dass ich aufgehört habe, die Revolution zu predigen, weil ich nichts mehr zu sagen habe? Weil ich mich niemandem mehr überlegen fühle? Ich habe gelernt, dass einige Menschen bestimmte Dinge tun und andere anderes, und dass ich keine Elle habe, um irgendetwas zu messen, nicht mal mich selbst. Das Haus und meine Frau, die damit beschäftigt ist, das Bad neu zu gestalten (sie hat ihr Studium beendet, sich aber für ein Dasein als Hausfrau entschieden, nicht einmal in der Firma will sie helfen, trotz der Erwartungen ihres Vaters), und meine Tochter, die nur dann und wann auftaucht, mein Schwiegervater, der am Wochenende zum Essen kommt, meine Geschäfte, nicht der Rede wert, ein Nichts, das danach strebt, dem Nichts zu entkommen. Den ganzen Abend über hat Elvira mich angesehen, als habe ich nur das Recht, als Immobilienmensch aufzutreten, sie hat mich gemustert, wie jemanden, den man gerade mal mit einem Umbau beauftragt, nicht mit einem Neubau. Nur Ausbesserungen und Pfusch. Nicht einmal ein Unternehmer von einer gewissen Statur, nichts, ein einfacher Krimineller, in dem Sinn wie die schwarzen Romanciers in Amerika den Unterschied zwischen Verbrechen und Geschäft definierten (das Verbrechen: ein Geschäft ohne Startkapital). Nichts als Geringschätzung. Glücklich sitzt sie unter der ästhetischen Kokospalme ihres Hawaii-Bombay mitten in Madrid, schlürft lange Schlucke Ananassaft am Ufer eines smaragdfarbenen Meers, trinkt Kokosmilch aus einem Strohhalm in phosphoreszierenden Farben, der in die Löcher der Kokosnuss gesteckt wird und die ganze Frische der Tropen in den Mund bringt, weißer Sand, der in der Sonne glänzt. That's paradise. Berlin, Dubonnet and candlelight. Paradise. Sie, die nichts anderes als Kräutertees trinkt, flache Tassen mit Kamillentee (sogar zum Essen hat sie Kamillentee und Wasser getrunken, den Wein nicht einmal probiert), sie sieht mich an, als schaue sie vom Gipfel eines endlosen Drinks, von einem gigantischen Stöckelschuh herab, von dessen Höhe aus man die Weltkarte zeichnen könnte. Sie ging zu weit in ihrer Geringschätzung, als kurz nach Beginn des Essens das Handy klingelte, das an meinem Gürtel hängt. Ich musste aufstehen und hinaus auf die Straße gehen, um etwas geschützt und für mich zu sein. Es war nur ein kurzes Gespräch, aber unverzichtbar. Ja, es ist wahr, ich hatte das

Handy nicht ausgestellt, weil ich den dringenden Anruf eines Lieferanten erwartete. »Ich hasse diese Apparate, man sollte sie in Restaurants verbieten. Ihr lebt ans Handy gefesselt«, sagte sie, und ich war drauf und dran ihr zu sagen: »Zum Teufel, natürlich bin ich ans Handy gefesselt. Ich baue und verkaufe Wohnungen. Die von der Agentur rufen mich auf dem Handy an, und die Kunden rufen mich auf dem Handy an. Arbeit fesselt, Muße macht frei; Armut fesselt, Reichtum macht frei. Ich bin nicht reich genug, um das Handy ins Meer zu werfen. Sich abrackern müssen oder nicht ist das, was fesselt oder frei macht.« Ist doch nicht meine Schuld, dass ich keine festen Arbeitszeiten habe, dass ich vierundzwanzig Stunden lang erreichbar sein muss, dass ich, um eine Peseta zu verdienen, den Deutschen zehn abluchsen muss, und die kämpfen wie die Löwen, um keine Mark hergeben zu müssen, von den geizigen Engländern ganz zu schweigen; zehn Peseten unter Lieferanten, Zwischenhändlern und Angestellten verteilen, um eine zu behalten. Immerhin, es gab eine Zeit, in der ich allen Mühen zum Trotz keinem etwas abluchsen konnte. Warum sollte ich mich beklagen? Ich war einundzwanzig, als mich meine Frau zum ersten Mal ihrem Vater vorführte. Und das ging schief. Der Vater, ein reich gewordener Republikaner mit protestantischer Moral – das Leben ist Mühe und Arbeit –, lebte schon damals im Montgó, in dem Haus, das er noch heute bewohnt. Ein einsamer, verbitterter Millionär und gestrenger Calvin, der sich von der Niederlage in einem Krieg nie erholt hat. Von der Terrasse aus haben wir aufs Meer hinuntergeblickt, den Golf von Valencia, die Yachten, die mit weißen, geblähten Segeln den Nautischen Club von Denia verließen, die fernen Berge von Gandía und Cullera. Alles durchs Fernglas betrachtet. Wunderschön. Danach, als es schon zu dämmern begann, haben Antonia und ihr Vater Tellerchen auf den Terrassentisch geholt, Muscheln, Thunfisch, Oliven, Chips, das Klassische, sowie Bier und eine Flasche Burgunder (der Calvinist hatte seine geordneten Laster und Kontakte zu Lieferanten: Damals war es nicht leicht, eine Flasche guten Burgunder aufzutreiben). Ich sehe sie vor mir, Antonia und ihn. Sie legen sorgfältig die Tischdecke auf, befestigen sie mit Klemmen am Tisch, damit der Wind sie nicht davonträgt. Sie haben dem Mädchen freigegeben, und das heißt, wir werden über Dinge reden, die nicht für die Ohren von Fremden bestimmt sind. Ich sehe ihn die Gläser herausstellen, die Servietten auf die Leinendecke legen. Wir setzen uns, und er fragt nebenbei: »Und die Arbeit?«, als hätte sie ihm nicht schon hundertmal erzählt, dass ich nur ein einfacher Vertreter bin. »Ich führe Produkte ein«, antwortete ich. Carlos und mir war das Stipendium entzogen worden, und wir mussten ins Dorf zurückkehren, denn das war Denia damals, ein Dorf, in dem man in den feuchten Winternächten vermoderte und im Sommer an der Menschheit verzweifelte, wenn die Angeber aus Madrid, Valencia und Paris kamen, um die Sau rauszulassen, was sie sich zu Hause nicht erlauben konnten. »Ich führe Produkte ein«, hatte ich gesagt, und er hatte nachgefragt: »Was soll das heißen?«, als wüsste er nicht, dass das hieß, dass ich mir das Leben, wie es eben ging, verdiente. Ich antwortete: »Das Unternehmen bringt neue Produkte heraus, Cremes, Shampoos, Parfüms, so etwas, und ich besuche die Geschäfte und überzeuge sie davon, dass diese Produkte besser sind als die der anderen Firmen und auch besser als die, die unsere Firma bisher im Angebot hatte.« »Und wenn sie nicht besser sind?« Calvins Blick war scharf geworden. Seine Miene hatte sich verändert. Die Mundwinkel waren heruntergesackt, als habe die Spannung nachgelassen, die sie bis dahin in der Horizontale gehalten hatte, weil er nun keinerlei Interesse mehr hatte, seine Verachtung zu verbergen. Er stand auf, drehte sich um, nahm dabei ein paar leere Teller mit, Muscheln, Anchovis. Er blieb dann noch einen Augenblick und sah zu, wie es über dem Meer dunkel wurde und die Lichter an der Küste aufleuchteten. Er sammelte die Bierflaschen ein, die wir nicht angerührt hatten, und ging durch die Küchentür wieder ins Haus. Als er wieder hinauskam, sagte er: »Gute Nacht«, als verabschiede er sich, blieb aber dort: Jetzt stand er, die Hände auf das Tischtuch gelegt, als wolle er uns mitteilen, wir seien diejenigen, die zu gehen hätten, nicht er. Dies war sein Haus. Wir bewegten uns nicht. Ich sah Antonia an, wartete auf eine Geste ihrerseits. Wieder sprach der Vater: »Meine Tochter studiert. Geschichte. Sie wird Ihnen erzählt haben, warum. Sie will wissen, was in Wahrheit passiert ist. Darin ist sie mir ähnlich. Auch ich war immer der Überzeugung, dass Wahrheit und Zufriedenheit Hand in Hand gehen. Man kann fürchterlich unglücklich sein und sich doch zufrieden fühlen. Alles verlieren und wissen, man hat gewonnen, weil weder deine Intelligenz noch dein Wille gebeugt worden ist, man dich nicht täuschen konnte. Nein, sehen Sie mich nicht so an (ich hatte nicht gemerkt, dass ich ihn anders ansah; schon möglich). Vielleicht hätte ich nicht Begriffe wie unglücklich und zufrieden benutzen, sondern einfach sagen sollen, mit sich selbst im Reinen sein, sich wohl fühlen, festen Boden unter den Füßen haben, wissen, dass man das, was man tut, tun muss, dass man sagt, was zu sagen ist, auch wenn es einem schadet. Das Glück, das nicht unter Mühen errungen wird, ist kein gutes Glück. Vielleicht, junger Mann (nicht einmal mein Name, nicht einmal ein wohlwollendes Du), äußere ich hier altmodische Wertvorstellungen, aber es sind Wertvorstellungen. Ach, und das mit dem Studium meiner Tochter ist nicht so wichtig. Ich glaube in erster Linie an Arbeit, sogar an Handarbeit. Würden Sie Türen schreinern oder Häuser mauern oder Hähne installieren, hätten Sie meine Wertschätzung. Das Einzige, was ich nicht leiden kann, ist das Geschwätz, die Lüge. Ich glaube, meine Tochter würde es nicht ertragen, neben jemandem zu schlafen, der den ganzen Tag gelogen hat.« Ich legte meine Hand auf ihre Schulter, und er wendete den Blick von uns auf die Weinflasche und schenkte sich ein wenig nach. Ich holte Luft für eine Erwiderung, doch sie streifte mit dem Ellbogen meine Hüfte, und ich begriff, es war besser zu gehen. Es war Nacht geworden. Die Pflanzen im Garten bewegten sich sacht, und zwischen zwei Wolken strahlte der Mond wie ein Scheinwerfer. Während ich die Gittertür am Eingang schloss, blickte ich zurück auf das Haus. Das Licht im Esszimmer brannte noch, aber ich hatte den Eindruck, er beobachtete uns vom Wohnzimmerfenster aus, das rechter Hand und im Schatten lag. Kurze Zeit darauf begann Antonia damit, nach Ausreden zu suchen, wenn ich sie treffen wollte. Sie ließ mich stehen, auf dem Parkplatz zunächst, in der Werkstatt zur Durchsicht, Ölwechsel, Bremsbeläge, denn ich war nichts als Schall und Rauch, Worte; so wie mich später Elisa verlassen sollte, vielleicht aus dem gleichen Grund, denn ein paar geteilte Ideen machen aus zwei Menschen nicht Mitglieder ein und derselben Klasse, auch in der Jugend nicht. Nicht einmal am Vorabend einer Revolution. Als ich in jenes Haus zurückkehrte, waren zehn Jahre vergangen, und ich verkaufte nicht mehr Luft, sondern Zement, Eisen, Ziegelsteine. An diesem zweiten Abend habe ich mit meinem Schwiegervater gar nicht darüber gesprochen, was aus Antonia und mir einmal werden könnte, wie zwei Geschäftsleute sprachen wir über das, was uns gemeinsam war. Wir gehörten zur selben Familie und brauchten keine Vorreden mehr. Elvira. Ich höre ihre Radikalität der zusammengepressten Lippen und erinnere mich an Narciso und sein Dandytum, das auch so radikal war, die Perfektion immer am Rande des Selbstmords angesiedelt (klar, er bringt sich nicht um, lebt stattdessen immer besser). Ideen sind Verpackungen, wie das bunte Papier, mit dem sie in den Geschäften die Waren für dich einwickeln. Kaum ist man aus dem Geschäft, zerreißt man das Papier und wirft es achtlos weg. Unter der Verpackung, unter Narcisos Ideen, hatte – solide, geometrisch, mineralisch – sein eigenes Ego Bestand. Bei Elvira sehe ich den Motor, der den gleichen Mechanismus antreibt. Mit Anfang zwanzig, als wir alle uns in Ehrlichkeit übten, sagte Narciso: »Ich hasse die Leute, die als Erstes sagen: ›Ich will ehrlich zu dir sein. Ich sage dir, was ich von dir denke, weil ich dich gern habe.‹ Ich kenne meine Fehler doch selbst am besten. Ich habe es nicht nötig, dass irgendein Arschloch kommt und mich daran erinnert.« Klassenzugehörigkeit als Zeremonie, als Vorführung, aus der jeder Hauch von Wahrheit verbannt ist. Als Elvira, auf mein Handygespräch anspielend, anfing, von Geld als freudianischer Scheiße zu reden, habe ich es gespürt, ihr ganzes stolzes Elend, denn sie gehört nicht einmal zur Oberschicht. Sie gehört zu der Gruppe von Beamtenkindern, die meinen, die Kunst sei der schnellste Weg zur Aristokratie. Ich habe das im dritten Teil von *Der Pate* gesehen: Kunst als Erlösung, die Seele, die Sensibilität als unantastbares Kapital. Was weiß dieses Mädchen schon von Geld? Ich hatte Lust, ihr einen Scheck über eine Million auszustellen und ins Gesicht zu klatschen, um ihr zu beweisen, dass das Geld, obwohl die Hauptsache, nur auf einer zweiten Ebene präsent ist. Sie erzählt mir von Arm und Reich, was weiß sie schon davon, sie, die sich bisher nur in dieser schäbigen, intellektuell ambitionierten Mittelschicht getummelt und eine Reihe von Büchern zum Thema gelesen hat? Die Füchsin und die Trauben: Ich will sie nicht pflücken, sie sind nicht reif. Ich verachte, was ich nicht habe. Sie hat noch nicht kapiert, dass, in den Worten meines Schwiegervaters, »Geld das Fundament des Hauses ist, aber man lebt nicht in den Fundamenten, sondern im Salon, im Esszimmer, im Schlafzimmer, im Bad, und diese Zimmer stehen für die Eitelkeit, den Stolz, die sich auf die Fundamente des Geldes stützen, so wie das Dach auf die vier Wände, aber sie sind etwas anderes. Geld hat man. Man spricht nicht davon.« Und sie redet und redet, ist schrecklich zornig aufs Geld. Worte. Sie hat noch nicht kapiert, dass Gott am Tag des Jüngsten Gerichts nicht erscheinen wird. Dass jeder das seine gelebt haben wird und es dann keine Möglichkeit gibt zu korrigieren, was man nicht schon vorher korrigiert hat. Alles geschieht ohne Mitwirken der Götter, die in ihren Tempeln Kaffee trinken, sich behaglich auf Sofas zurücklehnen. Mager, das Gesicht bleich, wie von einem Leberschaden gezeichnet, so sehe ich sie, und ich möchte ihr sagen, dass ich das Gewicht des Fleisches dem des Geldes, das sie auch nicht hat, vorziehe. Ich möchte ihr sagen, Fleisch wiegt und verleiht Gewicht. Sie, als Schriftstellerin, wird von dem Gewicht der Wörter wissen, wenn man sie zum Fleisch in Beziehung setzt. Das Fleisch gibt den Wörtern Gewicht, verleiht ihnen diese Eigenschaft. Du sagst, sieh mal, was du mit dem Kleinen anstellst, und die Worte ändern die Form deines Körpers. Du sagst Wörter im Zusammenhang mit Fleisch, und der Körper reagiert, die Atmung verändert sich, Organe schwellen an oder ab, das Herz pumpt, und Blut füllt die Körperhöhlen. Das schafft ein Wort, wenn man es in Bezug zum Fleisch setzt. Das Gleiche geschieht mit dem Geld, wenn man es in Bezug zu anderen Dingen setzt: Es gibt, wenn nötig, Konsistenz, Schwere, ein Fundament und Schutz, und zugleich schenkt es Leichtigkeit, Eleganz; es verleiht eine Sensibilität, von der jemand, der kein Geld hat, nicht einmal träumen kann. Eine endlose Fähigkeit, in andere Richtungen zu schauen, sich mit anderen Dingen zu beschäftigen. Meine Frau weiß das, die weiß es wirklich und seit jeher. Ich fand Elviras hochgemutes Getue unerträglich und habe ihr das gesagt: »Ich habe es nicht mehr nötig, den anderen etwas vorzumachen. Mit neunundfünfzig kann ich mir erlauben, auf alles zu scheißen, verstehst du? Ich kann alles abschreiben.«

KEINE GROSSEN DINGE ERWARTEN. In Ruhe leben, nichts weiter. Mit Juan kann ich mir das erlauben. Er sagt: »Komm, Rita, wir gehen an den Strand, wir gehen am Strand essen, wir gehen dieses Wochenende zum Skifahren nach Andorra oder La Molina.« Und wir fahren, leihen ein Paar Ski aus und verbringen das Wochenende damit, auf dem Schnee herumzurutschen oder in einem Zimmer zu hocken. Ich kaufe beim Chino ein wenig Shit für die Reise, und wir rauchen es abends im Hotelzimmer, vor dem Vögeln, oder wir rauchen es im Schnee, liegen in unseren Thermoanzügen da, spüren, wie wir high werden, und sehen die dunklen Kiefern und Tannen unter ihrem Schneepanzer, die ganze Erde bedeckt von diesem Schneepanzer, so wie die Eierschale Dotter und Eiweiß bedeckt; sich vorstellen, dass es unter dem Schnee Sporen, Samen gibt, dass eine Wärme im Verborgenen sie zum Keimen treibt, damit, wenn der Frühling kommt, Gräser und Blumen sprießen. Leben unter dem Eis. Wir versuchen uns aus der Kleidung zu schälen, aber es ist zu kalt und zu unbequem, also kommen wir glühend im Hotelzimmer an, vögeln, ohne uns zu fragen, warum der eine sich vom anderen angezogen fühlt, welche Schwingungen hinter unserem Verlangen stehen, was wir suchen, was wir ersetzen, welche Frustration er verbirgt, wenn er sich über meine Brüste beugt und mit seinem Mund an meinem Nippel hängen bleibt, oder ich, wenn ich seinen Schwanz in meinen Mund gleiten lasse, das, nichts als das, weder dieser Komplex noch jene Frustration. Sich nicht ständig nach dem Warum fragen. Mit Carlos war Sexualität notwendig und unabdingbar immer etwas anderes jenseits der Sexualität, die Worte sagten etwas jenseits der Worte aus: Warum machst du das? Warum sagst du das? Alles ausgerichtet auf ein bewusstes oder unbekanntes Ziel. Die Menschen als Götter oder Marionetten. Bewegt von dunklen Zwecken oder, das Gegenteil, imstande, die Welt zu bewegen, zu verändern, ihres Schicksals Schmied. Alle, die mich umgaben, schauten immer in die Ferne, sie sahen nicht dich, sondern sahen dich als einen Schritt zu etwas Unsichtbarem jenseits von dir: Bei meiner Mutter war es der Glaube, bei meinem Vater die Rechtschaffenheit, die Revolution bei ihnen allen, Narciso, Laura, Demetrio, Guzmán, Amalia, Elisa, ich, ja, auch bei mir, bis vor nicht allzu langer Zeit; für Carlos gab es außerdem die Religion der Literatur: Literatur und Revolution, wie der Titel eines jener Bücher, die Ende der Sechziger, Anfang der Siebziger erschienen, Literatur und Revolution, Scheiße, und du isst unterdessen einen Steinbutt, und wenn du fertig bist, betrachtest du das Meer, grün und tiefblau das Wasser, unfähig, etwas zu sehen, die Welt auf Worte reduziert, alles andere sekundär, ein Vorwand, um Worte von sich zu geben, Worte niederzuschreiben. Du betrachtest das Meer, um später das Meer zu erzählen, du schaust auf das Pinienwäldchen, das auf dem Kap stehen geblieben ist, die einzigen Bäume, die von den letzten Bränden verschont blieben, um später mit Worten von diesen Pinien zu erzählen, aus ihnen Schlüsse zu ziehen, ihnen eine Rolle zu geben in der Geschichte, die du uns erzählen wirst, oder in dem Projekt, an dem du arbeitest, ihre Rolle in der Umwelt, im Spiel der Immobilienspekulation, die Dinge gesehen wie Kapitel aus Büchern der Soziologie oder der politischen Theorie, aus Romanen, wo sie eine Rolle spielen, welche auch immer, und nur deshalb sind sie von Bedeutung, weil sie eine Rolle spielen, nicht, weil sie da stehen, größer, dauerhafter als wir; zu glauben, dass der Raum, die Zeit, die Landschaft Nebensachen in unserem Projekt sind, nicht akzeptieren können, dass wir die vergänglichen Nebensachen in all dem sind, was uns umgibt. Alles in Geschichte, in Schicksal verwandeln wollen. Verpackungen, um das Nichts zu verhüllen, dass wir in uns tragen. Juan betet nicht, glaubt nicht und stellt auch keinerlei Berechnungen bezüglich irgendeiner Zukunft an, die jenseits seiner vier Wände liegt. Carlos dagegen beschäftigte sich nur mit der Zukunft dessen, was außerhalb lag. Das drinnen, das war nichts wert, war unerheblich, soweit es sich nicht um die Papiere handelte, die aus seiner Maschine kamen. Wenn ich jetzt darüber nachdenke, hätte das, was wir am Anfang gemeinsam erlebt haben, zu etwas dienen müssen, ich meine nicht dazu, uns fürs ganze Leben zu vereinen, aber doch wenigstens einen Hauch von Bewunderung für einander zu bewahren, wenn schon nicht Zärtlichkeit, dann doch wenigstens Achtung; und dennoch hat es all das nicht gegeben: Achtung für das, was uns vereint hatte, für das, was wir gemeinsam durchgemacht haben, und für die Gründe (Ideale wäre besser, denn mit Vernunft hatte das alles wenig zu tun), weshalb wir das durchgemacht haben, weshalb wir damals fähig waren zu Gesten, zu Entscheidungen, die heute unwichtig erscheinen, deren Gewalt oder Kraft oder Bedeutung die Zeit verwischt hat; vielleicht, dass die Zeit tatsächlich die Bedeutung der Gesten verwischt hat und wir vergessen haben, was sie uns gekostet haben; so haben wir weder Achtung noch Bewunderung bewahren können, und das, was uns seinerzeit ein Einsatz voller Opfer und Gefahren schien, hat mit der Zeit seinen Glanz verloren, und die Handlungen, von ihrem Zweck isoliert, werden in der Erinnerung engherzig, schäbig, manche sogar verhängnisvoll. Ich, als ich meinem Vater sagte: »Ich gehe mit Carlos«, und mein Vater packte mich am Handgelenk, zerrte an mir, während er die andere Hand erhob, als wolle er mir ins Gesicht schlagen, er, der nie eines seiner Kinder geschlagen hatte. Es war für mich nicht leicht gewesen, ihm zu sagen, dass ich gehe. »Ich gehe mit Carlos.« Das bedeutete, von Denia weg nach Madrid zu ziehen, die Stelle als Mathematiklehrerin aufzugeben, die ich erst seit kurzem an einer Schule hatte, hastig vier, fünf Klamotten und den Waschbeutel zu packen, um ein Leben mit nichts zu beginnen, nicht einmal mit einer Wohnung. Denn Carlos hatte nur ein Hinterzimmer in einem Haus jenseits des Bulevar Vallecas, das Demetrio zu einem lächerlichen Mietpreis aufgetrieben hatte und das er zum Wohnen und als Atelier benutzte. Der Preis war so niedrig wie die Wohnqualität, die das Wort Wohnung zum Euphemismus machte, bezog man es auf dieses verfallene Quartier in einem Dachgeschoss, das im Winter sofort eisig wurde und im Sommer wie ein Backofen glühte; außerdem brauchte Demetrio natürliches Licht zum Malen (er hatte die Wohnung gemietet und bestritt den größten Teil der Unkosten), also war es nur logisch, dass das Zimmer, in dem Carlos und ich dann mehrere Jahre wohnten, zum düsteren Innenhof hinausging; öffneten wir das einzige Fenster, strömte sofort ein intensiver Geruch nach Abwasser herein. Ich hatte meinem Vater nicht gesagt, dass ich schwanger war. Dort, in jenem Zimmer, hat Pau die ersten Monate seines Lebens verbracht. Schwanger verteilte ich Flugblätter vor den Fabriken, wenn die Nachtschicht um sechs Uhr morgens zu Ende ging, hockte in schlecht gelüfteten Räumen, in denen alle pausenlos rauchten, während man von Mao sprach und von der Revolution, die unmittelbar bevorstand. Unser Entsetzen an einem ersten Mai, als mir die Schwangerschaft schon deutlich anzusehen war und ein

Guardia verbissen auf mich einprügelte, ich lag am Boden, und Carlos und Demetrio versuchten, diesen Kerl von mir wegzuzerren, der blindwütig dreinschlug, wie unter Drogen. Ich dachte an mein totes Kind, an einen Fötus, der mitten auf der Straße in einer Blutlache lag, und der Gedanke verstärkte mein Verlangen nach jener Gerechtigkeit, die kommen sollte. Abraham zückt das Messer über seinem Sohn, weil Jahve es verlangt. Nun, da dies alles seinen Sinn verloren hat und in eine Folge von richtungslosen Handlungen verwandelt worden ist, nimmt es den Geschmack eines üblen Albtraums an: Stapel von ungespültem Geschirr, schlecht geschnittene, nicht immer saubere Haare, Kleider ohne Anmut und Pfiff, übel riechende Gassen, Brachen, Kälte oder sengende Hitze, zerfallende Bücher, die von Hand zu Hand gegangen sind, mit vergilbten und geknickten Seiten, Diskussionen in einer Sprache, die nur die Sektenmitglieder verstehen, Sodbrennen wegen der seltenen und schlecht gekochten Mahlzeiten (tonnenweise Reis mit Bohnen, Makkaroni, Tütensuppen), den vielen Litern Kaffee und vielen Schachteln Zigaretten – ein isolierter Albtraum, der nichts mit den Wachzeiten zu tun hat; ein Loch, eine unbedeutende, harmlose Zyste, die das Land an irgendeiner Stelle seines Körpers bekommen hatte und von der kaum einer etwas gemerkt hat. Außer dieser kleinen Gruppe und den brutalen Ärzten, die es übernahmen, die Zyste zu untersuchen, zu beobachten, auszumerzen; Revolutionäre und Polizisten, heimlich vereint durch einen gemeinsamen Code, den der Rest der Gesellschaft weder sprach noch verstand, noch auf irgendeine Weise teilte. Heute sehe auch ich auf diese Zeit wie auf einen Albtraum, der von den vielen Jahren des Wachseins danach verdrängt wurde. Wir glaubten, diese Erfahrung würde uns einen, aber nein, als wir aus dem Traum erwachten, merkten wir, es war umgekehrt: Im Wachzustand war jede Bindung, die in diesem hypnotischen Raum hergestellt worden war, nicht nur nutzlos, sondern schädlich wie eine Paranoia. So viel Mühe für nichts. Die Leute, die wirklich gemeinsame, die Zeit überdauernde Erinnerungen und Erlebnisse schufen, waren gerade diejenigen, die sich disziplinierten, um sich dem Rhythmus anzupassen, den die Gesellschaft als Ganzes vorgab, die kirchlich heirateten, auf Raten eine Wohnung in einem der neuen Viertel kauften und gleich nach der Schlüsselübergabe in diese Blocks zogen; die neuen Ehepaare: Er steht jeden Tag um halb sieben, sieben auf, um rechtzeitig ins Geschäft, ins Büro, zu kommen, kommt abends nach Hause, am Wochenende gehen sie in den neu eröffneten Supermarkt einkaufen, sie gehen früh zu Bett, um diese ersten Monate sexueller Verzückung zu genießen, aus der normale Kinder hervorgehen, die rechtzeitig ihr Fläschchen bekommen, rechtzeitig ins Bett gelegt werden, unter der Aufsicht von Ärzten und Apothekern heranwachsen, Babys, die jede Woche gewogen werden, alle vierzehn Tage, jeden Monat, die regelmäßig untersucht werden. Sie und nicht wir waren die Zukunft, sie waren die Speerspitze dessen, was später kam, sie führten das Leben der neuen Stadtbewohner, das schließlich das normale wurde, und in ihrem Leben, ja, da erhalten Erinnerungen einen Sinn, weil sie sich eine Ordnung gegeben haben, um das zu erreichen, was sie erreicht haben: Unsere Hochzeit, er im Cutaway, sie in Weiß vor der Kirchentür, in einer kleinen Reispfütze; der Tag deiner Taufe, die Taufe deiner kleinen Schwester, die erste Kommunion, unser erstes Auto, die erste Reise nach Benidorm mit dem Neugeborenen. Sie haben sich auf dieses Fundament von beichtfähigen, vermittelbaren Erinnerungen stützen können, aber in unserem Fall betreffen die Erinnerungen eine Pause im Leben dieses Landes, etwas, das keine Fortsetzung hatte, und deshalb weiß man nicht mehr, woher es kam und wohin es wollte, eine Pause, ein eingeschobener Traum; und, seltsam, diejenigen, die damals den größten Durchblick hatten, waren später die größten Ignoranten, die am wenigsten sahen, was zu sehen war, die kaum etwas sahen von dem, was kam, während der Tumbeste, Ungeschickteste im Mittelpunkt der Geschichte stand, wahrscheinlich weil die Geschichte einer Eigenbewegung folgt, ihrem eigenen Impuls, und Sieger ist, wer sich dem Gesetz der Trägheit ergibt, der Faule, der sich nicht wehrt. Die Geschichte wird nicht von Einzelintelligenzen gemacht, sondern von einer kollektiven Intelligenz, die aus einer Menge von Unzulänglichkeiten, von Mittelmäßigkeiten entsteht und im Voranschreiten die Einzelintelligenzen abstößt, in den Straßengraben drängt. Die Intelligenz von dreihundert oder vierhundert Millionen Menschen, die beschließen, das Finale der Fußballweltmeisterschaft zu sehen. Ich hatte den Mathematikunterricht in Denia aufgegeben, um in Madrid in einer Schneiderwerkstatt zu arbeiten, der Rücken tut mir weh, er tat mir weh von den vielen Stunden an der Nähmaschine, ich war schwanger. Pau hat, bevor er geboren wurde, schon frühmorgens beim Verteilen der Flugblätter an den Fabriktoren die Kälte zu spüren bekommen. Und das war alles.

Zu allem Überfluss hat Pedrito angefangen, Reden zu schwingen, und dann hat er dieses Chanson von Aznavour aufgelegt, in dem es heißt, wir hätten unsere zwanzig Jahre weggeworfen. Was will er? Welche Saite in uns will er anschlagen? Welchen Nerv will er weiter strapazieren? Das Liedchen, das uns daran erinnert, dass wir unsere Jugend weggeworfen haben – als ob die Zeit sich aufbewahren ließe. Ich gehe, ohne mich zu verabschieden, überlasse sie diesem klebrigen Ritual des Wir-sehen-uns-bald-wieder, lass uns was ausmachen, und nehme ein Taxi, und gebe dem Fahrer die Adresse eines einschlägigen Clubs. Das möchte ich: am Tresen stehen, umgeben von all diesen Leuten, die dich ansehen oder dich angesehen haben und das Interesse an dir verloren haben, nur weil sich eure Blicke begegnet sind und einer festgestellt hat, dass du ihn nicht anmachst, nicht sein Typ bist; umgeben sein und doch allein und an Pablo denken, den ich womöglich nie wiedersehen werde. Das Gefühl haben, mit ihm zu reden; ihm erzählen, wer sie sind, die Gefährten meiner Jugend, was ich damals wollte, was ich suchte, was ich nicht fand und was ich verlor, denn das will ich ihm erzählen, dass ich neben der Reife des Alters auch ein Stück Jugend in mir trage, die Alten haben nämlich alles, die Verpackung ist zwar hässlich und runzelig, aber darin ist es verwahrt; ihm erzählen, dass ich bin, was er ist, und zugleich das, was er einmal sein wird. Ich denke daran, ihn nicht wiederzusehen, und werde traurig, und dennoch habe ich Angst, ihn nächsten Montag wiederzusehen, ihn näher kennen zu lernen, noch näher, denn bei einem solchen Kennenlernen wächst die Trauer, weiß ich doch, ich werde ihn verlieren, ein Buch verlieren, das du zu lesen begonnen hast und das dir gefällt. Mit ihm reden, das Verlangen, mit ihm zu reden, die Angst, mit ihm zu reden. Das Verlangen, ihn zu lesen, die Angst, ihn zu lesen. Mit ihm über meine Pläne reden, als hätte ich irgendwelche Pläne. Aber es ist so, dass ich, bin ich mit ihm zusammen, wieder welche habe, und wenn er nicht da ist, verflüchtigen sie sich: Wenn er nicht da ist, bin ich nichts, will auch nichts sein. Nur in den anderen leben ist nicht, wie wir in unserer Jugend dachten, eine Form der Solidarität: Es bedeutet, einen falschen Weg zu wählen, dort zu gehen, wo jemand, der etwas anderes als du sucht, geht. Amalia hat uns erzählt, sie sei eine Zeit lang in der Klinik gewesen und fühle sich nun munterer. Ich erinnere mich an sie, als sie sich gerade von Narciso getrennt hatte (oder verlassen worden war). Auch sie redet ununterbrochen von ihren Plänen, von Wegen, die sie sich ausdenkt, um nicht das Gefühl zu haben, sich verlaufen zu haben. Sie schreibt einen Aufsatz über neue Formen der Pädagogik und arbeitet an einer Untersuchung über Misshandlung und Gewalt in Familien. Sie ist ständig beschäftigt. Fängt alles an und beendet nichts. Aktivität, Bewegung als eine Form der Rettung: diese Motorradfahrer, die von der Geschwindigkeit in der Horizontale gehalten werden, sie kleben an den Wänden eines Zylinders, in dem sie unaufhörlich ihre Runden drehen, und wissen, sie können nicht anhalten, weil sie sonst herunterfallen. Zwanghaft geht sie ins Theater, zu Konzerten. Bei sich zu Hause hört sie Musik, als müsse sie darüber eine Prüfung ablegen und als würde man ihr die Stunden, die sie den Plattenspieler in Gang hält, anrechnen, genauso leistungsorientiert liest sie

Bücher, geht ins Kino. Alles, als ob sie vor einer strengen Prüfungskommission Rechenschaft ablegen müsste; als erledige sie die Arbeiten der Frauensektion oder die Schulaufgaben im Sacré-Coeur-Lyzeum, das sie als kleines Mädchen besuchte. Wir haben uns voneinander entfernt, als sie sich von Narciso getrennt hatte. Ich war es, der Distanz herstellte, aber die Zeit hat uns wieder zusammengeführt. Am Anfang rief sie mich ständig an. Sie rauchte, trank und füllte sich mit Kaffee und Koks ab. »Glaubst du nicht, dass dir ein Beruhigungsmittel besser bekäme, ein kleiner Joint oder so was vorm Schlafengehen?«, denn sie erzählte mir, dass sie nicht schlafen könne, kein Auge zutue. Kaffee, Whisky und Koks, wie sollte sie da schlafen? Sie aber regte sich auf: »Du bist wie die anderen. Du hältst es nicht aus, dass eine Frau dir überlegen ist, dich an Aktivität und Intelligenz überflügelt, in allem. Noch nie habe ich die Zeit so gut genutzt. Und das stinkt dir, das stinkt euch Kerlen«, sagte sie, während sie auf dem runden Spiegel, der auf ihrem Couchtisch lag, mit der Visa-Karte den nächsten kleinen Strich abtrennte. Ich kenne das Wohnzimmer, den Tisch und den Spiegel. Das war das letzte Mal, dass ich sie sah. Danach eine Woche Schweigen. Sie rief nicht an, ich hörte nichts von ihr, und ich sagte zu Carlos: »Ehrlich gesagt, ich bin ziemlich erleichtert. Ich hatte schon langsam das Gefühl, ich sei Kindermädchen, Aufseher oder dergleichen, und dazu fühle ich mich nun wahrlich nicht berufen.« »Ich kann nicht, ich kann nicht, außerdem will ich nicht wieder zur Arbeit, ich will nicht in Madrid leben, ich will nicht leben.« Sie ist gerade aus Brüssel zurück oder dabei, aus Brüssel zurückzukommen, und redet solche Sachen; und ich, von Schuldbewusstsein geplagt, rufe sogar bei Narciso im Büro an, weil immer noch keiner weiß, wo sie steckt, und er ist nicht mal vorbeigekommen, um seine Klamotten abzuholen, was nicht gut ist, weil er damit bei ihr womöglich die Hoffnung weckt, er könnte zurückkommen, während sie ihm tatsächlich so egal ist, er so wenig Lust hat, ihr zu begegnen, dass er lieber Hemden, Hosen und Jacketts sausen lässt. Ich sage zu Narciso: »Sieh mal, ich fühle mich schuldig für das, was du getan hast und nicht mehr tust, für das, was du gibst und nimmst, das ist doch verrückt, ich fühle mich verantwortlich und rufe sie an, ohne dass Jorge es erfährt. Das heißt, ich fange an, Jorge zu betrügen, um deine Untreue zu Amalia aufzufangen.« »Diese Frau macht uns noch alle verrückt«, sagt Narciso, »befrei dich von ihr, wie du kannst.« Ich befreie mich nicht, ich rufe sie an, und jetzt ist ihre Stimme fast tonlos. Ich frage: »Hast du getrunken?« Sie antwortet: »Ja.« »Viel getrunken?« »Ja.« »Hast du geraucht?« »Ja.« »Kokst du?« »Auch das. Und ich dusche nicht und gehe nicht zur Arbeit, weil ich keinen Bock darauf habe, und ich esse nicht und schlafe nicht.« »Wo bist du? Was willst du mit dir anstellen?« Als ich erneut Narciso anrief, unterbrach er mich, kaum hatte ich den Mund aufgemacht: »Hör doch auf zu schnattern! Du bist doch keine Gans. Ich hab dich gewarnt, diese Frau wird dich noch verrückt machen. Und sie hat es bald geschafft, wie mir scheint.« Und dann nochmals: »Bleib ihr fern.« Ich habe auf ihn gehört. Von dem Tag an legte Jorge jedes Mal das Telefon auf, wenn er ihre Stimme hörte, und ich antwortete auch nicht und rief sie nicht an. So sind wir einander ferngerückt. Später sind wir uns wieder näher gekommen, aber nichts ist mehr dasselbe gewesen. Jetzt sehe ich sie lachen und mit Pedrito reden, und ich habe Lust, Narciso anzurufen und ihm zu sagen: »Erinnerst du dich daran, wie wir die Welt verändern wollten? Wir haben nicht einmal verhindern können, dass Amalia Schaden nimmt.« Ihm sagen: »Wie kannst du weiter Versammlungen leiten und den Leuten erzählen, du hättest den Schlüssel zur Speisekammer des Glücks?« Narciso ist nicht gekommen, zum Glück. Und ich verfolge zu diesen Nachtstunden mein Gespenst, suche die Speisekammer meines Glücks, das, was solide schien und sich verflüchtigt hat: Als ich vorgestern bei der Galerie Esquema unter dem Vorwand vorbeischaute, zu fragen, ob Ana heute Abend käme, haben sowohl sie als auch Guzmán, der gerade dort war, sich etwas erstaunt darüber gezeigt, mich zu sehen; ich will nicht sagen, sie fühlten sich gestört, keineswegs, nur überrascht. Auch ich war überrascht, Guzmán dort zu sehen, das ist nicht üblich; die Galerie ist ausschließlich Anas Herrschaftsgebiet, und als ich hereinkam, hatte ich den Eindruck, dass sie über etwas stritten, was sie beide betraf, sie wirkten ernst, angespannt und senkten die Stimme, ich erwog die Möglichkeit, dass sie über Laura sprachen, denn Carlos hatte von Amalia erfahren, dass Guzmán eine Affäre mit Laura hat, dass er ab und zu nach Barcelona fährt und sie vögelt, und dass Ana, die nicht auf den Kopf gefallen ist, Bescheid weiß. Ich glaube, Ana ist deshalb und nicht wegen der Verabredung mit Boltanski ferngeblieben. Als Pedrito heute fragte, wo Laura stecke und ob jemand wisse, wo man sie auftreiben könne, beeilte Guzmán sich, das zu verneinen, er habe seit Jahren nichts von ihr gehört, was den Verdacht erhärtet. Amalia hat mir zugezwinkert. Es war ihre einzige komplizenhafte Geste an diesem Abend, und ich weiß, sie war nicht mir zugedacht, sondern Narciso, in absentia. Dem anderen eins auswischen, selbst wenn du dich dafür mit jemandem verbünden musst, mit dem du dich nicht verbünden möchtest; dem anderen eins auswischen, selbst wenn er für dich schon tot ist. Das Erbe der Liebe ist grausam, blutrünstig. In der Galerie war Guzmán sehr aufmerksam, umarmte mich, redete mit mir wie in alten Zeiten, und auch Ana empfing mich herzlich, nachdem sie sich von zwei Kunden befreit hatte, die gleich nach mir gekommen waren.

Theoretisch ist Esquema meine Galerie, obwohl sie nur einmal – und das ist schon fast sechs Jahre her – ein paar meiner Bilder in einer Sammelausstellung gezeigt hat; in den letzten Jahren haben sie höchstens ein halbes Dutzend meiner Werke verkauft, zum Schnäppchenpreis, aus Prestigegründen. Ich hatte drei neue Bilder dabei, an denen ich seit dem Sommer gearbeitet hatte. Ich male langsam. Schließlich nimmt die Arbeit bei Eurobuilding viel Zeit in Anspruch. Madrid verschlingt Zeit: die Garage, die Fahrten, die Zeit, die ich Jorge widme, die ständig zunimmt, die Zeit, die ich dem Haushalt widme, die immer mehr abnimmt. Guzmán schaute sich die Bilder mit Interesse an und lobte sie: »Du beherrschst immer besser das Licht.« Aber Guzmán ist nicht der Galerist. Die Galeristin ist Ana, und sie beschränkte sich aufs Zuhören. Nach einer Weile tauchte Juan Bartos auf, der immer noch Kurse über Kunstphilosophie und Ästhetik an einer privaten Universität abhält und Ana immer noch »das einzig lebendige Wesen in den Galerien Madrids« nennt. »Der Rest ist Schweigen, oder, schlimmer noch, Dummheit, Kitsch«, sagt er. Seit zwanzig Jahren höre ich diesen Spruch. Wenn Bartos sagt, Ana sei die Seele der Madrider Galerien, die einzige aufmerksame, sensible Galeristin, dann habe ich, warum, kann ich mir nicht erklären, den Eindruck, er redet von Geld, vielleicht weil es das Geld von Anas Familie ist, das die Galerie über Wasser hält. Wie hätte sich Esquema ohne Anas Vermögen in einer der teuersten Lagen von Madrid halten können? Esquema ist in den unteren Stockwerken eines Gebäudes aus der Epoche des Marqués de Salamanca untergebracht, Balkone, mit Gesimsen geschmückt, und ein Aufzug aus edlen Hölzern, der langsam und majestätisch das marmorne Treppenhaus hinaufschwebt, in dem es zwei schöne Spiegel aus geschliffenem Glas gibt, darunter zwei mit rotem Atlas bezogene Sessel. Der

Aufzug geht bis zum fünften Stock, und danach muss man zu Fuß zum Dachgeschoss steigen, in dem die Guzmans ihr pied-à-terre haben, eine Mischung aus gepanzertem Lagerraum und Appartement, in dem sie sich in freien Stunden ausruhen und manchmal auch übernachten, wenn sie zu faul sind, zum Schlafen heimzufahren (ihre Wohnung liegt immer noch in einer Siedlung im Norden von Madrid, in der Nähe von Pozuelo). Die Aufmachung der Galerie setzt sich auffallend von dem pompösen Stil des Gebäudes ab, da man in den Räumen, in denen Esquema untergebracht ist, den Putz von den Wänden und Pfeilern gehauen hat, bis der Ziegelstein zum Vorschein kam, und den Boden seinerzeit mit einem genoppten schwarzen Gummiteppich ausgelegt hat. Die Umgestaltung insgesamt gab den Räumen das Flair einer Garage im Stil der New Yorker Diskotheken der Siebziger und frühen Achtziger. Oder von gewissen Schwulenlokalen, jene Sorte, die Dark Rooms und komplizierte, düstere Labyrinthe aufweist. Die Ausstattung ist seitdem unverändert und entspricht dem Geist einer welken Modernität, die von den bei Esquema vertretenen Malern bestens repräsentiert wird. Ana hat sich stets geweigert, die Ausstattung oder ihre Vorlieben zu ändern. Vielleicht hat sie sich in ihren frühen Jahren so oft und so hastig gewandelt, dass sie es schließlich leid war und es sich in ihrem Geschmack wie auf einem Sofa bequem gemacht hat. Die Ausstattung der Galerie springt besonders jetzt ins Auge, in Zeiten, da sich überall das Polierte, Durchsichtige und Glänzende durchsetzt, minimalistisch und japanisch. Esquema zu betreten erzeugt ein Gefühl ähnlich dem, das man beim Besuch einer archäologischen Grabungsstätte empfindet. Ana stellt ihre Räume aus, als wären es Reste einer bestimmten Avantgarde, die vor ein paar Jahrzehnten verschüttet worden ist, nachdem sie ein halbes Jahrzehnt sozialistischer Blütezeit lang geleuchtet hat und ihr Glanz mit dieser Periode erloschen ist. Man könnte meinen, dass Ana, dieweil das Rad der Zeit sich unaufhaltsam dreht, geduckt auf die Rückkehr der damaligen Vorlieben wartet, um dann wieder ganz oben zu sein. Tatsache ist, dass das Rad inzwischen eine halbe Umdrehung gemacht hat und die Galerie mit ihren Besitzern einen Moment erlebt, in dem das, was ganz oben war, den Asphalt berührt. Dieser Kuss des Asphalts ist das, was sie zurzeit verkauft, in der Überzeugung, dass das Rad kurz davor ist, die Umdrehung zu vollenden. Esquema betreten, von Anas liebenswürdigem Empfang und Guzmáns Umarmungen angetan sein, aber die neueste Ausstellung von Alcóllar ertragen müssen, mit der die Wände zugehängt sind. Die Erinnerung an den Augenblick, als Ana und Guzmán, mit Plastik- und Segeltuchbahnen über den Köpfen, das Chalet der Alcóllars unter einem Platzregen verlassen, die Fahrt zum Hotel auf versumpften Wegen, im Hintergrund das Brausen von Wind und Meer. Ein blütenweißes Laken des Vergessens hat sich über jenen schrecklichen Herbsttag gelegt, an dem Ana Malta de Thalit unter Blitz und Donner aus dem Paradies der Alcóllars vertrieben wurde. Román wurde am Ende in den Rennstall von Esquema aufgenommen, allerdings kuriert von seiner Neigung zu süßlicher Schönheit und nun in der Verkleidung eines abstrakten Expressionisten. Ich biss mir damals auf die Lippen und sagte zu Ana: »Er ist ein Scharlatan, eine Katastrophe. Er weiß weder, was eine Farbe ist, noch wie man sie mit einer anderen mischt.« Ihre Antwort: *Par contre, il est charmant*, und mir wurde klar, dass damit über mich als Künstler das Verbannungsurteil gesprochen war. Ein ewiger Autodidakt. Ihr gefiel dieser junge, gut gekleidete Mann, feinsinnig und bezaubernd, der ihr in jenem Sommer in Denia erneut den Stuhl zurechtrückte, wenn sie sich setzen wollte, und ihr in den heißesten Nächten den Fächer reichte.

Auch er hatte ihre Verweigerung vergessen. Román hat es stets verstanden, ebenso diktatorisch und dreist mit denen unter ihm umzuspringen, wie er reizend zu jenen war, die ihm nützen konnten. Damals fiel mir erstmals auf, dass Ana nie von ihm sagte: »Er ist Autodidakt«, vermutlich weil auch er zur Szene gehörte, einer von vielen in der gewundenen Künstlerkarawane, die Madrids Nachtlokale durchstreiften. Und das war Mitte der Achtziger, als die Nacht von Madrid sich plötzlich mit Künstlern bevölkerte, mit Fotografen, Malern, Modeschöpfern, Friseuren und, vor allem, mit hübschen Knaben, die bei Sonnenuntergang aus den Vierteln am Stadtrand kamen, um ihre Waren in den Lokalen im Zentrum zu verkaufen. Einige Monate später gab Román das Malen auf, um zur Fotografie zurückzukehren. Er lichtete trostlose Landschaften ab, Pferche, verfallendes Gemäuer, heruntergekommene Vororte, Leichenhallen. Hinter dieser Sprunghaftigkeit die Leere, das Nichts, nur sein Egoismus, sein Ich, sein Ego, das, was er in Paris sieht, in New York, in London, genau das hier will ich, ich kauf es mir, und, auf einmal, schenkt er uns statt Rosen, Blumen, Lilien (dafür hatte er eine Schwäche, alle Schwuchteln mögen Lilien, phallische Lilien, was weiß ich, Callas mögen sie auch, sagen wir einfach, sie mögen vertikale, priapische Blumen) den Verfall; von heute auf morgen gibt er die Blumen, die Farbnuancen der zarten und empfindsamen Natur, für Ruinen, für Leichen auf, den betörenden Duft von Narden und Königinnen der Nacht für das Formalin, die in Zersetzung übergegangene Materie, den Moder der Leichenhalle. Auch der Stolz ist in sich geschlossen wie das Ziffernblatt einer Uhr, und der Grenzpunkt – zwölf Uhr – grenzt an das Nichts, an jenen Moment absoluter Demut, der in jenem Zeitraum zwischen der letzten *S*tunde des vergehenden Tages und der ersten des anbrechenden Tages aufgehoben ist. Als ich mich über seine Sprunghaftigkeit – von der Fotografie zur Malerei und wieder zurück zum Anfang – lustig machte, schlug Ana zurück: »Er sucht nach der Art und Weise, das auszudrücken, was er in sich trägt. Das macht schließlich einen Künstler aus, oder?« Ich spürte den Vorwurf, für mich sei ja wohl die Malerei das Wichtige und nicht das, was ich in meinem Innern trüge. Wo ja sowieso nichts sei. Aber wozu diesen Dreck wieder aufwärmen, diesen ewigen Groll? Ist es das, was ich Pablo erzählen will? Sind das die Funken Jugend, die ich ihm schenken will? Ich sollte nicht so viel trinken. Ich habe heute Abend sehr viel getrunken, aber mich hat eben eine tiefe Melancholie befallen, sie alle wieder hier versammelt zu sehen und zu wissen, dass ein paar hundert Meter entfernt die Fotos von Alcóllar hängen und Ana es geschafft hat, großartige Kritiken auf den Kunstseiten der Zeitungen zu bekommen (hat Guzmán gerade gesagt: »Weißt du, dass dein Freund Alcóllar letzte Woche in drei oder vier Kulturbeilagen erschienen ist?«). Gespenster der Jugend. Ich bin mit ihnen zusammen und denke an Pablo, an meinen Kindheitsfreund Joaquín, Carlos' Bruder, an mein eigenes Werk, an das, was es nicht hat werden können. Pablo davon erzählen. Er soll zu begreifen beginnen, besser begreifen, um in Frieden mit sich selbst leben zu können, um in Frieden zu sterben. Ha. Als hätte ich zu diesem Zeitpunkt nicht längst gelernt, dass Begreifen und Leben unvereinbar sind; das Begreifen zerstört dir dein Leben, macht es zu Staub. Pablo beichten, dass ich kein richtiger Maler geworden bin, weil ich mich in den Gängen meines Innern verirrt habe, im Glanz der Spiegel, denen ich auf dem Weg begegnet bin. Ihm sagen: Pablo, du bist der letzte Spiegel, in dem ich mich betrachte, wieder einmal, um mich nicht zu sehen, um mir vorzugaukeln, ich sei deine Jugend, die letzte Spiegelung, in der ich mich verliere. Ihm sagen, jetzt bin ich allein und denke an dich. Es tut mir weh, in den wenigen Momenten, die wir zusammen sind, von den Veränderungen in deinem Ton, von den Nuancen deiner Stimme abhängig zu sein. Vielleicht sehe ich dich am Montag schon nicht mehr. Jetzt gerade bin ich so betrunken, dass ich dieses letzte Glas, das ich bestellt habe, nicht mehr leer bekomme. Ich sehe es an, neige den Kopf über das Glas, glotze in die Tonicbläschen und spüre, wie mich diese dunkle Traurigkeit überkommt, die mich zum Weinen bringt, also zahle ich, verlasse die Bar und gehe zu Fuß nach Hause. Das ist nicht so weit, keine halbe Stunde, und die nächtliche Kälte wird dazu beitragen, den Alkohol aufzulösen und die Traurigkeit zu verdunsten. Oben der Mond. Die Kälte. Neidische Sehnsucht nach meinem Labyrinth, durch dunkle Zimmer gleiten, etwas im Schummerlicht ertasten und, nun da du allein bist, denken, dass man zu den Medikamenten keinen Alkohol trinken sollte, oder Sehnsucht danach, dass Physik und Chemie einfach in deinem Kopf explodieren und du zerfetzt auf einem Bett landest, das Kampfstätte gewesen ist. Jorge ist davon überzeugt, dass ich ihn angesteckt habe. Ich bin davon überzeugt, dass er mich angesteckt hat, aber das Gegenteil behauptet, um mich zu halten, damit ich ihn nicht endlich zum Teufel schicke, Madrid zum Teufel schicke, alles zum Teufel schicke. Jorge wird schlafen, und wenn ich die Tür aufschließe, muss ich darauf Acht geben, ihn nicht zu wecken. Jorge wartet im Bett, sicherlich schläft er nicht, sondern ist noch wach, und wenn ich das Licht im Esszimmer anschalte, weicht das Kätzchen vor mir aus, verschwindet, sobald ich mich nähere, unter einem Stuhl, unter der Anrichte. Gestern, nach drei oder vier Tagen, an denen ich es gerufen hatte, um ihm etwas zu fressen zu geben und es zu streicheln, sah ich, dass es mich beobachtete, mir beim Essen zusah. Heute ist das Kätzchen gekommen, als ich es rief, um ihm ein

Stück von den panierten Schnitzeln zu geben, die von gestern übrig geblieben sind, doch der Hund, den Jorge vergangenes Jahr als Welpen gekauft hat und der sich allmählich zu einem kleinen Diktator auswächst, hat es der Katze weggeschnappt. Wieder habe ich ein Stück Fleisch abgeschnitten und es der Katze angeboten, mich diesmal zwischen sie und den Hund gestellt und dafür gesorgt, dass der Hund nicht herankam. Das Kätzchen ist noch klein, höchstens drei Monate alt, langsam hat es das Fleisch gefressen, geschützt im Schatten meines Körpers, und dann hat es beobachtet, wie ich ging. Ich habe seine Sympathie gewonnen. Verzeih, aber das Kätzchen hat mich an dich erinnert, du beobachtest meine Anstrengungen, deine Sympathie zu gewinnen, rührend lächerlich, ein viel beschäftigter Mensch, der seine Zeit mit einem Kätzchen verschwendet, das überhaupt nicht wichtig ist auf der Welt, das von einem Laster überfahren werden könnte, ohne dass deshalb ein Richter oder Kommissar einen Finger krumm macht. Das Bild hat mich erschüttert, was bilde ich mir ein, wie denke ich über dich, habe ich gedacht, das eine hat doch mit dem anderen nichts zu tun, du lebst dein Leben, hast deine Arbeit, deine Gefühle, bist unendlich viel nützlicher als ich. Neulich sprach eine Frau im Fernsehen, eine ehemalige Schülerin von Ramón y Cajal, sie sagte, dass dieser mit Ruhm beladene Mann sich zu beklagen pflegte, wenn jemand, seine Arbeit lobend, von ihm als einem Wissenschaftler oder Intellektuellen sprach, er fand, er sei ein Arbeiter, ein Proletarier, weiter nichts, und dass auf der Arbeit der Proletarier die Tätigkeiten der Intellektuellen, Künstler und Politiker aufbauen, etwas in der Richtung, das heißt, ich bin die Katze, die von deinem Brot isst, ich bin nutzlos, ich arbeite nicht, ich strenge mich an. Begreifst du den Unterschied zwischen Arbeit und Mühe? Wenn du leidest, dann wegen deiner Arbeit, ich leide an meinen

Bemühungen, meinen Bestrebungen als Maler. Was ist schon Malen? Was hat es für einen Sinn? Wieder einmal etwas hinklecksen, vollklecksen, was verschwimmt, was vom Nebel der Zeit verhüllt wird, aufmerksam machen auf das, was jenseits des Nebels ist und in Vergessenheit gerät: Deshalb heißt es, dass jeder Künstler seine Vorläufer sucht, sie sich erfindet, neu schafft, er kommt nicht von jemandem, sondern er geht auf jemanden zu, sucht einen, der aufbewahrt, was er stolpernd sucht. Ich, das Kätzchen, das um ein Stück von deinem panierten Schnitzel bettelt, Pablo, merkst du was? Du bist das Zentrum meiner Strategien, und ich muss deine Aufmerksamkeit erringen, damit du mich beachtest, damit dich meine Augen rühren, die Augen eines Kätzchens, das friert, Hunger oder Durst hat, Bedürfnisse, die du, von deiner menschlichen Höhe aus, befriedigen kannst. Ich leide ohne die Hoffnung, etwas Bleibendes zu hinterlassen.

Laura wollte einzig und allein, wie sie es nannte, leben bis zum Anschlag. »Er war, er ist aus einem anderen Teig gemacht«, sagte sie zu Ana und meinte damit Narciso, »ich will nicht sagen, aus einem besseren, aber doch aus einem luftigeren. Ihr wart Eintopf, schwer verdaulich, einfarbig, eintönig, und er war ein *amuse geule*, von der Sorte, wie sie moderne Köche bereiten, etwas Farbenfrohes, das dann im Mund explodiert und überrascht.« Und was war ich für Laura? Eben jene dickflüssige Eintopfbrühe, in der schläfrig der Kaiman Narciso lag, ein Auge geöffnet, auf sein Opfer wartend. Dieses reglose Tier, das an einen treibenden Baumstamm erinnert, stellt sich schlafend, bis die Beute aufkreuzt; dann stößt es vor, der Kiefer schnappt zu. Laura wollte ihn erlösen von der Farblosigkeit des Madrider Eintopfs, aus dem zähflüssigen Sumpfgewässer herausholen, in dem ich ihn zu plätschern zwang. Warum sonst hätte sie sich an unsere Gruppe hängen sollen? Was hatten wir zu bieten, das sie hätte interessieren können? Zunächst – und das, was am allerschwersten schien, war für sie dann doch ziemlich leicht – hat sie Narciso vor mir gerettet. Dafür hat sie zwar jahrelang baggern müssen, aber sie hat es geschafft. Gut. Erledigt. Narciso aus Amalias Klauen gerettet. Dann wollte sie ihn vor den anderen retten, doch dabei, bei diesem, wie es schien, natürlichen Klärungsprozess – Narciso schien keinen großen Wert auf die Gruppe zu legen – biss sie auf Granit. Wäre nicht ihr zwanghaftes Sendungsbewusstsein gewesen, was hätte sie bei uns verloren gehabt, wozu mit uns reden, lächeln, diskutieren? Ihr gefiel eine Welt, die sich parallel zur unseren entwickelte: Als sie in Madrid auftauchte, ein paar Jahre vor Francos Tod, war sie, um der Wahrheit die Ehre zu geben, ein kleines Mädchen. Narciso, der mit einem Bein in der Boheme, mit dem anderen in der Revolution steckte, muss auf sie wie ein gestandener, erfahrener Mann gewirkt haben, ein Mann, der von Dingen wusste, von denen sie keine Ahnung hatte, von Dingen des Lebens, obwohl ich glaube, dass sie dabei vor allem ans Bett dachte, Phantasien über erfahrene Könnerschaft entwickelte, und dann war Narciso natürlich ein Grenzgänger, er bewegte sich in zwei Räumen, in dem, der sie anzog, und in dem, den sie verachtete; der Raum der Drogen, der Kunst, des Snobistischen, des Weitgereisten, Kosmopolitischen berührte sich bei ihm mit jenem anderen Raum, unserem Raum, der ihm aus seinen Zeiten an der Universität überkommen war: Worte, Zigarettenrauch, Alkohol, ungeheure Mengen von Alkohol und Wörtern, die sich auf weltumspannende Systeme bezogen, auf Gerechtigkeit, auf Ethik, auf den Standpunkt, den du einnehmen musst, um dieses oder jenes zu erkennen, die Parameter, nach denen du dieses oder jenes beurteilen musst; und, klar, dieses und jenes ließ Laura kalt; dagegen Farbe, Textur, Geflecht, Gewagtes; sich das Haar neonblau färben, einen ledernen Minirock tragen, der einen phosphoreszierenden Slip preisgibt, über Warhol und Velvet Underground Bescheid wissen, über sehr konkrete, gefragte Dinge Bescheid wissen: über die geheimen Wege der Betäubungsmittel, der Rohypnole und Minilps; über Nächte, die dank der Chemiecocktails bis sechs Uhr abends am nächsten Tag dauerten: Das war das, was ihr wirklich gefiel, ihr persönliches Abenteuer, sie, Wegbereiterin einer privaten Moderne, Selbstgenuss, Dienst an den eigenen Leidenschaften,

Neon, Eyeliner, bunte Sternchen auf der Stirn, im Haar, auf der Zunge, wo auch immer, wenn es nur modern war, der letzte Schrei: das Andere nicht, das Andere war abscheulich, archäologisch; doch Narciso und das, was sie in ihn hineinsah, waren schuld daran, dass sie mit dem Anderen, dem Schmutzigschäbigen, auskommen musste: Magdas Pub mit seinen linken Männerfrauen, die hochgeschlossenen Wollpullover mit Mustern aus den Anden, Pullover, die nach Schweiß rochen oder nach Duftwasser aus dem Kaufhaus oder Vorstadtparfümerien, archäologische Duftwässer, archäologische Pullover, vorzeitlich, dazu die niemals endgültigen Debatten über Strategie und Taktik, über die Lage in der UdSSR oder in Albanien, einem Land, in dem es nichts als ungewaschene Hirten und Ziegen gibt, über die Truppenbewegungen an der chinesischen Grenze. Und am Anfang sagte sie: »Wie interessant, erzähl, du meinst also, ich sollte das lesen, gleich morgen kaufe ich es mir«, oder: »Wenn du es hast, leih es mir doch, es ist nicht mehr zu kriegen.« Sie war im Stande, einen Roman über Albanien, über Rumänien zu lesen, glanzlose Länder, in Touristenführern nur am Rande erwähnt, weder für ihre Landschaft noch für ihre Baudenkmäler berühmt, wüstenhafte Länder, unwirtliches Ödland, glühend im Sommer, eisig im Winter, immer steinig und mit Dornbüschen bestanden, Gegenden mit Landstraßen voller Schlaglöcher, am Straßengraben Fetzen von Lastwagenreifen, Plastiktüten, die sich in den Dornen verfangen haben, triste Fahnen, vom Wind bewegt, dazu hässliche Betonkästen, von denen man nicht weiß, ob sie Wohngebäude oder Kasematten oder Krankenhäuser sind. Wirkliches Interesse entwickelte Laura nur für Ausstellungskataloge, Lifestyle-Hefte, für die neue Mode in Sachen Wohnen, Kleider, Haare, Parfüm, Hören und Reden. Malerei interessierte sie nicht als solche, sie interessierte sich nur für moderne Malerei, und zwar nicht, weil es sich dabei um Malerei handelte, sondern weil sie modern war, schrecklich langweilig die klassische Malerei, und klassisch war die gesamte Malerei der Menschheitsgeschichte, bis zu dem Augenblick vor ein paar Jahren, als Laura beschlossen hatte, die Kunst zu lieben. Sie konnte nicht nachvollziehen, dass Ana, die Avantgardistische, die so sehr zur Madrider Szene gehörte, dass diese Ana sich von Goya, Velázquez oder Vermeer faszinieren ließ. Laura interessierte Modernität als Konzept, oder vielleicht ist das schon zu viel gesagt, eher als luftiges Möbelstück, das man aus vielen Einzelteilen zusammenbaut, so wie ein Sekretär aus der Anhäufung vieler Schubladen entsteht und dann Sekretär genannt wird, jedwede Idee, Tier oder Ding, erschien ihr passend, wenn sie es als verächtliches Abfallmaterial oder als Bauelement der Moderne benutzen konnte, als Komponente, Exponent oder Rückstand. Die Gruppe ertrug sie als Ganzes, als Block, um Narcisos willen (aus demselben Grund konnte sie mich nie ausstehen), und auf ihrem Passionsweg entschied sie sich für eine Taktik, die darin bestand, die Gruppe als Idee aufrechtzuerhalten und sie zugleich ihrer Komponenten zu berauben; um zum Bild des Sekretärs zurückzukehren, sie räumte erst die Papiere aus den Schubladen, um dann schließlich die Schubladen selbst zu entfernen, bis das Möbel ein leeres Gehäuse war, das unter seinem Namen das Nichts beherbergte: ein Schweizerkäse aus Löchern, ohne den Käse. Zweifellos wusste Laura, was sich hinter den Kulissen von Narcisos Bühne abspielte, und sie konnte ihn nur begehren, weil auch er keinerlei Drang nach Wahrheit verspürte, danach, dass Gedanken und Wörter einander entsprechen sollten und zugleich den Menschen, Situationen oder Gegenständen, auf die sie sich bezogen. Wenn jemand ihre Widersprüchlichkeiten aufdeckte, beriefen beide sich auf das Absurde und den Surrealismus, auf die Freiheit des künstlerischen Schaffens. Ich glaube, Laura interessierte sich nicht einmal für die von Narciso vertretene Ästhetik (Architektur, Malerei, dadaistische Literatur, alles zusammen, er wollte eine Kunstfabrik sein, eine *factory*), obwohl sie ständig davon schwärmte. Ihr ging es um die Vorführung. Sie hatte nicht einmal ein Interesse daran, Narciso vor dem zu bewahren, was wie sein tiefer Fall aussah, damals, als er so viel trank und es mit allem übertrieb. Laura gehörte zu denen, die, sobald sie das Dach des Gebäudes erreichen, der Scherenleiter, über die sie aufgestiegen sind, einen Tritt versetzen, um die Spuren ihres Wegs zu tilgen. Ich meine damit nicht, dass sie eine Person ist, die das Dach erreicht und dann in sich gekehrt dort oben sitzt und den bestirnten Himmel betrachtet wie Simon auf seiner Säule, nein, vielmehr hat sie zu diesem Zeitpunkt schon die Leiter bereit, die sie auf die ein ganzes Stück höher liegende Dachterrasse des Nebengebäudes bringt. Eine Spielart des Wegs zur Vollendung. Steigen, steigen, immer weiter aufsteigen. Wenn ich von Leiter spreche, muss man sich Leute, Freunde, Verwandte, Liebhaber vorstellen. Benutzen und wegwerfen. Laura ist nach Barcelona zurückgekehrt. Dann war sie ein paar Jahre mit Breil verheiratet, dem Architekten, dessen Plan für den Moll de la Fusta, Barcelonas Uferpromenade, abgelehnt wurde, weil er sich mit jemandem aus der Entourage von Maragall, dem sozialistischen Bürgermeister, verkracht hatte, das hat mir Ana erzählt. Laura hat gemalt (Ana hat sie vor drei oder vier Jahren ausgestellt, nicht schlecht, die Bilder), sie hat geschrieben (ein kurzer Roman ist in einem angesehenen Verlag erschienen, ich habe ihn gelesen, stinklangweilig; das gibt sie selbst zu, aber sie hält Anteile an dem Verlag). Leben bedeutet für sie, dass Dinge in exotischer Umgebung geschehen und psychotrope Substanzen die Seelenerregung beisteuern, die der Alltag nicht einmal an solchen Orten beschert. Sie hat die Spitze vom Eisberg ihres ungeheuren Familienvermögens abgeschmolzen. Übrig gebliebenen sind jene fünf Sechstel, die still unter Wasser treiben. Narciso und Laura, ihre Beziehung zur Welt lässt sich als eine Art vornehmer Gewalt beschreiben. Was nicht heißen soll, dass vornehme Gewalt keinen Schaden anrichtet, im Gegenteil, sie ist verheerender als das, was irgendwelche Typen mit dem Baseballschläger anrichten, doch es handelt sich um eine Bosheit, die es erlaubt, davon zu sprechen, man kann davon erzählen, sie beschreiben, Seiten in Romanen, Biographien, Gesellschaftszeitschriften damit füllen. Eine interessante Form von Gewalt. Und ich meine jetzt nicht den Deal, den Narciso durch Vermittlung seines Vaters mit der Polizei einging, sie haben ihn gleich wieder laufen lassen, und er hat im Gegenzug haarklein alles über die Aktivitäten der Gruppe erzählt: Das war keine Bosheit, eher eine Abart der Unschuld, Feigheit; aber eine Spur Bosheit steckt wohl doch in der Tatsache, dass er den Kontakt zwischen seiner Familie und der von Laura herstellte, damit auch Laura (sie war ja wirklich fast noch ein Kind) sofort freikäme und ihre Eltern sie heim nach Montseny bringen könnten. Beunruhigend daran war, dass ich bei diesem Handel nicht eingeschlossen war und dass mir, als ich ein paar Jahre später von den Einzelheiten der Geschichte erfuhr, Magda und Ana erzählten, Narciso habe jene Tage, als ich noch im Gefängnis saß und er schon auf freiem Fuß war, dazu genutzt, Laura in Barcelona zu besuchen. »Damals hat unsere Beziehung erst richtig begonnen. Davor war es nur ein Flirt, ein Abenteuer gewesen«, das habe Laura ihr gestanden, erzählte mir Ana. In der Zelle erklärten wir uns seine Freilassung damit, dass er der Einzige von uns war, der bei der Festnahme kein Flugblatt, keinen Zettel mit einer notierten Verabredung, rein gar nichts bei sich hatte, das ihn hätte belasten können. Ihre Freilassung war noch leichter zu erklären: ein reiches Mädchen (kaum zwanzig Jahre alt) aus einer Familie mit väterlicherseits exzellenten Beziehungen zur franquistischen Polizei und Diplomatie. Beste Voraussetzungen, um als unbeschriebenes Blatt das Gefängnis zu verlassen. Aber zu glauben, dass er aus Mangel an Beweisen nicht in der Anklageschrift vorkam, war ein Fehler. Kein Staatsanwalt ließ sich damals vom Mangel an Beweisen in irgendwelcher Weise beeindrucken. Wir schon. Pedrito war wohl der Einzige, der etwas ahnte, den einen oder anderen vagen Verdacht äußerte; aber Pedrito glaubte damals sowieso schon keinem mehr irgendetwas: Er war ein Klassenpessimist, keiner von uns war ihm arm genug, genügend aufgebracht oder genug gedemütigt, um ein wahrhafter Revolutionär zu sein. Selbst Carlos, Rita und Guzmán waren für ihn Deklassierte, Kleinbürger, denen die Revolution zu misstrauen hatte – nur weil Carlos die Literatur liebte, Guzmán Ana geheiratet hatte und Rita sich von den Nebensachen des Lebens verführen ließ (Kino, Tanzen, sie kochte gerne und gut); mir erschien das alles überhaupt nicht verdächtig, ich glaubte dem Drehbuch Szene für Szene. Was für eine Sorte Gehirnwäsche war das, der ich mich bei Narciso unterzogen hatte? Ein Mädchen aus der Mittelschicht in den Händen dieses vorgeblichen Dandys, der sich gleichermaßen locker auf dem höchsten wie dem niedrigsten sozialen Niveau bewegte: In den Kaffeehäusern an der Calle de Goya und der Castellana, in den Flamencoschuppen von Vallecas, in den Kaschemmen der Armenviertel von Alto del Arenal. So war Narciso. Ana sagt, ihr sei das alles von Anfang an dubios erschienen. Das war das Gespür für ihre eigene Klasse, diese im Internat entwickelte Fähigkeit, seinesgleichen zu erkennen, man kennt nicht nur den Werdegang eines jeden, sondern auch Intimeres, die geheimen Schwingungen, die verborgenen Vorlieben, Manien und Perversionen, die Schwächen, ja, sogar den Geruch erkennen sie nach so vielen Jahren des Zusammenseins. Wie Ana bei Narciso. Ich las im Gefängnis, nahm Geschichtsunterricht, gab Kurse in politischer Ökonomie, strickte, sonnte mich im Hof und wachte über meinen wachsenden Bauch. Ich war schwanger im fünften Monat, im sechsten, im siebten. Und währenddessen ging Lauras und Narcisos Liebesgeschichte ihren Gang, in unserer Wohnung (wo sie vögelten, während ich weiter im Gefängnis saß), in ihrer Wohnung. Sie gingen sogar weiter ins *Violette*. Magda musste sich zusammennehmen, um es mir nicht gleich nach meiner Freilassung zu erzählen. »Ich wollte dir nicht wehtun«, sagte sie später, aber das tat mir noch mehr weh, denn ich fühlte mich wie eine dumme Gans, die Einzige, die von einem Spiel ausgeschlossen war, das alle bestens beherrschten. Als ich aus dem Gefängnis kam, blieben mir nur noch knapp zwei Monate bis zur Geburt, wie hätte ich da auf den Gedanken kommen können, dass er keinen Gedanken an sein Kind verschwendete (es wurde eine Tochter: Das passte ihm nicht, er hätte gern einen Sohn gehabt, ihn erzogen, ihm was über Frauen erzählt, ihn hierhin und dorthin mitgenommen), dass er nicht das Menschenmögliche unternommen hatte, um uns, seine Tochter – um genau zu sein, seinen Fötus – und mich, aus dem Gefängnis zu holen? Als Magda es mir erzählte, dachte ich, sie wolle uns auseinander bringen, dass sie ihn hasste, getrieben von obskuren Absichten. Warum es nicht zugeben, ich dachte, sie, die damals allein war, wolle mir vorschlagen, zu ihr zu ziehen. Immer noch kaum zu glauben das alles, viel schlimmer als seine Intrigen in Brüssel nach unserer Trennung. Vergessen. Das ist das Allheilmittel, mit dem man sich betäuben sollte, statt durch das Abführmittel des Erinnerns zu lernen. Von den Erinnerungen nur das bewahren, wonach du dich sehnst, das Kleid, das du dir nach Maß geschneidert hast. Kehre den Abfall zusammen, schiebe ihn sorgfältig auf die Schaufel, bis kein Körnchen, keine Staubspur übrig bleibt, und erfreue dich an der frisch aufgeräumten Wohnung. Ich habe das Gefühl, dass all die Entwurzelten, die mich geprägt haben, inzwischen Wurzeln geschlagen haben, sie haben die Unruhe in mir zurückgelassen und sich selbst an sichere Orte begeben (kommt mir bekannt vor, dieser Satz, ich muss ihn oder etwas Ähnliches irgendwo gelesen haben). Da sind die Erinnerungen an Magda, der ich voller Misstrauen unterstellte, sie wolle mich um etwas bitten, um das sie mich tatsächlich nie gebeten hat, Magda, die ich nicht habe ausfindig machen können, Magda, die wie Sternenstaub irgendwo im Unendlichen verloren ging. Wie all die Freunde, die zu ihr ins Lokal kamen und von denen keiner weiß, wo sie geblieben sind, was aus ihnen geworden ist. Da ziehen sie vorüber, im geträumten Glanz eines Augenblicks, und verschwinden. Sternschnuppen aus dem Land der Träume. Yukatali. Die Erinnerung an Magda, die ich seit so langem aus den Augen verloren habe, hat mich an dieses Aufleuchten und Verschwinden in Weills gleichnamigem Lied denken lassen. »Ich hatte mir das folgendermaßen gedacht«, sagte Magda eines Abends zu mir: »Sobald das *Violette* läuft, stelle ich jemanden hinter die Theke und ziehe mich selbst zurück, arbeite, komponiere, übe, ich such mir ein paar gute Musiker, richtige Profis, aber zugleich Freunde, Leute, die sich auch nicht kaputtmachen lassen wollen. Die Arche Noah, die auf einer von trübem Wasser überfluteten Welt schwimmt. Aber das Pub ist nie richtig gelaufen, zumindest nicht so, wie ich es wollte, wie ich es mir ausgerechnet hatte. Ich habe in den anderen gelebt. Ich höre ihnen zu. An meinem freien Abend mache ich mich auf die Suche, gehe in Lokale, die man mir empfiehlt, weil dort jemand seine Sache ordentlich macht. Gut spielt, gut singt. Und wenn ich dann allein bin, im Bett, möchte ich am liebsten heulen. Ich sage mir, dass ich es hätte schaffen können, oder, noch schlimmer, ich rede mir ein, dass ich es nicht geschafft habe, weil ich nicht dazu tauge, weil eine Karriere nicht ein Keim ist, sondern eine Entwicklung, verstehst du? Wenn du nichts machst, bist du nichts, und wo kein Werk ist, da ist auch kein Künstler. Künstler sein, das ist keine Frage des Charakters, der Berufung, es ist eine Frage des Werks, und ich, mit meinen fast vierzig Jahren, bin noch immer nicht mehr als Charakter, Wille, Stolz, Anspruch ans Schicksal. Ich sage mir: ›Die anderen wollen, dass du denkst, du kommst nicht groß heraus, weil du nichts wert bist‹, zugleich aber denke ich: ›Und wer sind die anderen? Alle außer mir?‹ Und dann ziehe ich meine Schlüsse: ›Ich habe nicht den Schritt gewagt, der offenbart, was wahr und was verlogen ist. Stattdessen habe ich getrunken, über dies und jenes geredet, diese und jene getröstet. Nichts.‹« Als Magda mir das erzählte, hatte sie schon beschlossen, nach Vigo zu ziehen und die Kneipe zu schließen. Es war, glaube ich, Narciso, der vom Bumerangeffekt sprach, vielleicht auch Guzmán. »Was ist aus all den Leuten geworden, die in die Kneipe kamen? Siehst du manchmal noch jemanden von denen?«, hat mich gerade Pedrito gefragt, als er, nachdem er mir aus der Hand gelesen hatte, zu dem Schluss gekommen war, ich sei eine starke Frau aus einem biegsamen Metall oder, besser noch, aus Bambus. »Der Monsun kann dich biegen, bis zum Boden, aber er kann dich nicht ausreißen. Er entwurzelt die großen Bäume, aber an dir scheitert er«, hat er gesagt, und ich habe gelacht. »Von Marx zur Astrologie und von der Astrologie zu Marx. All diese Leute, wo treiben sie sich jetzt herum?«, hat er dann gefragt, und ich konnte ihm nur antworten, dass ich von keinem etwas gehört oder gesehen habe. Weder von den Kommunisten noch von den Männerfrauen, noch von den Astrologinnen, nichts von all diesen Leuten, deren Namen und Lebenslauf wir kannten, mit denen wir stundenlang darüber diskutiert haben, was zu tun oder nicht zu tun war, um die Welt zu verändern. Staub von Sternen, die einen Augenblick lang aufleuchteten und dann verloschen. Als ich das erste Mal vor der geschlossenen Kneipe stand, erkundigte ich mich im Geschäft nebenan. Dort sagte man mir, Magda habe etwas Neues aufgemacht, was anderes, einen Laden, nichts mit Musik oder Trinken, eine Parfümerie oder ein Modegeschäft, etwas in der Art. »Und was ist mit der Kneipe?« Der Mann hatte keine Ahnung. Zufällig traf ich später irgendwann einen früheren Stammgast aus dem *Violette*, einen aus der Nachbarschaft, José Manuel, ich erinnerte mich an ihn und er sich an mich. Er erzählte, er habe vor kurzem mit Magda gesprochen, und sie habe erzählt, es falle ihr schwer, sich an das Leben, das sie sich ausgesucht hatte, in einem Ort nahe Vigo, zu gewöhnen (er wusste nicht mehr, ob in Cangas de Morrazo oder Bueu). Bevor sie weggefahren war, hatte sie ihm von einem guten Geschäft erzählt, das ihr endlich erlauben würde, sich schon bald zurückzuziehen (»Ich will komponieren, singen, mir bleibt kaum noch Zeit, das zu machen, was ich immer wollte«, hatte sie gesagt). »Ein paar Jahre, höchstens«, hatte sie gesagt. Magda war ihm ein paar Wochen vor unserer Begegnung noch einmal in Madrid über den Weg gelaufen. Sie hatte gemeint, dass das Geschäft gut gehe, dass sie sich aber nicht einleben könne; dass sie erwäge, zurückzukehren und das *Violette* wieder zu öffnen. Sie war nach Madrid gekommen, weil sie sich mit jemandem verabredet hatte, der ihr eine beträchtliche Ablösesumme für das Lokal zahlen wollte; kaum aber hatte sie angefangen, sich mit dem Mann zu unterhalten, hatte sie schon beschlossen, die Entscheidung erst einmal aufzuschieben. »Es hatte sie erschüttert, das *Violette* zu betreten und das Lokal noch genau so vorzufinden, wie sie es vor ein paar Jahren verlassen hatte.« José Manuel hatte wie ich selbst (und manchmal neben mir) viele Nächte lang den Ellbogen auf den Tresen des *Violette* gestützt und die alten französischen Chansons gehört, die Magda liebte. Er kannte sie gut: »Sie wird nie zurückkommen. Sie setzt sich Fristen. Sie meint nur eine Pause einzulegen. Sie will nicht wahrhaben, dass es nur ein Leben gibt.« Wir waren in eine Bar gegangen, um uns richtig unterhalten zu können, und wir hatten schon einige Gläser gekippt, er deutlich mehr als ich. Er sagte: »Eine erbärmliche Schafherde, in einen Stall gepfercht. Wir warten auf etwas, auf den Augenblick unseres Auftritts, auf den Augenblick, eingreifen zu können, auf die Straße zu strömen, wohin auch immer; sollen sie uns doch endlich zum Schlachthof bringen. Der Augenblick, endlich das zu sein, was man sein wollte; aber irgendeiner hat es übernommen, uns zu sagen, dass man dafür erst etwas anderes werden, dass man warten muss.« José Manuel kannte Narciso aus der Zeit im *Violette*, »jetzt sehe ich ihn im Fernsehen, ich finde es lustig, ihn so selbstgewiss daherreden zu hören, geradezu verjüngt«, sagte er. An Pedrito, an Carlos konnte er sich nicht mehr erinnern. Als ich ihm erzählte, Narciso und ich lebten schon seit vielen Jahren getrennt, lachte er: »Ich hab mich auch von meiner Frau getrennt. Ich habe wieder geheiratet, aber glaub nicht, dass ich verliebt bin, ich bin es nicht. Ich habe meine jetzige Frau sehr, sehr gern, aber verliebt bin ich nicht, zumindest liebe ich sie nicht so wie meine erste Frau, aber ich will mich nicht noch einmal trennen. Ich will mich nie wieder trennen. Vielleicht würde sie es ertragen, es ist ihre erste Ehe. Ich nicht, ich wünsche mir nur, dass sie heute Nacht, wenn ich betrunken nach Hause komme, schon schläft, und dass sie auch das nächste Mal (es wird nicht lange auf sich warten lassen), wenn ich betrunken heimkomme, schon schläft. Ich weiß nicht, welche Art von Sozietät die Ehe ist, wenn man es aufgegeben hat, wahrhaftig zu leben. Ein Dienstleistungsunternehmen? Sei's drum, ein würdiges Dienstleistungsunternehmen.« Ich redete etwas von Aufrichtigkeit, und er lachte, lachte sich schlapp. Er sagte: »Aufrichtig miteinander reden? Ich kann meiner jetzigen Frau nicht sagen: ›Du verschwendest deine Zeit in dem Modegeschäft, in dem du arbeitest, lass das doch sein‹, und dann sagt sie: ›Schick doch diese Schulkinder zum Teufel, die sind doch nur auf ein neues Motorrad oder Reebok-Schuhe scharf und wollen über das reden, was gestern Abend im Fernsehen gelaufen ist‹, und, abgesehen davon, dass sie niemals Mathematik lernen werden (dieses Fach unterrichtete er), sind sie zu Arbeitslosigkeit, Tabletten im Dreierpack, Colamix verdammt, und, wenn man sich einmischt, zu Rollenspielen, bei denen sie einen armen, dicken, kahlköpfigen Müllmann umbringen.« Ich fühlte mich peinlich berührt. Ich erwiderte: »Ich lebe allein. Vielleicht eben deshalb.« Und er applaudierte. Einige Leute am Tresen drehten sich zu uns um: »Gut so, sehr gut. Bloß nicht allzu viele Leute mit hineinziehen«, sagte er, und nach einer Pause: »Ich weiß das, aber ich bin feige und habe Angst vor der Nacht, vor den gelöschten Lichtern im Zimmer, wenn keiner neben mir im Bett atmet. Nein, solidarisch bin ich nicht. Ich weiß genau, dass es mir wahrscheinlich darum geht, nicht teilen zu müssen. Ich will, dass mir jemand zur Seite steht, und meinerseits dem anderen zur Seite stehen, das ist nur der Tribut, den man leisten muss. Und wenn man das weiß, was dann? Sich eine Kugel in den Kopf schießen?« Vergeblich versuchte ich ihm zu erklären, dass ich nicht allein lebe, weil ich mir das ausgesucht habe, sondern weil ich es ein zweites Mal mit dem Leben als Paar probiert hatte und das auch danebengegangen war. Er lachte erneut: »Tolle Frau, das bist du. Die Revolution, die Lehrergewerkschaft, eine bessere Welt: Wenn das alles vorbei ist, muss man sich mit keinem mehr zusammentun, es sei denn, um ein Verbrechen zu begehen. Du willst eine Ehe wie bei den Curies, gemeinsame Forschung, gemeinsame Arbeit…, das ist vorbei, Amalia.« Jetzt lachte auch ich. Er redete weiter: »Hygienisch betrügen, folgenlos. Warum sollte man es sich versagen, außer Hauses zu vögeln? Welchen Gott, welches Paradies verteidigt man, wenn man die Treue zu seinem Partner als Disziplin praktiziert? Diese Disziplin ist nur in einem wahrhaftigen Leben etwas wert. Sonst, vorausgesetzt man beachtet die Hygiene und lässt es den Partner nicht ausbaden, warum nicht außer Haus vögeln? Gibt es da irgendeinen vernünftigen Grund? Das bedeutet doch nur, das was uns zugeteilt ist, diese Parenthese, genannt Leben, wegzuwerfen. Ein idiotischer Luxus. Außer Haus vögeln, das Geld alleine ausgeben, sich davonstehlen, um allein in einem guten Restaurant zu essen, und ein billigeres wählen, wenn du mit deiner Partnerin ausgehst. Warum denn nicht? Gibt es da noch einen Kodex, der uns das verbietet? Und wenn es darum geht, sich wohl zu fühlen, und darum geht es doch offenbar, so kann ich dir versichern, ich fühle mich sehr viel besser, wenn ich neben meiner Frau auch noch all das habe, was man so außerhalb der Ehe hat. Wenn man nicht an einen Gott glaubt oder an irgendetwas Höheres, muss das einfach so sein. Die Ehe nur als einen Teil unseres Leben behandeln.« Er klopfte mit seinem Gin-Tonic-Glas drei- oder viermal auf die Theke: »Nun ja, ungeachtet all dessen, was ich dir gerade gesagt habe, bin ich meiner Frau treu, spare so viel Geld, wie ich kann, und versage mir teure Essen mit Arbeitskollegen oder Freunden, um es mit ihr zusammen in einem guten Restaurant ausgeben zu können, um mit ihr in Urlaub zu fahren und es uns gut gehen zu lassen. Der

Mensch ist geheimnisvoll. Mehr als alles andere wünsche ich mir jetzt gerade, dass sie schläft, wenn ich nach Haus komme, und ich fürchte nichts mehr, als dass sie im Wohnzimmer vor dem Fernseher hockt oder allein ein Schinkenbrötchen isst und ein Glas Milch trinkt, und dass sie mich ansieht und nichts sagt.«

Ohne Glauben, ohne Sinn, nur Wachsamkeit, nur Kontrolle, nichts weiter, die Monotonie des Stillstands, nur verharren, Monotonie, nicht warten, keine großen Worte, mit denen man sich erregen kann, mit denen man die Seele massiert, Worte, um zu wachsen, um etwas zu bauen, die Droge eines Zwecks, der letzten Dinge: nichts, Willenslähmung, wer hat schon die Kraft, so zu überdauern, so zu überleben, die Tage vergehen sehen und auf nichts warten, nichts, reine Mechanik, verharren, bremsen, dagegenhalten, nicht wissen, was gut ist, aber wissen, was schlecht ist, denn das Böse ist überall und vergiftet deine Sicht, vergiftet deinen Blick, und das wiegt schwer, macht dich zum Teil des Bösen, ein mickriges, kleinliches Übel, verglichen mit der Großzügigkeit des wahrhaft Bösen, das alles mit seinem Mantel umhüllt, dessen Mantel groß genug ist, um die Erde einzuhüllen, sie ganz zu bedecken, sie sanft zu umschließen, in den Schlaf zu wiegen, in Watte zu packen, so, genau so ist es. Ich bin weg aus Madrid, weil ich mich vor der Kälte zu fürchten begann, vor den Sonntagnachmittagen, kein Geld in der Tasche, nicht einmal fürs Kino, der leere Kühlschrank. »Ich bin es allmählich leid, mich allein um Haus und Geld kümmern zu müssen, während du den ganzen Tag lang von Versammlung zu Versammlung ziehst«, klagte Rita, und ich verließ Rita, die mit Josian schwanger war (bei der Wahl dieses Namens habe ich schon nicht mehr mitgewirkt). Sie hat widerstanden. Bekanntlich ist der Körper der

Frau besser darauf eingestellt, Entbehrungen zu leiden. Rita und mir war ein Sohn geboren worden, den wir Pau zu nennen beschlossen, obwohl wir ihn beim Standesamt als Pablo eintragen lassen mussten, weil Pau zu jener Zeit noch nicht im spanisch-katholischen Heiligenkalender zu finden war, und danach kam eine Tochter, die wir Irene nannten, eine andere Form, das Gleiche auszudrücken, diesmal auf Griechisch. Pau kam Ende Juli dreiundsiebzig zur Welt, im Zeichen des Krebses, wie Marcel Proust und auch Julius Cäsar, glaube ich. Rita wusste über diese Dinge Bescheid. Er sollte sensibel, phantasievoll werden, der Mutter und den Erinnerungen verbunden wie Proust. Madeleines verschlingen. Irene, als Wassermann geboren, sollte eine scheinbar fragile Verführerin werden, aber mit der Fähigkeit, andere zu beherrschen, ohne dass diese es merken. Ich erinnere mich nicht mehr, welche historischen Figuren im Zeichen des Wassermanns geboren wurden. Rita zählte sie aus dem Gedächtnis auf. Ich weiß nicht einmal, ob Rita sich immer noch mit Astrologie beschäftigt. Auch ich glaube und denke nicht mehr wie damals und beschäftige mich kaum noch mit den Dingen, mit denen ich mich damals beschäftigte. Sich Notizen in Hefte machen, schreiben, der Versuch, dem allen eine Form zu geben, dem, was keine Form hat. Pau und Irene. Das Engagement, der Wunsch nach etwas anderem, kolonisierte sogar die Namen der Kinder. Wir waren nicht die Schlimmsten. Es gab Leute, die ihre Kinder Vladimiro und, mit der Pasionaria im Hinterkopf, Dolores nannten. Wieder andere gaben ihnen die Namen Ernesto, Enrique, Rosa, Santiago oder León. Nach dem Che, Líster, der Luxemburg, Carrillo und Trotzki. Pau in einem Binsenkorb auf dem Rücksitz des Simca. Irene, die fast vom Balkon im dritten Stock gefallen wäre: Rita erwischte sie dabei, wie sie auf dem Geländer krabbelte, und wäre fast durchgedreht. Ich tröstete sie, strich ihr über den Kopf, streichelte ihr Haar, küsste sie. Kurz danach lag Irene in ihrem Bettchen, und wir vögelten auf dem Teppich. Sex als Ort der Begegnung. Mehr als fünfundzwanzig Jahre sind seitdem vergangen. Es liegt mir fern, darüber zu grübeln, ob sich das Sternzeichen der beiden geirrt hat oder bestätigt wurde. Weder ist mir bekannt, wie viele Madeleines Pau gegessen hat, noch wie weit Irenes Fähigkeit geht, andere zu beherrschen, oder ob Josian, der als Schütze geboren wurde, sich einmal als intrigant und grausam erweisen wird. Mir kommt auch nicht mehr der Gedanke in die Quere, ob das, was ich tue oder lasse, für die Zukunft der Menschheit von Belang ist. Seit einer Ewigkeit hängt bei mir kein »Guernica« und keine Taube von Picasso mehr an der Wand. Ich höre noch Violeta Parra, aber nur sehr selten, und sie vermittelt mir ein ähnlich trauriges Gefühl wie damals. Wir haben uns so sehr verändert, und wir haben uns so wenig verändert. Ich sehe Amalia, die mir gegenüber sitzt. Sehe Pedrito, der ihr aus der Hand liest. Amalia erzählt, dass es ihr besser geht, dass sie heute am frühen Nachmittag beim Psychiater war. Ich rufe sie zuweilen aus Denia an, höre sie reden, ihre Stimme im Telefonhörer: »Ich bin wieder krankgeschrieben, ach nein, es geht mir nicht besser, es ist, als sei zwischen mir und den Dingen eine Distanz, die ich nicht überbrücken kann. Ich gehe in ein Museum, zu einer Ausstellung und denke, wie schön das alles ist, aber ich denke es, ich empfinde es nicht.« Wir telefonieren. Und im Hintergrund Opernmusik, wieder einmal Opernmusik, zuweilen hört man auch neben ihrer Stimme ein fernes Klingeln, dann geht Amalia ins Kino oder zum Essen oder in ein Konzert mit ihren geschiedenen oder ledigen Freundinnen, auch schon die eine oder andere Witwe in ihrem Alter ist darunter, aber nichts davon erreicht Amalia: die ganze Welt ein Pantheon; der Konzertsaal, die Kleinkinos mit Filmen im iranischen, französischen Original mit Untertiteln, die Kunstgalerien, die Museen, die Restaurants. Ich höre ihre Stimme am Telefon. »Und was macht deine Tochter?«, frage ich. »Ist immer noch in London«, erwidert sie. »Und du?«, fragt sie mich. »Wie schön, was hast du für ein Glück, du liest, du schaffst dir Zeit und Ruhe zum Lesen, wunderbar, was für ein Glück, du hörst nicht auf zu lesen, du weißt nicht, was das bedeutet, ich kann mich nicht konzentrieren, und dann dieses hübsche Haus, von dem man aufs Meer sieht.« Ja, das sehe ich, ich sehe das Meer, ich habe mein Haus (sie hat es nie gesehen, es ist nicht viel mehr als ein Schuppen, ihres ist eine andere Nummer, hübsch, vom Innenarchitekten eingerichtet zu der Zeit, als sie obenauf war), aber was soll's, als ob es mir nicht genau so ginge wie ihr; ich sehe die Dinge, das Meer, die nahen Berge, weiter hinten, in der Ferne, das Tal mit Orangenbäumen, und es gelingt mir nicht, das Innere mit dem Äußeren in Einklang zu bringen, und vom Inneren bleibt kaum noch was übrig, denn bin ich zu Hause, verbringe ich mehr Stunden damit zu schlafen als mit sonst einer Beschäftigung: Zuweilen fällt mir das Buch aus den Händen, es fällt vom Bett auf den Boden, und dann wache ich auf und sage mir, Scheiße, ich bin schon wieder eingeschlafen, ich bekomme ja gar nicht mit, was ich lese, aber klar, weil sie niedergeschlagen ist, muntere ich sie auf, sage, ich hätte auch *Der Schock der Moderne* von Robert Hughes gelesen, ein tolles Buch, sage ich, ein Genuss, die Intelligenz nach Gusto durch die Lektüre segeln zu lassen, und sie sagt: »Was für ein Glück«, und du: »Ja, ja, es geht um zeitgenössische Kunst, aber sehr gut, nicht wie *True Colors*, das war für mich New Yorker Schnickschnack, wie vom Modefotografen oder in der Art, übel.« »Aber warum ist der Modefotograf das Letzte und der Landschaftsfotograf oder der Romanschreiber nicht?«, fährt sie dazwischen, als hätte ich sie beleidigt. Gut, sie lebt wieder auf. Etwas von ihrer einstigen Kraft ist ihr noch geblieben. Die guten Zeiten sind vorbei. Die Zeiten, in denen es so schien, als wären wir von Kunst und nicht von Geld umgeben: Narciso, Amalia, Ana, selbst Guzmán (Pedrito ging als Erster nach Denia zurück, fest entschlossen, von Geld zu reden: »Geld und Kunst sind nicht inkompatibel, sondern aufeinander angewiesen: Das eine kommt ohne das andere nicht aus«, sagte er in einer Diskussion mit Amalia, als sie ihm vorwarf, dass er in einem Bauunternehmen arbeitete). In der Gruppe wurde nie über Geld gesprochen. Ein Tabu. Amalias Freunde fühlten sich als Besitzer des Teatro Real, des Teatro de la Zarzuela und der Abonnements, dabei verwalteten sie einfach nur Güter, die andere nutzen sollten, und es gelang ihnen zum Teil, sich zu deren Erziehern aufzuschwingen. Die anderen hatten, während sie Geld verdienten, keine Zeit gehabt, zu den Ausstellungen und in die Museen zu gehen, darauf zu achten, was sie aßen und tranken (eine Bourgeoisie mit frischen, noch grünen Wurzeln, kaum in die Erde eingedrungen), ins Theater und in die Oper zu gehen. Nicht einmal zum Reisen hatten sie wirklich Zeit gehabt, es sei denn zu Mustermessen oder ähnlichen Veranstaltungen, eine gehetzte Reise, zwei oder drei Tage mit Kunden und Lieferanten auf dem Messegelände und die eine oder andere abendliche Tour, mehr oder weniger guten Whisky und eine Hure, aber nicht Whisky von diesem oder jenem Hügel, aus dieser oder jener Getreidemischung, aus diesem besonderen Wasser, John Beam, und auf zum Ficken, oder zwölfjähriger Chivas, wenn das Bordell sehr gut war. Und dann kamen diese Schlauberger (Narciso, seine Freunde, auch Amalia, obwohl sie das jetzt nicht mehr zugeben mag) und fingen mit ihren kleinen verwunschenen Hotels an und dem Herbst in Venedig und dem Martini in Harry's Bar und einem

Vega Sicilia, einem Pesquera, Glenmorangie und Glenfiddich und Glendeppish, woraufhin sich dann die anderen sagten, aha, das also ist jetzt gefragt, da und dort muss man hin, dieses oder jenes wird jetzt gegessen oder getrunken, da sind wir doch gleich die Ersten, essen, trinken, all das, was jetzt angesagt ist, und schon schickten sie ihre Frauen in Malkurse, und ihre Dienstboten mussten lernen, wie man einen Tisch deckt, Lektionen, die nun nicht mehr eine verblasste Aristokratin aus der Frauensektion der Franquisten erteilte, sondern eine supermoderne junge Frau aus der Sozialistischen Partei, eine Tochter aus gutem Hause, oder ein Diplomatenkind, oder eine, die bei den Verhandlungen zur Rückführung von »Guernica« nach Spanien mitgemischt hat und viel gereist ist, nach New York, nach Paris, London, eine, die weiß, wie man erst die Moltonunterlage auflegt und dann die Tischdecke glatt streicht, damit sie nicht diese hässlichen Falten wirft, und wie man den kleinen Saucenlöffel benutzt, und so gab es da eine Zeit lang – nur eine kurze Zeit, die jedoch endlos schien – eine sonderbare Vermengung von Geschmack und Geld, eine Etappe der Promiskuität, des Sozialpakts, die endete, als die reichen Frauen die Rudimente erlernt hatten und diejenigen, die dazu nicht fähig waren, gelernt hatten, sich Assistent/innen oder Berater/innen zu suchen, sie hatten sogar gelernt, dass es von Machismo zeugt zu sagen, der Künstler stelle die Welt dar, vielmehr müsse es heißen, die Künstlerin und der Künstler stellen die Welt dar, und dann kam drucktechnisch die Lösung mit dem großen i: FilmemacherInnen, ParlamentarierInnen. Unterdessen hatten andere es sich in den Nischen der Politik bequem gemacht und redeten von Europa, von Wettbewerbsfähigkeit, andere wiederum, Spatz in der Hand, blieben im Lande, im Süden, zogen Striche über die Landkarte, hier ein Gewerbegebiet, da eine Promenade, dort eine

Rückbesiedlung, und machten öffentliches Gelände zu ihrem Privatrevier. Andere brachten ihre Bilder und ihre Projekte unter Dach und Fach und verbündeten sich dafür mit den Reichen, den Stadtverwaltungen, den Autonomieregierungen und was es sonst noch alles gibt, aber die Beziehung war bereits die eines Michelangelo zu den Medicis oder zu Julius II., und zwar nicht wegen der Qualität ihrer Arbeiten, sondern wegen der Art der Beziehung, der eines Angestellten zu seinem Herrn; die Übrigen blieben auf der Strecke, denn für so was braucht man Biss und Biegsamkeit in der Taille, um sich vor den Mächtigen zu beugen, Krallen, die man ausfahren kann gegen den aus derselben Klasse oder die darunter, und Härte für den Prankenschlag, wenn einer in dein Revier pinkeln will (dem Hund die Decke wegziehen, auf der er schläft, Zähne gefletscht, Wau!), Flexibilität, die hat gefehlt, eine süße Zunge, ja, ja, ein bezaubernder Ort, und die bestgelagerten Zigarren von Madrid, nein, nein, die bessere Aussicht hat zweifellos La Bobadilla, viel besser, unvergleichlich, dieser wellige Weidegrund, die Steineichen, und im Hintergrund die Hügel mit den Ölbäumen, weiße Hügel im Mondschein leuchtend, und der Service, und die Ausritte, und dann natürlich die Schnepfen im Zalacain, *au point de faisandage*, die Därme mit den Exkrementen schön flambiert auf Toast, Zalacain, ein Klassiker. Klar, es gab auch solche, die sich nicht anpassten. Sie. Sie hat sich nicht angepasst. Es fehlte ihr die Intelligenz oder der Mut oder der Biss oder was auch immer, oder aber, warum nicht, es war ein Anfall von Würde. Nehmen wir einmal an. Die welke Würde. Man lässt dich allein im Blumentopf zurück, die Würde ungegossen. Abseits. Sie kommen und gehen und reden und wissen Bescheid und präsentieren ihre Projekte und stellen sie in Rechnung und haben ihre Agenten, die ihre Bücher, ihre Bilder, Installationen, Fernsehserien bewegen, ihre Beziehungen;

und sie kommen auf diese und jene Liste, die fünfzig Romane des Jahrhunderts, die fünfundzwanzig Kunstwerke des Übergangs, die drei Plastiken des Jahres, die vierzig Installationen des heutigen Tages, sie kommen groß raus, ins Fernsehen, ins Radio, haben Regenschirme, die sie hundertprozentig abdecken, bei Regen und bei Sonnenschein, bei jedem Wetter. Die Würde aber steht abseits im Blumentopf, blind, stumm, aber schlaflos, Regen, Schnee, Wind und Sonne, am Morgen der Frühtau, mittags die Hitze, gegen Abend die Moskitos, Ackerbauer möchte ich nicht sein. Der Blumentopf in der Sonne, die Blätter verdorren, fallen ab, welk. Die Blütenblätter fallen, die Kelchblätter schrumpeln wie der Hintern einer alten Frau, welke Blätter regnen traurig auf unfruchtbaren Boden: die Würde. Amalia entblättert, ausgezehrt. Eine Vagantin zwischen den Bildern in ihrer Wohnung, Bilder, die ihr Maler geschenkt haben, als sie noch mit Narciso zusammenlebte, Maler, die sich jetzt abgesetzt haben, nach oben, in einer Boeing Richtung New York, oder die ebenfalls durch heruntergekommene Ateliers tigern, Opern hören oder symphonische Rockmusik oder was weiß ich, und nun wie Amalia denken, dass alles Lug und Trug war. Abends, wenn ich sie anrufe, bekommt Amalia Besuch von ihren Freundinnen: Erst hörte man das Zwitschern des Soprans und der Altstimme (was das wohl wieder für eine Oper war, ich habe vergessen zu fragen, Mist, das Concertante klang wirklich hübsch) und dann die Schritte auf dem Parkett, das Gerede, und Amalia: »Verzeih, entschuldige, ich ruf dich morgen oder übermorgen an, gerade sind ein paar Freundinnen gekommen, wir gehen zusammen essen.« Bestimmt hatte sie an dem Tag keinen Termin beim Psychiater, oder vielleicht um vier Uhr nachmittags, so wie heute, sie ist aufgeregt, ringt die Hände, das ist mir bereits aufgefallen, dass sie neuerdings die Hände ringt, auch heute

Abend beim Essen ringt sie zwischen den einzelnen Gängen die Hände, ich weiß nicht, ist das neurotisch oder einer der kleinen Ticks, die man als Lehrer entwickelt, sich ständig die Kreide von den Fingern wischen zu wollen, unrettbar nervös erzählt sie dem Psychiater, erzählt ihm, der sich überstürzt von der Tafelrunde hat verabschieden müssen, und sie, unruhig und deprimiert, redet, die Welt wie in Zellophan gewickelt, ich berühre sie nicht, es gelingt mir nicht, ich kann nicht, ich will einfach nur schlafen, na ja, manchmal will ich auch sterben, und ein andermal will ich weinen, sie redet, redet, ringt die Hände vor ihm. Die innere Leere mit Worten füllen, mit Worten das Dunkel in dir erhellen, akzeptieren, dass Bilder, Bücher, Plastiken, Gebäude nicht als Einzelteile entstehen, als Bauelemente jenes Paradieses, das auf Erden herrschen soll; im besten Fall sind es Früchte derjenigen, die zaudern und fürchten. Das Werk betrachten, ohne zu sehen, wem das dient; nicht das Werk, sondern den Prozess seiner Herstellung betrachten, die Steinmetze, Maurer, Installateure, Anstreicher beim Bauen, Installieren, Einrichten, Renovieren; und ahnen, dass Arbeit die einzige Pause ist, die das Übel dem Menschen gewährt, die Hände voller Schwielen, die Gerüste, die Mörtelkelle, die Eimer und die Rohre, Kabel, Werkzeug, die einzige Pause. Gott ist das Übel und seine erbliche Verdammnis eine Form der Heiligkeit: die Strafe für die Erbsünde. Du wirst dein Brot im Schweiße deines Angesichts verdienen, die einzige Pause, das einzige Luftschöpfen von dem Übel. Kannst du dir das vorstellen, Amalia, ein Tag ohne Bücher, ohne Musik, ohne dass die CD erklingt oder das Bändchen dich auf dem Nachttisch erwartet, wenn du ins Bett gehst? Das wäre ein schlimmer Tag, ein Tag wie ein Glasglocke, leer, still, ein verlorener Tag, aber, wer will das bezweifeln, am Ende doch zu ertragen. Stell dir stattdessen einmal einen Tag vor, an dem weder die Wasserspülung im Klosett noch der Wasserhahn im Bad oder in der Küche funktioniert, und auch die Dusche geht nicht. Ein schrecklicher Tag. Schon nach ein paar Stunden merkst du, wie der Schmutz anwächst, das Haus sich mit widerwärtigen Gerüchen füllt, mit organischen Substanzen, die nicht von dir lassen wollen, die sich in der Luft lösen und sie eintrüben, an den Wänden haften bleiben. Noch ein paar Stunden, und du spürst, wie du ins dunkelste Mittelalter, in die Vorgeschichte zurückfällst. Man könnte sagen, der Klempner bringt dich weiter von der Prähistorie weg als Beethoven. Denk mal darüber nach. Ich selbst sollte es übrigens auch tun. Die Mädchen aus dem Büro meines Bruders fragen nach meiner Bibliothek (»Du hast bestimmt eine riesige Bibliothek«), ich weiß nicht, ob sie danach fragen, weil sie zu einer Besichtigung eingeladen werden wollen, das Sofa im Schatten der Bücherwand, das Bett unter dem vollen Bücherregal sehen wollen; es stimmt ja, ich besitze viele Bücher, die meisten davon lagern in Kisten verpackt in der Garage, weil der Bungalow klein ist und kaum die nötigsten Möbelstücke hineinpassen, aber was soll schon meine Bibliothek, es kommt auf das Buch an, das ich beim Lesen in der Hand halte, es kommt auf das Buch an, das ich schreibe, und nur dann, wenn ich daran schreibe. Vom Fenster aus sehe ich, wie die Bagger mit ihren Zähnen den Mittelmeersand umwälzen, die Orangenbäume, das Gemüse, Zwiebeln, Knoblauch, Salat, Artischocken, sehe die Leergrundstücke, die halbfertigen Bauten, die Kräne, die Hunderte von Kilometern Grün in Landschaften aus Beton verwandeln. Im Fernsehen sehe ich Leute, die vor einer Ikone niederknien und um Heilung bitten, um die Rückgabe ihres zerstörten Hauses, das einem Feuer, einer Überschwemmung, einem Erdbeben zum Opfer gefallen ist, ich sehe Leute, die Paraden und Reiterfeste organisieren, Holzpuppen aufstellen, über Scheiterhaufen springen oder in der Johannisnacht die Füße im Meer netzen und den Mond um die Erfüllung eines Wunsches bitten; eine Million Menschen tanzt an diesem rauschenden Karnevalsdienstag im Sambodrom Samba; eine weitere Million fällt auf die Knie und singt auf der Plaza von Guadalajara das Salve Regina, weil der Papst zu Besuch gekommen ist und Trost verspricht. Menschen, die in Kirchen strömen und beten; Menschen, die in der Zeitung nach Anzeichen der nahenden Apokalypse suchen, das T-Shirt mit dem Che tragen, sich in safranfarbene Gewänder hüllen; die Bilder malen, Gedichte lesen, Romane schreiben, trinken, koksen oder sich zwischen die Beine einer Nutte drängen; Menschen, die ihren Prinzipien treu sind, ihrer Bar, ihrem Freundeskreis, ihrer Arbeitsbrigade, und dort hält sich ihre Hoffnung, das ist ihre Würde, auch hier bezogen auf die Arbeit, die biblische Strafe. Längst ausgehöhlt sind die Normen, die Orthografie, die das Kind mit so viel Mühe erlernt hat und die heute der Computer übernommen hat, die Syntax, die sich als wenig nützlich erwies, die Präzision der Worte, die nicht mehr dem entsprechen, was sie bedeuteten, als das Kind sie mit so viel Mühe erlernte; Lateinkurse, Griechischkurse, die Namen der Götter und der römischen Imperatoren, die Namen der westgotischen Könige, die Tropen, die Stile in der Kunst, die architektonischen Begriffe, all das, was das Kind, das ich gewesen bin, gelernt hat, alte, nutzlose Rhetorik, totes Zeug, Schutt, Reste von Worten, Reste von Mauern, Reste. In welches Gewand muss man die Schönheit kleiden, oder, wenn sie denn nackt ist, welche Proportion muss sie haben, welche Nasenform, welche Augen, wie sollen die Schenkel aussehen? Wer zu viel Wein von einem Jahrgang im Lager hat, muss den Käufer davon überzeugen, dass dies der beste Jahrgang ist. Das war schon immer so. Der Schriftsteller, der sich an seinen Adjektiven aufgeilt, so wie sich die Nutte geil gibt, wenn das Glied ihres Freiers in sie eindringt, darüber schreiben, aber wozu? Mit Bleistift die Figuren des künftigen Altarbilds aufzeichnen, das Holz ausmessen, es mit dem Hohlmeißel bearbeiten, das Gewand von Gottvater rot anmalen, die Schäfchen weiß, blau den Himmel, Goldplättchen für die Sterne. Mein Bruder Joaquín, Fliesenlegergeselle, erneuert den Pakt des Menschen mit sich selbst: Er arbeitet, verdient sein Brot im Schweiße seines Angesichts und nicht mit dem Frösteln seiner Seele, seines Ehrgeizes. Er findet Erlösung von der Erbsünde. Ich denke an Joaquín, an seine Kollegen: »Du willst eine Mauer, ich bau sie dir, du willst eine Wand hochziehen, ich zieh sie dir hoch, du willst, dass ich dir die Stromkabel lege, ich werde sie dir legen. Ich nehme soundsoviel für das und soundsoviel für jenes, Material geht extra; so viel kostet die Meisterstunde und so viel die des Gehilfen, und von dem, was du mir zahlst, zahl ich mein Essen und das meiner Kinder und trinke mit den Freunden.« Der Zimmermann hat sein Altarbild beendet und sagt: »Der Gott, den ich für dich gemacht habe, ist ein Gott, wie er sein soll, und die Jungfrau wirkt fast lebendig, so gut habe ich sie für dich geschnitzt, und die Farben leuchten, und das ist mein Werk, die Arbeit, von der ich essen, trinken und vögeln kann, und meine Kunden wollen genau das von mir, und das gebe ich meinen Kunden, denn ich mag weder Pfusch noch Betrug, und ich nehme das, was meine Arbeit auf dem Markt wert ist.« So sprach Joaquín vor ein paar Monaten zu mir, als er in der Gemeindekirche eines Dorfes nahe von Denia arbeitete. »Ich gehe manchmal in die Kirche, nur um meine Arbeit zu sehen. Den Marmorboden, den wir gelegt haben. Fast zwei Meter tief musste man graben, bevor wir den Boden legen konnten, weil bei der Arbeit Skelette aufgetaucht waren, denn der Friedhof lag früher in der Kirche, und es sind auch Grabplatten aufgetaucht und Reste von Statuen, die älter als der Friedhof sind, und ich fand sie schön, gut gearbeitet, es hat mich berührt, als die Archäologen sagten, diese Reste seien über zweitausend Jahre alt, ich habe mir gedacht, das haben Leute wie ich gemacht, auch sie hatten bestimmt raue und harte Hände.« Darüber schreiben, über meinen Bruder Joaquín, über seinen Körper, sein Innenleben, für eine andere Klasse schreiben: Nicht über das Böse schreiben, es nicht benennen, denn was man nicht benennt, hat keine Geschichte, hat nicht existiert, so schreiben, als ob es das Böse nie gegeben hätte, um es aus dem Gedächtnis zu tilgen. Die Unterschiede benennen: das Leben als eine Folge von Genüssen leben, als eine Folge von Geglücktem, als eine Folge von Verpflichtungen. Selbst über meinen Bruder Andreu, ein einfaches, ursprüngliches Übel, könnte ich schreiben, Andreu, der seiner Frau ein eindrucksvolles Haus hingestellt hat, mit Glaskeramikküche und Porzellanit im Bad, ein Haus, das wie für eine andere Frau gemacht ist, denn es hat nichts Prätentiöses, es ist kein Haus mit schweren Gesimsen, allenthalben Stuck und Nippes von Lladró, nein: ein Haus im Stil von *Ambiente*, von *Vogue*, ganz in Cremetönen gehalten, die Leichtigkeit selbst, drum herum Rasen und der Swimmingpool, angenehm unaufdringlich. Und dennoch betritt Andreu das Haus kaum. Man könnte sagen, er erfüllt seine Pflicht und hält die Frau und die beiden Töchter wie Königinnen. »Ich bin nicht blöd«, sagt er. »Ich weiß, wo es das Beste gibt, und ich habe genug Geld, es zu kaufen.« Sobald er feststellte, dass sein Sohn sehr hübsch malen konnte, sagte er: »Der ist nicht wie ich. Soll er auch gar nicht werden. Der ist für etwas anderes gemacht.« Und er schickte ihn weg zum Studium, zahlte ihm den Aufenthalt in Rom, in London. Meistens hat Andreu selbst keinen Cent. Er hat sehr viel Geld verdient, aber damit der Familie ein kleines Imperium aufgebaut. Man könnte sagen, er ist derjenige, der am wenigsten ausgibt. Er gibt zwar viel aus, aber für die anderen. Für die Frau, für seine Kinder, für seine Nutten. Neuerdings scheint er sesshafter geworden zu sein, aber es gab eine Zeit, da kam er kaum eine Nacht zum Schlafen heim. Was machte er? Wo schlief er? Er lebte wie ein armer Wanderarbeiter in seiner Luxuskarosse, den Koffer immer gepackt. Nur die Sonntage, ja, die verbringt er gern mit seiner Familie. Das Familienessen, zu dem wir immer eingeladen waren: Die Mutter kam, solange sie lebte, wir Büder kamen fast nie, und seine Schwiegereltern, Schwager und Schwägerinnen fehlen nie. An solchen Tagen hilft Andreu, die Paellas zuzubereiten, den Reis im Fischsud, die Wildgazpachos, für die er immer von einem Jagdfreund Hasen oder Rebhühner bekommt. Don Corleone. Es ist ein solcher Kontrast, dieses Haus, Stück für Stück wie aus einer Zeitschrift für Innenarchitekten, und dazu die lärmende Gesellschaft, die es bewohnt, Proleten in kurzen Hosen, Hemd offen bis zum Bauchnabel oder mit nacktem Oberkörper, schwitzende Menschen; und Andreu nutzt diesen Tag, um sich saubere Wäsche für die ganze Woche zu holen, und als die Mädchen klein waren, setzte er sie auf seine Knie und gab ihnen den Krimskrams, den er auf seinen Reisen für sie gekauft hatte. Für den Rest der Woche verschwindet Andreu. Alle wissen wir, dass er nach Barcelona muss, um mit seinen Partnern zu sprechen, nach Madrid, wo offenbar die Möglichkeit besteht, dass sie den Bauauftrag für eine Villa in Las Rozas bekommen, aber keiner weiß, wann genau er an dem einen oder anderen Ort sein wird und in welchem Hotel er absteigt. Das Handy als einzige Verbindung. Tatsächlich sieht er nicht einmal wie ein Bauunternehmer aus. Dafür ist er zu gut gekleidet, nicht unbedingt teuer, das auch, sondern einfach gut. Er sagt immer, sein Freund Martens habe ihm beigebracht, wie man sich anzieht, ein Bildhauer, den niemand von uns kennt, den er aber häufig erwähnt, als träfen sie sich ab und zu irgendwo. Er sagt, Martens sei ein schlichter Mensch. »Er würde euch gefallen«, erzählt er Joaquín und mir. »Er weiß, wie man Dinge machen muss, was man sagen muss, wie man sich kleidet, wo man isst, aber er setzt dieses Wissen nicht um. Er sagt, um die Wahrheit zu meißeln, muss man sich eine bestimmte Lebensweise bewahren, und wenn man diese Lebensweise aufgibt, verliert man die Gabe zur Bildhauerei. Ich weiß nicht. Ich glaube, er lebt gerne, so wie er lebt, und er kann es sich erlauben. ›Du bist reich, Andreu, und ich bin es nicht. Aber ich kann mich kleiden und reden, wie ich will, und du kannst es nicht.‹« Mallorca, Barcelona, Málaga, Madrid, Marseille. Er kann nicht leben, wie er will. Aber wahrscheinlich ist es so, dass ihm genau das gefällt, diese Mischung aus mönchischer Sklaverei und lockender Freiheit, die das Leben fern von Zuhause ausmacht, Leben im Hotel, von einer Stadt zur anderen, untrennbar damit verbunden das Gefühl von Anonymität, das mitunter unangenehm sein kann, man weiß nicht, mit wem man reden könnte, es sei denn, man legt die Visa-Karte auf den Bartresen, und wenn es mal gelingt, unter anderen Voraussetzungen als eben denen der Visa-Karte zu reden, und man sich aussprechen will, dann kann man nicht ohne weiteres erzählen, wer man ist und warum man sich dort aufhält, ohne dass der andere, der mit dir ein Gespräch angefangen hat, denkt, du willst nur angeben. Andreu hat immer die Gesellschaft von Leuten aus Kultur und Kunst gesucht (wenn Demetrio nicht so spröde wäre, könnten sie sicher gute Freunde werden; außerdem glaube ich, dass er äußerlich Demetrios Typ ist, kräftig, Joaquín ähnlicher als ich), obwohl sein Malersohn sich jedes Mal mokiert, wenn er sich intellektuell zu geben versucht. Sein Sohn empfindet möglicherweise ein klein bisschen Verachtung für ihn. Vielleicht ist es aber auch nur ein Gefühl der Peinlichkeit, und er bewundert ihn insgeheim, er weiß schließlich, woher sein Vater kommt, kennt seinen Lebenslauf. Sich eine solche Figur erarbeiten und einen Roman darüber schreiben. Ich habe darüber nachgedacht. Die Figur gründlich herausarbeiten. Seine Geschichte als Teil meines eigenen Lebens aufschreiben: ein Roman. Daran feilen. Die Figur stilisieren. Nuancieren. Ich habe Carmen Martín Gaite, die ich bei einem Vortrag kennen gelernt hatte, eine Kopie von meinem ersten Roman zugeschickt, jenem, den Elisa nicht mehr lesen konnte, und sie fand, er sei gut geschrieben, aber ich täte mich mit den Figuren schwer, mir gelängen die Dialoge nicht. Die seien nicht glaubhaft. Dabei hatte ich gemeint, in diesem Roman einige Figuren zum Sprechen gebracht zu haben. Ich glaube nicht, dass ich unfähig dazu bin, aber es ist bestimmt sehr schwer, Andreu zum Sprechen bringen, damit seine Worte mir helfen, ihn zu verstehen, und das Buch sei dieses Verstehen. Ich darf nicht vergessen, dass Andreu sich unter Mühen selbst geschaffen hat; da ist nicht nur diese große Anstrengung, dem Hochstemmen eines riesigen Steines vergleichbar, mit der er sich vom Maurer, vom fünfzehnjährigen Hilfsmaurer zum sechzigjährigen reichen Bauunternehmer hochgearbeitet hat, nicht zu vergessen andere Mühen, intimerer Art: kleine Herausforderungen und Versagungen. Anfang der Achtziger spottete seine Frau noch über seine panische Flugangst. Archäologische Reste eines gerade erst der Armut entronnenen Landarbeiters. Ich erinnere mich, als sie einmal Urlaub auf den Kanaren machen wollte und er sagte: »Alles was nicht Festland ist, kannst du vergessen, oder zumindest kannst du mich dabei vergessen. Weder Schiff noch Flugzeug.« Er brachte sie im Zug nach Paris, wo gerade Disneyland eröffnet worden war, sie und die Töchter. Es klingt albern, aber solche Überwindungen sind manchmal wichtig. Vom Zug auf das Flugzeug umsteigen. Ein paar Jahre später setzte er sich zum ersten Mal in ein Flugzeug. Er erzählte mir, er habe die Augen geschlossen, sobald die Maschine sich auf der Rollbahn in Bewegung setzte, und getan, als schliefe er die ganze Strecke von Alicante bis Paris. Er machte sie erst wieder auf, als er spürte, dass die Räder auf dem Asphalt aufgesetzt hatten. Auf dem Rückflug aber hatte er sich einen Sitz in der Business Class geben lassen, Fensterplatz, und ein Glas Champagner bestellt. Das ist es, was ich meine, die kleinen Triumphe des Willens. »Beim Rückflug habe ich die Landschaft betrachtet. Du kannst dir nicht vorstellen, wie das ist, Paris aus der Luft. Wäre ich reich genug, ich würde mir ein Sportflugzeug anschaffen«, sagte er. Bis jetzt ist er noch nicht reich genug für ein Privatflugzeug, aber für vieles andere. »Keiner ahnt, was das Baugewerbe für die Reichen im Land geleistet hat«, sagt er, weiß aber, dass in dieser letzten Phase die Mühen des Bauens in den Hintergrund gerückt sind, denn Geld hat er vor allem damit gemacht, dass er sich mit anderen zusammentat und sich wieder von ihnen trennte, sich mit neuen Partnern verband, um sich rechtzeitig wieder abzusetzen. Er schluckte sie oder ließ sich von ihnen schlucken, mit Ziegelsteinen hatte das nur noch wenig zu tun. Er hat nie daran gedacht, sich von seiner Frau zu trennen. Seine Frau hat er mit der Art von Gefühlen belegt, die man gemeinhin für Mütter oder Schwestern verspürt. Ewige Gefühle, wie in einem sizilianischen Film. Nicht von ungefähr heißt es, dass Valencia und Sizilien sich sehr ähnlich sind. Ich weiß es nicht, ich war nie in Sizilien. Obwohl, das ist klar, man kann tun, was man will, man hat nun mal eine Mutter, kommt von ihr, und das lässt sich nicht vermeiden. Er ging weg und kam zurück, kommt und geht, und manchmal sieht es so aus, als käme er nicht mehr zurück, er hat die Sicherheit, dass der verlorene Sohn die Tür nie verschlossen findet. Eine Frau haben, wie man eine Mutter hat, eine Schwester. Ich weiß nicht, was für eine Beziehung sie im Bett haben. Andreu kommt mit einem Geschenk für seine Frau nach Hause. »Ich weiß, der wird dir gefallen. Gleich als ich ihn sah, wusste ich, du würdest aus dem Häuschen sein«, sagt er von einem Ring. Und sie steckt ihn sogleich an den Finger, schaut den Ring an, schaut, wie er an ihrer Hand wirkt, und sagt aufgeregt: »Nein, nein, warte«, und sie zieht ihn ab und eilt ins Badezimmer, verbringt dort eine halbe Stunde, eine weitere im Schlafzimmer, und als sie wieder herauskommt, ist sie festlich gekleidet und geschminkt und sagt dann: »Jetzt, jetzt kann ich ihn tragen«, und sagt zu ihm: »Steck du ihn mir an den Finger«, und er, der im Salon gewartet hat, vor dem Fernseher, in einer Zeitschrift blätternd oder mit dem Handy telefonierend, steckt ihr den Ring an, sieht sie an, sagt: »Ich wusste, er würde dir gefallen«, und lädt sie zum Essen ein, um den Ring einzuweihen. Bestimmt weiß sie, dass sie nicht hübsch ist (sie ist es nicht), sie weiß auch, dass er sie nicht in eines jener Restaurants ausführen wird, in die er mit seinen Partnern geht, weil sie sich dort nicht wohl fühlen würde. Er wird sie in ein Grillrestaurant, in eine Pizzeria führen, ein Lokal, in dem es genügend Gäste gibt, damit die Kellner nicht ständig ihren Tisch im Auge behalten und sehen, wie sie das Brot bricht, den Wein trinkt und all das. Es gibt so etwas wie eine natürlich Arbeitsteilung in dieser Ehe, die keiner in Frage stellen und erst recht nicht durchbrechen würde. Man kann nicht einmal sagen, wer die schwierigere Rolle hat, denn als sie heirateten, waren beide gleichermaßen ungeschickt, er musste erst ein paar Dinge lernen, und sie musste lernen, andere zu ertragen. Seine Untreue, seine Abwesenheiten. Sonderbar, diese Vermengung der Welten. Ist das aber der Roman, den ich schreiben will? Menschen wie Elisa, wie Ana oder

Narciso habe ich vielleicht nicht verziehen, dass sie in mir das Verliererpferd sahen, bevor noch die erste Runde des Rennens vorbei war. Elisa ermunterte mich zum Schreiben, wie man einen Behinderten zu gewissen Übungen ermuntert, um ihm einen Grund zur Existenz zu geben, wohl wissend, dass sie nicht viel hergibt. Stimmt, sie haben richtig getippt, aber sie hatten es zu eilig damit. Sie hätten das Ende des Rennens abwarten müssen und dann erst das Foto knipsen, den Augenblick, in dem ich schwitzend ins Ziel komme, als Letzter, oder in dem ich das Handtuch werfe und schluchze, mir mit den Fäusten auf die Augen schlage und wimmere: Ich gebe auf. Jetzt ertrage ich das alles, denn ich bin kein Verlierer, ich habe mich vielmehr verloren und bin an einem anderen Ort, ein Ort, wo nicht gerannt wird oder wo nicht das Rennen stattfindet, bei dem ich renne. Der Roman über Andreu, der über Joaquín, der über Demetrio. Drei Romane, die am Ende ein und derselbe sein könnten. In meinen Brüdern, in Andreu und Joaquín, ahne ich eine Bestimmung und eine Kraft. Ich glaube, das ist es – es liegt schon in ihrem Körperbau –, was mich anzieht. Demetrio hat diese endlose Widerstandsfähigkeit eines christlichen Märtyrers, eine Tugend, die ich zwar bewundere, aber nur aus der Ferne. Zu nah dem Geistigen, dieser Flüchtigkeit, die auch mich umgibt, sich meiner bemächtigt, wenn ich nicht aufpasse. Bei meinen Brüdern hingegen fasziniert mich ihre Kraft, und es lockt die Versuchung, sie in gewisse Bahnen zu lenken, die Lust, ein geborgtes Leben zu führen. Im Schatten der Kraft eines anderen. Das ist ungeheuerlich, ich weiß, aber es entspringt auch der Frustration über ein halb gelebtes Leben, wahrscheinlich bringt es für mich ans Licht, dass alles um mich herum Zwiespalt und Ungewissheit war. Da kann man nichts machen. Es gibt zweifellos so etwas wie einen Wunsch nach Bestrafung, wie bei einer Opfergabe: Ich bin von etwas befallen, was mich nicht anzieht, sondern fesselt. Das hat gewisse Ähnlichkeiten zum Umgang mit einer Prostituierten, einer Frau, die man aushält, die man kauft, zugleich weiß man aber, dass sie einen betrügt, oder nicht einmal betrügt, weil es ihr Beruf ist, allen und keinem zu gehören. Akzeptieren, dass ich nicht mehr viel Zeit habe, dass es nicht der Zeitpunkt ist, etwas Unwägbares zu beginnen, aber warum sich überhaupt Ziele setzen? Wohnungen verkaufen. Es heißt, dass in Spanien bei Eintritt in die Währungsunion viel Schwarzgeld auftauchen wird. Von der Suche des Kapitals nach Zufluchtsorten müsste das Immobiliengeschäft am meisten profitieren. Vielleicht also geht es endlich wieder bergauf, und die Saison wird richtig gut. Das wäre der Augenblick, die Wohnung zu wechseln, das Reihenhäuschen für ein weiträumiges Haus ganz für mich allein zu tauschen, die Bücher geordnet in Regalen statt wie jetzt schlecht verpackt in Kisten. Eine Zeitlang dem Markt mehr Stunden als der Seele widmen, um dann später das Verhältnis umkehren zu können. Vielleicht bringt der nächste Frühling eine Wende. In der Zwischenzeit lesen, um sagen zu können, ich habe gelesen, und nicht den Faden zu verlieren beim Gespräch mit den alten Freunden, mit den Geiern vom Immobilienbüro, die, wer weiß mit welchem Grad an Sarkasmus, immer noch sagen, dass ich Schriftsteller sei. Andreu tut das nicht. Andreu ist stolz auf mich, das weiß ich. Er sagt das mit Bewunderung. Er stellt mich den deutschen, englischen, französischen, Madrider Kunden vor: Mein Bruder, er ist Schriftsteller, mon frère, l'ecrivain, my brother, the writer; lesen, um sagen zu können, ich habe dies oder jenes gelesen, wenn wir aus dem Büro kommen, in die Bar gehen und einen Glenwasweißich trinken oder einen Gin Tonic. »Was, ihr habt keinen Bombay Saphir? Nein, wenn es keinen Bombay gibt, dann schon lieber einen Larios, und weg damit.

Das ist der einzige Gin, der nicht nach Parfüm schmeckt.« Der Drink mit den Mädchen aus dem Immobiliengeschäft; heutzutage lesen nur noch die Frauen, die Männer lesen nicht. Ich unterhalte mich mit Demetrio, wenn er nach Denia kommt, sogar mit Pedrito habe ich letztens über Bücher gesprochen (Pedrito tut gern so, als ob er Saramago und Muñoz Molina liest, so kann er über die Kloakenseen wandeln, ohne unterzugehen). Das Wunder des Sees von Tiberiades, oder war das der mit dem wundersamen Fischfang? Oder handelt es sich um ein und denselben? Lesen, um mich wie jetzt beim Essen der Exgenossen drei oder vier Stunden lang unterhalten zu können und während dieser Stunden ebenfalls auf den Wassern der Trostlosigkeit zu wandeln. Das Gespräch. Pedrito: »Hast du das von Putin mitbekommen?« Und Demetrio: »Es sieht so aus, als ob dem Solana jetzt die Soldaten, die ins ehemalige Jugoslawien geschickt wurden, an Krebs wegsterben. Eine Frage der Radioaktivität, irgendetwas war in diesen Bomben, Plutonium, Uran, Estonium, Lituanium, Lettonium.« Er zitiert Proust. So was mag Guzmán nicht, er bringt lieber aufs Tapet, dass der Cervantes-Preis an Umbral statt an Bousoño gegangen ist. »Das ist übel«, sage ich, »man hätte Cervantes den Umbral-Preis geben sollen.« Auch der Witz kommt bei Guzmán nicht gut an, er reißt die Augen weit auf und schreit mit seiner rauen Stimme: »Beklemmend, einfach beklemmend. Das ist die PP. Der Sieg der rückständigsten Rechten. Der Direktor von *El Mundo* schreibt immer noch in seiner Zeitung Aznar vor, was er zu tun hat; schrecklich, dieses Land ist dabei, die Freiheiten zu verlieren, die wir so mühsam errungen haben.« Ich könnte ihm dazu etwas sagen, aber ich halte den Mund, sage nichts, sonst gibt es gleich Ärger. Ich sage nicht, dass die Sozialisten kein Ausländergesetz, sondern ein Polizeigesetz erlassen haben, ich erwähne nicht den Tritt gegen die Tür von

Minister Corcuera, auch nicht die Witze, die umgingen, als Guzmáns Freunde regierten: Ein Emigrant ohne Papiere ist wie ein Verbrecher, der in dein Wohnzimmer dringt (denn Spanien ist unser Haus), während du dir die Reste des Soufflés vom Mund wischst, denn Spanien ist unser Haus, versteht ihr den Vergleich? Wirklich spaßig, corcueresk diese Witze, so was von witzig, der Elektriker von Bilbao, es ist als wenn ein Neger ins Schlafzimmer kommt, während du gerade deine Frau nagelst, und verlangt, dass du sie ihm eine Weile überlässt; oder, ha, ha, ha, noch besser, du bügelst deine Frau von vorn, und da kommt ein Neger und nagelt dich von hinten. Ich würde Guzmán gerne eine Revue von Corcuera-Variationen präsentieren, aber nein, wozu, Demetrio sieht mich an, vielleicht wartet er darauf, dass ich mit dem schmutzigen Krieg komme, mit der Korruption, wozu schon, Amalia und ihre verlorenen Illusionen, wozu, wozu soll ich sie heute Abend quälen? Guzmán spricht davon, wie die Zeit der Eroberung von Freiheiten vergangen ist. Zeitenwende. »Das Pendel schlägt zurück«, verkündet er. Er widmet – aber ja doch – diese Ansprache seinen Söhnen: »Jetzt leben wir in Grau«, ruft er aus (wahrscheinlich hat er das bei einem Rundfunksprecher der SER aufgeschnappt). Guzmán sagt es, die progressiven Kolumnisten sagen es, bedauernd: »Unter Aznar ist Spanien grau«, und ich würde gerne fragen, welche Farbe Spanien denn davor hatte und welche Farbe es danach haben wird. Guzmán gerät in Fahrt, bevor die Stunde des Dorsches kommt (Skrei auf der Karte). Amalia sagt: »Ja, der ist wirklich knusprig und innen perfekt, ein Genuss«, und Demetrio: »Das Tomatenconfit, köstlich, da ist ein Kraut dran, ein Gewürz, ich komm jetzt nicht drauf, kein Fenchel, kein Dill, auch kein Kümmel.« Guzmán interessiert sich weniger für die Tomaten als Demetrio, der ist mehr ein Genussmensch, eher ein ›Rabelaisianer‹, wie er sich selbst definiert, um zu erklären, warum er so geil ist. Er ist Rabelaisianer und isst mit bestem Appetit, fast gierig, obwohl er mit den Jahren nicht dicker geworden ist, kein bisschen, er sieht genau so aus wie in seiner Jugend. Aids verschlägt ihm weder den Appetit noch die Lust am Vögeln. Guzmán ist der ewige Dicke. Jetzt noch dicker. Dem ist es egal, Geld zu haben, von modernen Menschen umgeben zu sein, Frau und Kinder eingeschlossen: kein Fitnesstraining, keine Wassermassagen, kein Squash, nichts von all dem Quatsch. Er ist von alter bäuerlicher Schule, gehört zu denen, die immer noch glauben, dass die wahre Mannhaftigkeit eines Mannes in seinem Gewicht, seinem Volumen liegt. Als mein Sohn Pau klein war, erschrak er bei seinem Anblick: Fett, bärtig, verschwitzt, machte er den Mund beim Sprechen sehr weit auf (damals, in den vorgeschichtlichen Zeiten, riss er ihn noch viel weiter auf). Als Guzmán das erste Mal in die Wohnung kam, die Rita und ich mit Demetrio teilten, rannte Pau davon, rannte schreiend in die Küche und warf sich in die Arme seiner Mutter: »Mama, Mama«, schrie er, »der Menschenfresser ist bei Papa«, und genauso sah Guzmán aus, identisch, ein Zwillingsbruder, erst recht, wenn er sich ein Fleischstück in den Mund steckte oder wenn er sich mit der flachen Hand über das Gesicht wischte und sich dann den Bart raufte, in dem irgendwelche Krümel oder ein winziges Knöchelchen haften geblieben waren. Für Pau waren diese Krümel, diese Knöchelchen, Fragmente, Überreste von Kindern, die in den urwaldartigen Lianen am Gesicht des Menschenfressers hingen; und wenn Guzmán Daumen und Mittelfinger rieb, dazwischen den Krümel, den er gerade aus dem Bart gezupft hatte, platt drückte, daraus eine kleine Brotkugel formte, dann glaubte Pau, es seien Kinderköpfchen, die der Menschenfresser zerdrückte, also drängte er sich noch mehr an seine Mutter, beobachtete aus den Augenwinkeln diesen Mund, der ihm fürchterlich erschien, und ließ Rita nicht in Ruhe essen; sie sagte: »Kind, geh ins Bett«, und der Junge: »Nein, der Menschenfresser kann ins Zimmer kommen«, »Dann iss wenigstens, Kind«, woraufhin Pau fragte: »Kann er mich fressen?« Ich weiß, dass Guzmán, wenn sie unter sich waren, zu Narciso sagte (bei Demetrio wagt er es aus einsichtigen Gründen nicht): »Findest du nicht auch, dass der Sohn von den beiden, na ja, ein bisschen sonderbar ist?« Worauf Narciso erwiderte: »Nein, Guzmán, er ist klein, das ist alles.« »Ja, sicher«, insistierte er, »ich kenne aber kleine Kinder, die anders sind. Meine, um ein nahe liegendes Beispiel zu nehmen. Stell dir vor: Ich würde sie nicht mit diesem hier spielen lassen. Ich weiß nicht, was ich von ihm halten soll. Schlimmer noch, ich weiß es nur allzu gut.« »Deine Zwillinge sind eben Raubeine« (jetzt, in London und New York domestiziert, sind sie sensible, feine Dickerchen). »Lass ein paar Jahre vergehen, dann wirst du schon sehen.« »Aber Guzmán, sei nicht so gemein«, sagte Narciso. Ja, allerdings, die Jahre sind vergangen. Für einige ist sogar schon alles vorbei. Ende. Vorhang. Während sie über die Kräuter am Tomatenconfit reden, wendet sich Guzmán wieder mir zu: »Ist das ein Leben, während die Rechten wieder alles kontrollieren und Gelände zurückerobern? Macht dir das wirklich Spaß: um acht Uhr abends nach Hause kommen, nach der Fernbedienung greifen und herumzappen?« Und verflucht noch mal, ich traue mich einfach nicht, ihm zu sagen, wenn ich so viel Knete hätte wie er, sähe ich mir auch nicht zu Hause Hampelmänner an, ich setzte mich lieber ins Auto, um mir Puppen aus Fleisch und Blut anzuschauen, wie er. Denn genau das tut oder lässt er, je nach Laune. »Wir hatten eine große Gelegenheit. Wir haben gesagt, dass wir die Welt verändern wollten, und als die Stimmen der Bürger uns dazu die Gelegenheit gaben, habt ihr angefangen, alles zu kritisieren, habt von großen, blutigen Revolutionen gesprochen. Ihr habt auf alles oder nichts gesetzt, und jetzt habt ihr den Salat. Nun ist wieder die alte Rechte am Ruder«, beharrt er. Für den Rest, für uns, die wir uns nicht unter dem Vorwand, die Welt zu ändern, die Taschen gefüllt haben, die wir auf der Wegstrecke allerdings einen Anstrich von Kultur bekommen haben, der uns über das erhebt, was wir einmal waren, aber immer noch unten belässt, besteht das Leben darin, und keiner soll uns das nehmen, heute Abend einen Film im Digitalkanal zu sehen und morgen, übermorgen einen weiteren; und am Donnerstag eine Oper und am Samstag wieder einen Film, und, ja, ich liege dabei auf dem Sofa, das Glas in der Hand, wie ein walisischer Bergmann, falls es denn noch Bergarbeiter in Wales gibt, oder wie ein französischer Eisenbahner. Das ist das Leben, mein großartiges Leben. Was soll's. Und die Pantoffeln. Und der Seidenkimono, den Demetrio mir vor einigen Jahren geschenkt hat, als ich einen Riesenschreck bekam: Verdacht auf Herzinfarkt, und dann stellte sich heraus, es war bloß etwas mit dem Ohr, und sie behielten mich zehn Tage zu Untersuchungen im Krankenhaus, er war der Einzige, der mich besuchen kam, er brachte mir Schokolade, einen Pyjama, einen geschmuggelten Flachmann mit Whisky, Unterwäsche und den Kimono; das Leben: das heiße Wasser in der Badewanne und das kalte Wasser und der Tonic im Kühlschrank und der Wodka im Eisfach; und Demetrio, der anruft, um mir von Amalia zu erzählen oder um zu fragen, ob ich das über Narciso in der Zeitung gelesen habe, haha, sieht so aus, als ob sie ihn zum Sprecher der Opposition machen, oder nein, am Telefon ist nicht Demetrio, sondern Federico, mein Freund, der Arzt, der ihn und Jorge behandelt, der mich in Denia anruft, damit ich Demetrio einschärfe, er solle auf sich aufpassen, denn er säuft immer noch wie ein Loch, und seine Abwehrkräfte sind wieder mal zusammengebrochen, und ich soll mit ihm reden, weil er irgendwie niedergeschlagen wirkt, und Demetrio erholt sich oder will nicht wissen, dass es ihm schlecht geht, weil es ihm schon reicht, Jorge beim Sterben zuzusehen, und er beschlossen hat, noch ein bisschen zu warten, einer nach dem anderen, kein Gedränge vor der Grabnische, er hat vielleicht drei Gläser getrunken oder zwei Linien geschnupft und erzählt dir, hahaha, drei Witze, die er aus dem Radio, dem Fernsehen oder einem Film aus den Vierzigern oder Fünfzigern hat, er war schon immer so. Ich erinnere mich an die Zeit, als ich gerade zurückgekommen war, ich war wieder in Denia, er in Madrid. Er rief mich an, erzählte mir drei Witze, und dann, wenn ich gelacht hatte, brachte er mich auf den Boden, erzählte mir: »Elisa wird heute wieder operiert.« »Nichts, sie hat offenbar keine Chance«, sagte er, und ich: »Scheiße, erzähl doch nicht so was«, und er: »Ein bösartiger Knoten, sehr bösartig«, und fügt hinzu, »in einer Woche zwei Operationen und jetzt noch eine, man muss abwarten, abwarten, wie es weitergeht, mit der Chemotherapie und all dem Zeug, aber es sieht gar nicht gut aus.« Ich trink einen Schluck von dem Whisky, der auf dem Telefontischchen steht, das Glas, das ich mitgebracht habe, als das Telefon klingelte. »Verdammte Scheiße«, sage ich zu mir, nachdem ich aufgelegt habe, und von dem Augenblick an interessiert mich auch nicht mehr das Ende des Films, den ich mir angeschaut hatte, dabei war das doch der beste seit Monaten, na ja, was soll's, er macht dich nicht mehr an. Du wirst nervös, schaust dir das kleine Muttermal auf dem Rücken an, verdrehst dich, um es sehen zu können, wie ein Tänzer drehst du dich, eine mühsame Torsion, der Kimono ist auf den Badezimmerboden gefallen, die Pyjamahose den halben Hintern hinuntergerutscht, und du siehst das Fleckchen, denn es ist kein Muttermal, es ist einer dieser Flecken, von denen man manchmal im Fernsehen hört, man solle sie beobachten, vorsichtig damit sein, ein schwarzer Flecken, veränderlich und hart. Vor ein paar Monaten ist er aufgetaucht, erst war es eine kleine Kruste, wie von einer Wunde, die abgetrocknet ist; und dann ist die Kruste eingewachsen und ging nicht mehr ab, auch wenn ich daran kratzte, und jetzt ist es ein Muttermal, das kein Muttermal ist, länglich, wie eine Amöbe aus dem Naturkundebuch, aus dem man zu meinen Zeiten lernte. Die erste Abbildung in dem Buch war eben diese, sie stellte die Amöbe und das Pantoffeltierchen dar. Ob die Kinder heute noch etwas über die Amöbe und das Pantoffeltierchen lernen? Du denkst dir, sollen sie doch lernen, was sie wollen, du wirst schließlich nicht mehr da sein, wenn sie das, was sie gelernt haben, auf das Leben anwenden müssen. Und deine Kinder, denkst du, haben sie von Amöbe und Pantoffeltierchen gehört? Womöglich sind diese Spezies schon seit vielen Jahren überholt, obsolet geworden, von allen vergessen, erloschen, aus der Liste gestrichen. Irene, die Medizin studiert, muss das zwangsläufig gelernt haben. Aber es sind Worte, die man im alltäglichen Leben nicht mehr benutzt. In der Tat, du hast seit endlosen Zeiten nicht mehr das Wort Pantoffeltierchen gedacht. Amöbe schon, Amöbe ist ein Wort, das du vor nicht allzu langer Zeit gehört hast, eine von der Firma war in Marokko und hat sich eine Infektion geholt, eine Amöbenruhr, aber das Pantoffeltierchen, ob es wohl eine vom Aussterben bedrohte Gattung ist? Oder heißt es jetzt anders? Das ist jetzt zehn, elf Jahre her. Elf Jahre lang die Muttermale beobachten, auf die Zinnen der Festungsmauer gestützt darauf warten, dass die Barbaren am Horizont auftauchen. Elisa ist gestorben, und du starrst, elf Jahre später, nachts noch immer dein Muttermal an, das sich in den letzten Tagen wieder zu rühren scheint, es ist angeschwollen, scheint sich auszudehnen. Du denkst, wenn es ihn noch gäbe und wenn es nicht so spät wäre, hättest du Pau anrufen können, wie eilig du es hattest zu verschwinden, Pau. Zu spät, um Pau anzurufen, und zu früh, um Josian anzurufen, von dem du kaum merkst, dass es dein Sohn ist, Ritas Sohn, ja, aber deiner? Sie hat nicht einmal den Namen, den sie ihm geben wollte, mit dir abgesprochen, und du siehst ihn kaum, und wenn ihr euch seht, geht ihr wie Fremde miteinander um, ihr habt euch nichts zu erzählen, nichts, was ihr teilen könntet. Du denkst, mir bleibt noch Irene, ich kann Irene anrufen und fragen, ob sie das Pantoffeltierchen gelernt hat, sie steht immerhin kurz vor dem Abschluss des Medizinstudiums, sie muss das gelernt haben, aber es ist auch zu spät, um Irene anzurufen, fast zwei Uhr morgens, und selbst wenn es früher wäre, würde sie sagen, mein Vater ist verrückt, mein Vater ist nicht bei Trost, also denkst du, du wirst sie einmal fragen, wenn du sie triffst, oder du denkst, du wirst sie nicht fragen, mit Pau hättest du gerne darüber gesprochen, er sollte dich anrufen, oder du ihn, aus einem anderen Grund, und dann wie zufällig danach fragen. Du möchtest weinen und kehrst zu dem Flecken zurück. Ich wende mich dem Flecken wieder zu, stelle mich schief vor den Spiegel und werfe erneut einen Blick darauf, wie ein unter den Bühnenlichtern erstarrter Flamencotänzer, bevor das Ballett beginnt und sich alles in Bewegung setzt, die Lichter, das Licht über dem Badezimmerspiegel und mein eingefrorener Körper, das ist mein großartiges Leben, denkst du an diesem Abend, und beklommen gehst du zu Bett, schläfst schlecht und hörst jedes Geräusch des Hauses: Fugen, die sich dehnen, Fenster, die knarren, elektrische Apparate, die anspringen oder verstummen, Möbel, die ein wenig in sich zusammensacken, den Wind, der draußen wimmert. Du hast das Gefühl, dass der Tod das Haus zu besetzen beginnt. Das Fensterglas klappert im Wind in seinen Aluminiumrahmen. Du denkst: »Ich muss mal den Glaser kommen lassen.« Und dann: »Wozu, wo du doch schon diesen Flecken hast, das schicksalhafte Melanom, wo es doch schon zwei Uhr früh ist und es keine Hoffnung gibt.« Im Hotelzimmer gibt es keinerlei Geräusche, nur das ständige Rauschen der Klimaanlage. Stille. Du schaust auf die Uhr. Schrecklich spät. Du denkst an Pau (die Kinder hören gern etwas, während sie schlafen), du denkst an Elisa, an Jorge, der ein paar hundert Meter entfernt im Sterben liegt, ein Sandkorn im Unendlichen. Du denkst an Demetrio, der auf seine Abwehrkräfte achtet; du denkst an dich selbst. Ja, ich denke vor allem an mich selbst, an die anderen nur, um mir selbst Leid zu tun; und ich sage mir, ich muss mich mit Rita absprechen, damit Josian in den Weihnachtsferien zu mir nach Denia kommen kann, und ich muss Irene anrufen, sie einladen, eine Zeit bei mir in Denia zu verbringen; durch das Esszimmer gehen und sie mit dem Kopf über einem Buch sehen, die Haare fallen über ihr Gesicht; einkaufen, in den Laden gehen und Wein holen, zum Fischmarkt hinuntergehen und einen ordentlichen Seebarsch, einen Steinbutt kaufen, frische Garnelen, was auch immer, für ein richtiges Weihnachtsfest: Aber ich kann nicht einschlafen. Ich schließe die Augen und sehe, wie Amalia die Gabel zum Mund führt, und, einen Augenblick lang, wie ich mit ihr in einer Brasserie in Brüssel gegessen habe, ganz in der Nähe von dieser Passage, die Gallerie de la Reine heißt, ein Stück Rochen in schwarzer Butter, ein paar Austern, ich erinnere mich genau. Das Restaurant heißt Brasserie Aux armes de Bruxelles, ein sehr lebendiges Lokal, immer voll, einer dieser bei Politikern und Künstlern beliebten Orte, das Lokal scheint sich seit Anfang des Jahrhunderts kaum verändert zu haben, die Tische sind durch Holzwände voneinander abgetrennt, was an die alten Züge erinnert, die oben ein

Netz hatten als Ablage für Mäntel und Taschen. Amalia war für sechs Monate nach Brüssel berufen worden, ein politischer Posten, den sie kündigte, als sie erfuhr, dass Narciso ihr den verschafft hatte. Doch das war später. Als ich sie besuchte, durchlebte sie gerade ihre Zeit sozialdemokratischen Furors, eines blinden Glaubens an die Regierungspolitik, und reagierte wie eine wütende Katze, als ich auf die Sozialisten schimpfte, sie zeigte die Krallen, warf mir Infantilismus vor, sagte, mit meinen Argumenten ebnete ich nur den Weg für die Rechte. Wir tranken den Cognac, den wir bestellt hatten, nicht aus. Das gemeinsame Essen endete wie die Prozession im Morgengrauen, alle liefen auseinander, ein Reinfall. Am nächsten Tag aber erschien sie um sieben Uhr morgens im Speisesaal des Hotels. Sie wusste, dass mein Flug um neun Uhr dreißig ging und dass ich im Hotel frühstücken wollte. Sie hatte eine Rose dabei und eine Schachtel Pralinen von Marcolini, »das sind die snobistischsten, die teuersten in Brüssel; du würdest sagen, die sozialdemokratischsten. Leckerbissen für Könige und Spießer«, sagte sie. Während des Abendessens hatte ich ihr gesagt, dass die Sozialdemokratie nichts anderes als eine spießige und verheuchelte Rechte sei. »Diese unerträglichen Neureichen, die ihre Klassenprivilegien mit dem Eifer von Konvertiten verteidigen«, hatte ich gesagt. Sie begleitete mich zum Flughafen. »Auf dass die Gegenwart uns nicht die Vergangenheit auffrisst, sie uns nicht verdirbt«, trank sie mir zu, als wir – jetzt ging's – uns in der Cafeteria am frühen Morgen ein Gläschen Cognac gönnten. Ich dachte, dass ich, wenn ich so früh trank, auf dem Flug würde rauchen wollen, und ich hatte einen Nichtraucherplatz, und dass das Flugzeug garantiert voll sein würde, wie immer freitags beim Rückflug von Brüssel nach Spanien, eine Ladung Funktionäre auf dem Weg zu Frau und Kindern, Funktionärinnen auf dem Weg zu Mann und Kindern, Funktionäre in ihren blauen Uniformen, Anzüge, Mäntel und Krawatten in drei, vier Blautönen, sie unterhielten sich wie strebsame Schüler, die darauf warten, dass der Lehrer das Klassenzimmer betritt, blätterten in lachsfarbenen Zeitungen, sagten, die Kommission hat dieses oder die Kommission hat jenes, mit einem eigenartigen Akzent, ähnlich dem, den sich Nachrichtensprecher angewöhnen, wenn sie als Korrespondenten in ein anderes Land geschickt werden. Und Amalia gehörte dazu, ich etwas weniger, friedliche Tiere in einer Schafherde, die jemand auf diesen grünen Weiden zusammengetrieben hatte, um sie an einen Ort zu führen, den nur er kannte. Amalia, was haben wir aus unserem Leben gemacht? Die Polizeisirenen, die Schreie, das Gerenne, und sie, wie eine der Heroinen von Delacroix, hisst die Fahne über den Ruinen, über den Leichen der Revolution – wo ist das alles geblieben, wo? Ich sah, wie sie sich entfernte, durch eine der Glastüren der riesigen Halle schritt, ich meinte von fern zu erkennen, dass sie ihren Schirm jenseits der Glaswände geöffnet hatte und hinaus in den Regen trat. Amalia, unsere sehnige rote Exmuse, auf dem Weg zum Parkplatz, um in ihr dunkles Auto, dunkelgrün, glaube ich, zu steigen. Das Flugzeug stand schon da. Ich dachte, ich hätte einer von ihnen sein können, eine politische Karriere gemacht haben und noch mit Rita zusammen sein. Wären Rita und ich zusammen geblieben, wäre ich wie ihr jetziger Mann geworden, wie Juan. Warum das Glück auf anderen Wegen suchen? Warum verliebt man sich in diese schmale Frau, diesen Brunnen dunkler Wollust, genannt Revolution? Verdammter Baudelaire. Rita und ich würden in Valdelinares oder in Andorra oder in Navacerrada Skifahren; wir würden nach la Cerdanya fahren und im Hotel Boix de Martinet oder bei Irene de Artiés essen gehen, und ich würde unseren kleinen Sohn mitnehmen, der untrüglich der meine wäre, ebenso sehr meiner wie ihrer, alle zwei oder drei Monate würde ich mit ihm ins Mestalla Stadion gehen, würde ihm ein Hemd mit der Nummer von einem der Stars kaufen, dazu einen Fußball mit dem Wappen von Valencia. Ein Jammer, dass wir uns damals noch nicht der großen Aufgabe widmeten, nichts weiter zu sein als einer unter Millionen. Die Zeit hat das alles aufgefressen, Amalia. Sie war von Narciso verlassen worden, und ich hatte mich von Rita getrennt. Einige Monate vor ihrem Umzug nach Brüssel haben wir einmal versucht, miteinander zu schlafen: Es ging nicht gut aus. Wir glaubten einander unser Verlangen nicht. Sie sagte: »Ich glaube, du bist immer noch zu sehr in deine Frau verliebt, du kannst einem richtig Leid tun.« Die Zigarette zwischen den Lippen lag sie auf dem Bett und erinnerte mich an eine reife Hure, die einen Jungen über seinen ersten Rohrkrepierer hinwegtröstet. Sie sagte das so traurig, dass ich schon glaubte, sie würde weinen, aber dann, plötzlich, begann sie zu lachen. Danach wurde sie wieder traurig. Hysterische Reaktionen. Lachen, weinen, lachen, weinen, alles in einem einzigen Gespräch, das so lang dauerte wie eine Zigarette. Die Nerven ungeschützt, wie diese abgewetzten Stromkabel, an denen man sich einen Schlag holt, und die Funken sprühen, sobald sie mit Feuchtigkeit in Kontakt kommen. Amalias Nerven, die Funken sprühen, wenn sie in Berührung mit fremden Gefühlen kommen, das heißt, jeden Augenblick, Kabel, die ständig unter Strom sind, »grauenhaft, einfach grauenhaft, warum sind meine Empfindungen nur so ungeschützt«, klagte sie nach der Trennung von Narciso. Als sie jünger war, da war sie zwar keine ruhige Person, besaß aber eine unglaubliche Intuition, die sie heute wegen ihrer Depressionen verloren hat. Heute treibt sie dahin, den Wellen und dem Wind ausgeliefert. Wie sie sagt, ungeschützt. Als hätte sie nicht gelernt, sondern verlernt; als beginne das Leben jeden Tag neu und sie müsse sich auf dem Weg von der Arbeit nach Hause verirren, weil sie diese Straßen noch nie zuvor gegangen ist. Als wäre es ihren Gedanken und Gefühlen beim Durchschütteln so wie dem Gemüse im Mixer ergangen, aus dem ein einfarbiger, diffuser Brei wird. Wenn man viel anhäuft, kann es zu einer Art von Sättigung, von Überwältigung kommen. Das sagte der alte Mauricio, als ich ihm die ersten von mir geschriebenen Seiten gegeben hatte, befrachtet mit Sentimentalität und revolutionärer Leidenschaft: »Das Mitleid verflüchtigt sich mit der Zeit. Ihr jungen Leute brennt darauf zu helfen, einzugreifen. Ihr setzt euer Leben für eine Idee, für einen Freund aufs Spiel; ihr würdet euch umbringen als Liebesbeweis, und merkt nicht, dass sich das Leben am leichtesten hergibt; Tag für Tag etwas tun, das ist das Schwierige, das verbrennt einen, macht alles nichtig. Mit sechzig ist Mitleid nur noch ein Akt der Höflichkeit, man überlässt jemandem den Sitzplatz in der Metro, man gibt einem, der schwer an Paketen trägt, den Weg zur Tür frei. Mechanik. Die Emotionen nutzen sich ab, der Mensch verfügt nicht über einen unversiegbaren Quell an Emotionen, keineswegs. Die Wissenschaft hat vielleicht Erklärungen dafür, eine Frage der Synapsen. Wenn du Schriftsteller werden willst, musst du lernen, jenen zu misstrauen, die über fünfzig sind und Gefühlsaufwallungen haben, es ist unmöglich: Diese reifen Dichter, die von einem Podium herab lesen, Tränen verdrücken und schluchzen, während sie ihre Verse deklamieren, sogar auf Lesereisen, wenn sie zehn oder fünfzehn Tage lang dieselben Gedichte vor ähnlichem Publikum lesen: Lehrer, Studenten, Rentner, reife Frauen, die in den Büchern die elektrische Spannung finden, die das Leben ihnen versagt, einsame Menschen. Misstraue ihnen. Das sind keine Dichter. Es sind Schauspieler. Sie spielen sich selbst, das, was sie einmal waren. Sie stellen den sicherlich schon fernen Augenblick dar, als sie Dichter waren. Zuweilen, an einem jener Abende, weinen sie vielleicht wirklich, aber dann sind sie über sich selbst gerührt, weinen über sich, echte Tränen, salzig, aber sie weinen nicht als Dichter, sondern wie jeder gewöhnliche Sterbliche, kleinherzig, weil sie sehen, dass sie viel ins Leben hineingesteckt und wenig herausbekommen haben. Denn selbst sie finden, sie haben wenig ergattert; Applaus, Vertrauen, Zuneigung, das ist ihnen nicht genug. Misstraue der Literatur, die dich zum Weinen bringen will.« Wie sagte Amalia noch, als sie uns von Mauricios Ende erzählte? »Er wollte das Paradies auf Erden und war nicht in der Lage, der Frau an seiner Seite auch nur ein Stückchen Hölle zu ersparen.« Er heiratete eine wer weiß wie viel Jahre jüngere Frau, von der er nie ein Kind haben wollte (»Stell dir vor, unser Sohn ist zwanzig, und ich bin achtzig. Erschütternd. Ein Urgroßvater«). Meine weinerlichen Jugendgedichte. Misstraue dieser kranken Empfindsamkeit. Samenstau, überfrachtete Samendepots, das sind deine Tränen, deine Melancholie. Die Zeit ist vergangen, und jetzt weinen wir über andere Dinge. Junge Leute haben wenige, aber klare Ideen, mit deutlichen, ja scharfen Profilen, und das, was sie sagen, was sie schreiben, klingt mitunter brillant. Später muss man diese gelungenen Sätze nuancieren, wenn und aber hinzufügen, entgegensetzende Bindewörter; säen und darauf warten, dass die Pflanze wächst und Früchte trägt: Der Text wuchert zu. Das Schwierige ist, sich mit der Machete einen Weg durchs Dickicht zu schlagen. Bei Amalia ist das Buschwerk derart gewuchert, dass es sie lähmt, der Wildwuchs erstickt sie. Und das denke ich nicht, weil ich langsam auf die Jugend eifersüchtig werde. Nein, das ist es, glaube ich, nicht, ich versuche nur eine gewisse Ordnung herzustellen, eine gewisse Gerechtigkeit. »Junge«, habe ich zu Juanjo gesagt, zu Guzmáns Sohn, der immer noch in süßer Arbeitslosigkeit verharrt, mildtätige Werke und dergleichen für nichtstaatliche Organisationen erledigt und sagt, er wolle Schriftsteller werden, nicht Multimediaunternehmer wie sein Vater oder Sänger wie sein Bruder, auch nicht Maler, was seine Mutter gern gesehen hätte. »Im günstigsten Fall wirst du am Ende wie ich Wohnungen verkaufen und in den freien Stunden schreiben und gerettet sein (ich habe ihm und seinem Vater erzählt, dass ich nicht mehr schreibe, schon seit Jahren nicht mehr), denn wenn du nach oben kommst, wenn du Schriftsteller wirst und Glück hast und mit deinem ersten Buch den Durchbruch schaffst, merkst du schon bald, wie schwierig es ist, den Versuch zu wiederholen und vier zusammenhängende Sätze auf ein weißes Papier zu bringen, und wenn du dann dasitzt, die Hände auf der Tastatur des Computers, verfluchst du die Stunde, in der dir der Einfall kam, zum Schriftsteller berufen zu sein, und du wirst laut den Tod herbeiflehen.« Ich sage das, als sei es ein Scherz, und er schüttelt sich vor Lachen.

Amalia ist gleich gegangen. Sie wollte nicht noch irgendwo etwas trinken. Anscheinend muss sie morgen früh aufstehen, und sie muss vorsichtig sein, nicht zu viel trinken, nicht zu spät ins Bett gehen, das Gleichgewicht ist schnell gestört, und die Wirkung der Beruhigungsmittel kippt so leicht. Auch die Übrigen waren nicht besonders interessiert, den Abend noch weiter fortzusetzen. Wir haben uns die Rechnung geteilt (»Der Champagner geht auf meine Kappe«, habe ich gesagt) und uns an der Tür verabschiedet. Ich habe Carlos nicht zu überreden versucht, bei mir zu bleiben. Ich hatte anderes im Sinn, andere Pläne. Er hat ein Taxi angehalten und ist direkt ins Hotel gefahren. Hat er mir wenigstens gesagt, und ich glaube ihm, weil schon nach der Hälfte des Abends seine Tränensäcke schlaff geworden waren. Er sah aus wie eine Leiche, wirkte völlig erschöpft. Ich hatte Lust, eine Weile allein zu sein, einen Spaziergang durch Madrid zu machen, irgendwohin zu gehen, meine Beziehung zur Stadt wieder zu beleben. Jetzt stehe ich hier allein auf der Straße, wo sich keine Menschenseele bewegt (nur ein paar Autos, das Motorengeräusch vom Nebel gedämpft), und überlege, was ich mit dieser Madrider Nacht anfangen soll, erstmal das Auto holen, das ich ziemlich weit vom Restaurant geparkt habe, und schon bei diesem Gedanken bricht die ganze Müdigkeit des Tages über mich herein, die Fahrt im Regen; was wie ein urlaubshafter Moment erschien, wird plötzlich zur lähmenden Verpflichtung, hinaus müssen in die Madrider Scheißnacht. Wie der alte Mauricio sagte, als wir beschlossen, hier zu leben: »Überlegt es euch gut, Madrid ist groß, kalt, heiß und ungastlich: neun Monate Eis, drei Monate Hölle.« Er ist vor ein paar Jahren an Krebs gestorben. Amalia hat sein Ende etwas dramatisiert: »Er hat sich seiner Frau gegenüber mies benommen, ganz zum Schluss«, war ihre Zusammenfassung. Sogar noch für Sterbende gilt der Verhaltenskodex. Die Lebenden können sich da gewisse Freiheiten erlauben, weil man davon ausgeht, dass ihnen genug Zeit bleibt, Fehler zu korrigieren, die Sterbenden dagegen sind auf ihren Auftritt im letzten Akt beschränkt; schon hart, sterben und sich dabei überlegen müssen, ob man es bringt oder nicht, wissen, dass die anderen darauf warten, wie dir die letzte, unwiederholbare Szene gelingt. Bis zum allerletzten Augenblick über die eigenen Gesten wachen. Madrid, neun Monate Eis, drei Monate Hölle. Jetzt haben wir die Eismonate: Straßenlaternen im Nebel, weißer Atemhauch, weicher Dunst und eine Kälte, dass du schlotterst. Und zu allem Überfluss ist Madrid in diesem Jahr besonders feucht, weil es angeblich den ganzen Herbst über geregnet hat. Nein, ich wollte dann doch lieber keinen Spaziergang machen, habe beschlossen, nirgendwohin zu gehen. Die Nacht ist nicht dazu geeignet. Ich hole das Auto und fahre zurück ins Hotel, wie Carlos, betagte Seelen, die Nacht ist für sie stumpf geworden, sie glänzt nicht mehr, gibt nichts mehr her, gefühllose, ledrige Seelen. Die Nacht ist schweigsam, nicht mehr ein Vorhang, eine Gardine, die man beiseite ziehen muss, um all das zu sehen, was sie verbirgt. Nur schnell das Auto holen und ab ins Hotel; kommt nicht in Frage, ins *Sweet Mambo*, neben dem Parkplatz, hineinzuschauen, Guzmán hat mir, bevor er sich verabschiedete und hinter vorgehaltener Hand, damit die Zwillinge nichts mitbekamen, zugeflüstert, die Geschäftsleute gingen jetzt da hin, rosa und blaue Lichter, du trinkst, fickst, zahlst, und schon bereust du es: eine gute Russin, gute Negerin, gute Mulattin, gut, alles prima, aber die Hände sind rau, die hier hat Gläser, Teller, Böden und Klos geputzt, bevor sie darauf kam, es sei besser, sich dem Ficken zu widmen, oder aber sie putzt vormittags und fickt abends, kenn ich, ungeschickter Mund, brüsk, saugt nicht richtig, reibt, kratzt, saugt nicht, oder das ganze Gegenteil, was ganz Feines, ein wahres Wunder, das Mädchen ist bestimmt zu Hause in ihrem Land auf die Ballettschule oder die Theaterakademie gegangen, irgendwo in der untergegangenen UdSSR, welche Gesten, die Leidenschaft auszudrücken, was für ein treffendes Stöhnen, »Russin, du Russin?«. Und sie sagt: »Nein, nicht Russin, Litauerin«, sieh da, welche Wunder der reale Sozialismus vollbracht hat, dabei war er doch nur der Prolog zu einem Buch, das noch geschrieben werden sollte, ein ungeschickter Prolog, miserabel geschrieben, und trotz allem, sieh nur, was er für Ergebnisse erbracht hat bei Architektur und Körperbau; wie er die ungeschlachten Leiber der Mägde in göttliche Körper verwandelt hat; und jetzt haben diese korrupten Idioten diese Körper für zwei Geldlappen dem Westen ausgeliefert, um die Auslandsschuld zu bezahlen, um sich Alkohol in Zweiliterflaschen zu kaufen; haben diese Mädchen, diese Göttinnen ausgeliefert, damit der Westen sie vergiftet, zermalmt, verscharrt, alles für ein Päckchen Camel. Komm schon, Genosse, was soll's, *pecata minuta*, diese Kerze hat schließlich schon viele Jahre gebrannt, über die Hälfte der Prozession hat sie hinter sich, aber eine lange, abwechslungsreiche Nummer kann sie dir noch bieten, aber zwei, das schafft sie nimmermehr. Vergiss es. Du musst dir einen jungen Kerl suchen, ein wildes Tier, das dich fickt, einen soliden Sohn des Sozialismus, der dich nagelt, aber den hast du ja schon. Wetten, du hast schon einen Russen, der dich durchfickt, wenn du spät nachts heimkommst? Wetten? Wie auch immer, ein Jammer, dass es zu Ende geht, du würdest sie gern behalten, sie dir leisten, sagen, die behalte ich, sie kaufen, in den Kofferraum packen, sie im Auto auf dem Beifahrersitz haben; im Büro, bei den Konferenzen, neben mir; sie bei mir haben, nackt, nur um sie anzusehen, diese Schenkel, diesen Hintern aus Marmor, hart und weich zugleich, süß und salzig, mein Gott, ab und zu das Gesicht gegen diesen Hintern pressen, nichts mehr, als dass sie sich ab und zu vor dir öffnet. Nicht einmal eindringen: schauen, anfassen, streicheln, küssen, vor Freude weinen. Ein Jammer, ein Jammer, dass es zu Ende geht. Ficken macht dich traurig, und mit dem Ficken aufzuhören macht dich auch traurig. Ficken, Frühstücken, Kaffee, Toast mit Olivenöl und ein weich gekochtes Ei, eine Scheibe gekochten Schinken; sich waschen, kämmen, frische Wäsche anziehen: Das ist alles gut, wer will das bezweifeln, man muss es tun, es ist hygienisch, gesund, hat aber keine Transzendenz, nichts Metaphysisches, nein, nicht mehr, und wenn es traurig ist, diesen Hintern zu sehen, dann nur, weil man weiß, dass man sich auf dem absteigenden Ast befindet, dass die Reise zu Ende geht. Nimm es endlich zur Kenntnis, Pedrito, transzendent ist heute nur die Zeit, die dir davonläuft, nicht mehr der Sex, Sex ist nicht mehr transzendent, auch wenn du heute Nacht heiß bist, die Melancholie, die Begegnung mit den Gespenstern aus einer anderen Zeit hat dich scharf gemacht, Amalias Hals, ihre Kette, die sich mit der Brust hob, wenn sie atmete, scharf, also diese da, die Litauerin, die reibt, kratzt, streichelt, aber du, was schon, dein Geschlecht bist du, es liegt in dir, nicht in dem Mund, der an dir saugt, also kommst du, du kommst sofort, trotz des Alkohols kommst du zu früh, und was bringt dann schon der Mund, der dich leckt. Du denkst, ich geh ins *Sweet Mambo*, lass den Blick schweifen, wähle, und dann an der Theke berühre ich Fleisch, menschliches Fleisch, zart und rosig, ah, und am Ende komme ich, na gut, alles in Ordnung, bis ich wieder in die kalte Nacht von Madrid hinaustrete, und dann wieder Dunst, Nebel, Ficken hebt die Wolken nicht, zerstreut sie nicht, löst sie nicht auf, Ficken klärt nichts, es verdunkelt höchstens, trübt ein, fügt neue Wolken hinzu, neue Nebellaken. Du kommst frisch gefickt heraus, und schon geht es wieder los: Du tust dir Leid, niemand liebt mich, ich ficke für Geld, zahle, für Geld ficke ich. Und du, Amalia, warum hast du mich heute Nacht nicht gewollt? Deine Parzelle vom Paradies. Hab ich dir doch angeboten. Nütze den Augenblick, die Zukunft ist nichts, die Zukunft ist Scheiße, da ist nichts, nur eine Idee in Eierköpfen, die Zukunft existiert nicht, sie ist nur ein Gedanke, nichts als ein Gedanke. Und das ist das Schlimmste, obwohl sie nicht existiert, lastet sie auf dir schwerer als die Vergangenheit, die sich auch schon verflüchtigt hat. Das Leben ein Hauch, ein Windstoß, manchmal ein Orkan. Und das war's. Das waren wir. Anonyme Figuren in den Religionskriegen der Neuzeit: sich einander bis aufs Messer befehdende Grüppchen, die darüber stritten, ob das Paradies nach dem Tode kommen sollte oder schon auf Erden zu errichten sei. Das wird man von uns sagen. Diese letzten Ketzer wollten das Paradies auf Erden, so wird es dastehen in dreihundert Jahren, ein paar Seiten in den Büchern zur Weltgeschichte, irgendwo neben den Hussiten, den Waldensern, neben den Parteigängern des fernen Kaisers Mot-Su, der vor Jahrtausenden in China lebte. All das vergossene Blut, die Tränen und die Lieder, ein Absatz in einem Buch. Diese Etappe ist vorbei. Ende des Kapitels über die Neuzeit in den Geschichtsbüchern. Die Mauer in Berlin ist gefallen, und der Krieg ist aus, wir wissen nun (wie man es nach jeder Ausmerzung einer egalitären Häresie wusste), dass auf Erden das Paradies nicht errichtet wird. Gebt auf, Verdammte dieser Erde. Was kommt jetzt? Eine neue Ära. Der neue Scheiterhaufen lodert mächtig, und Pedro Boteros Kessel dampft schon im Salon der Welt. Bleibt nur noch der Kopfsprung ins siedende Wasser, um sich weich kochen zu lassen. Es ist nicht unsere Schuld, dass die Revolution nicht gekommen ist, Amalia, dass die Gerechtigkeit sich eine Pause gönnt und beschlossen hat, noch nicht auf Erden vorbeizuschauen, noch ein Weilchen auf dem Mars zu bleiben, auf dem Saturn, weiß der Geier, wo sie ihren Sommerurlaub verbringt. Ist doch nicht unsere Schuld, Amalia. Hör auf, dich zu quälen. Der Psychiater sitzt nicht am Steuer dieses Hochgeschwindigkeitszugs, dieses Raumschiffs. Wir haben nicht erreicht, was wir wollten, also lass uns genießen, was da ist und was wir nicht wollten. Lass uns genießen, was wir bekämpft haben und was uns besiegt hat. Am Ende hat sich herausgestellt, dass wir zum Besitzen besser befähigt waren als jene, die mit Klauen und Zähnen ihren lächerlichen Besitz verteidigten. Jene, die uns Kommunisten hassten, weil sie glaubten, wir würden ihnen noch den Dreck unter den Fingernägeln wegkratzen, die uns verachteten und denunzierten, und, wenn sie mal mit uns diskutierten, laut schrien, wir sollten doch nach Russland abhauen, wenn uns Franco nicht gefiele, es hat sich herausgestellt, dass sie nicht einmal dazu taugten, sich in ihrem geliebten Kapitalismus zurechtzufinden. Jetzt ist es an unseren Kindern (deiner Tochter, meiner Tochter), nach Gerechtigkeit zu trachten, wenn sie es denn nötig haben, womöglich brauchen sie die überhaupt nicht mehr als Bewohner der Ersten Welt und nicht der Dritten wie wir. Ihr Gerechtigkeitssinn scheint eher unterentwickelt. Und du, meine arme Amalia, ohne Trost, voller Widersprüche, mit deinem Psychiater, der überstürzt vom Essen aufsteht, den Cognac mit einem Schluck hinunterstürzt, das Taxi, der Aufzug (ein Glück, sie ist noch nicht da, immer unangenehm, wenn der Patient vom Wartezimmer aus hört, wie der Psychiater über den Flur eilt, quietsch, quietsch rutscht die Sohle über das Wachs, und dann das ganze Gewicht auf den Fuß fallen lässt, klock, bumm, klock, bumm auf dem Parkett, der massige Körper, hundert Kilo bei jedem Schritt), ein Glück, dass du kommst, wenn er schon dasitzt, auf seine Nägel schaut und sagt, herein, aber schließlich und endlich kommt das aufs Gleiche raus, denn die Säure des hinuntergestürzten Cognacs steigt auf, und sie kommt nicht allein, eine Salve von Gasen begleitet sie, die Erinnerungen an eine ungelüftete Speisekammer mit sich bringt: Hundskohl, Weißkohl, Gemüse, Paprikawurst, Speck, alle Zutaten für einen Cocido madrileño im *La Bola*, auf gemeine Weise dekonstruiert, getrennt nach Gasen von unterschiedlicher Dichte, als handele es sich um ein Gericht der Nouvelle Cuisine von Adriá, dem Koch vom *El Bulli*, der die Tortilla in einem Kelch serviert, das Öl hier, die Kartoffel dort, das Ei darüber, auf einer anderen Ebene, und dieses hier isst man von oben nach unten und jenes von unten nach oben, und das hier ist kalt und das lauwarm, das wiederum heiß; beim Psychiater liegt der Fall etwas anders, denn alles ist zu Gas reduziert worden, zu heißem, brennendem Gas, das ihm den Eingang zum Magen ätzt; und es tobt ein Krieg im Kessel seines Leibes, ein Krieg wie Anno vierzehn, mit Senfgas und all den giftigen Schweinereien, die sie erfunden hatten; jetzt, in einer Wohnung im Zentrum von Madrid, kämpfen die Kichererbsengase mit den Speckgasen, und beide treten gegen das Wurstgas an, das bestimmt rot ist, gefärbte Gase, wie bei den Kunstflugschauen, wo die Flugzeuge mit ihren Abgasen die spanische Flagge oder ein Wappen in die Luft malen. Was machst du nur, Amalia, verloren in dieser Gasschlacht, verunsichert zwischen diesen Luftruinen? Und was zum Teufel geht diesen Kerl dein Leben an? Tust du dir nicht selbst Leid? Ich habe zu viel getrunken und Angst davor, um diese Zeit besoffen durch Madrid zu fahren. Lieber morgen erst das Auto holen. Ich strecke den Arm aus, um ein Taxi anzuhalten, auf dem oben das grüne Lämpchen leuchtet. Jetzt ist keine Zeit mehr, Amalia: zu spät. Keine Zeit mehr, Elisa. Lass es mich sagen, denn ich hätte mich nie im Leben getraut, zu dir zu sagen: meine angebetete Elisa. Elisa, mein Leben. Kitschig, nicht wahr? Macht nichts. Du hörst es ja nicht mehr. Unsere Zeit ist vorbei, nur meine ist übrig geblieben, meine Zeit, zerstreut, wirr, aber Zeit für uns beide ist nicht mehr zu haben. Daran denke ich, während die Lichter vorübergleiten, die Baumstämme, die Häuser, eine Folge dunkler, stummer Fenster. Mit einer Naht an der linken Brust, einer Narbe, die unter ihrer Achsel verschwindet, liegt sie in einer dieser klaustrophobischen Metallröhren, damit eine weitere Schallkontrolle gemacht wird, noch ein Tack, Elisa abgehört, biopsiert, analysiert, geschnitten, chemotherapiert, sie empfängt Gift über alle Poren des Körpers, bis sie basta sagt und stirbt, und dann brennt sie und wird zu Asche, Staub, Rauch, nichts, und, so viele Jahre später, meine persönliche Zeit hier im *Sweet Mambo*, ich stoße die Negerin, nehme ihren Kopf in meine Hände und fahre ihr zart über das Haar, streiche die Strähnen weg, die ihr ins Gesicht fallen, lege ihr die Handflächen auf die Ohren, ich lass sie knien und lege sie dann flach aufs Bett, die Hüften umfangen, die breiten, zarten Beine berühren, aus Seide, die Füße ragen über meine Schultern; meine Lippen, Saugnäpfe auf ihren Wangen, die schwarze Frau sagt, tu mir nicht weh, und, beiß mich nicht, und ich: Dummchen, ich beiß doch nicht, auch wenn ich dich tatsächlich ganz verspachteln könnte, ich, der Kannibale, ich, der Vampir, und danach Madrid, Nacht, Kälte, Depression, wie bei Amalia (»Wie viele Jahrhunderte bist du jetzt schon beim Psychiater?«, habe ich sie heute gefragt, und sie hat gelacht), wie auch immer, eine psychiatrische Ewigkeit, nur weil man das Schicksal nicht annimmt, das Schicksal, der Horizont, den uns Elisa vorgibt, sie, der Nullpunkt, der das Schweigen anzeigt, das Nichtsein, die geschlossenen Fenster reihen sich aneinander wie eine Kulisse, die Bäume, die Straßenlaternen. Sie ist es, die den Horizont vorgibt, der dort drüben liegt: ein unsichtbarer Vorhang aus mikroskopisch kleinen verlorenen Partikeln, stumme, einsame Partikeln. Nullpunkt. Ich weise Elisa zurück und rufe Amalia auf. Ich sage zu ihr, warum wolltest du nicht, dass wir heute Nacht die Zeit anhalten, Liebes? Ich habe die Linien ihrer Hand gelesen, es stimmt nicht, es stimmt nicht, dass ihr Fisch-Frauen schwach seid, ihr wirkt schwach, aber ihr seid sicher, besitzt die Fähigkeit, ein Unternehmen zu leiten, ein Heer zu kommandieren, obwohl, klar, die Psychoanalyse, den Kopf in den eigenen Nabel stecken, sich ein Periskop in den Nabel einführen und sehen, was für stürmische Meere, welche Gipfel, welche Ebenen und Abgründe es da drinnen gibt, in dir selbst, welche Steppen dich erwarten, das große Abenteuer, das Grauen, ohne vom Sofa aufstehen zu müssen, die Geisterbahn der Erwachsenen, welch eine Angst die Dunkelheit da drinnen macht, wie weit die inneren Wüsten und das innere Eis, wie kalt und wie hoch die Berge, die wir in uns tragen, und wie dunkel die Dunkelheit, Amalia, eine unbequeme und teure Geisterbahn mit unendlich vielen Stationen. Steig aus, wirf dich von diesem fahrenden Zug. Auch ich habe Depressionen, Amalia, wie sollte ich keine haben, und dennoch, ich nehme mich zusammen. Siehst du nicht, wie ich mich zusammennehme? Wie ich ihnen ausweiche? Ich gehe ins Bordell, spiele an der Börse, ziehe Häuser hoch, gebe Befehle an Maurer, Baumeister, an Architekten und Klempner und Poliere und Zimmerleute und Fliesenleger. Elisa hat mir den Laufpass gegeben, und ich war deprimiert, mein Schwiegervater hat mich auf Eis gelegt, bis ich über Grundstücke und Investitionen reden konnte, und ich war deprimiert, ich hab dem schwarzen Mädchen Adieu gesagt, und ich bin deprimiert, ich sage den Russinnen, den Brasilianerinnen, den Jamaikanerinnen Adieu, und ich bin, wie jedermann, deprimiert, sobald ich allein bin und nichts zu tun habe, die verdammte Depression, eine gute Depression, die unsichtbar Zukunft aus Partikeln am immer näher rückenden Horizont, und, als Vorspiel, ein Knoten, der still an irgendeiner Stelle des Körpers wächst: in der Niere oder in der Leber oder zwischen den Bläschen in der Kerbe meiner Lunge. Ich bin wie alle anderen auch: Depressionen, Knoten, Muttermale, Knoten in der Schulter, auf dem Rücken, an der Nasenspitze, im linken Ei. Aber was ist das, Amalia? Was war das, Elisa? Ich sah die Knoten meines Vaterlandes. Amerika. Das ist Amerika, das New York von Lalo. Alle haben Angst vor Krebs, und alle haben Krebs. Alle warten auf den großen Terroranschlag, die große Atomexplosion, den Big Bang. Apocalypse now. Du zahlst das Taxi, steckst die Karte in den Schlitz, die automatische Tür des Hotels geht auf, du gehst durch die leere Halle, nimmst den Aufzug, überquerst den Flur, öffnest die Zimmertür, das Bett, endlich siehst du das Bett. Du pinkelst, bevor du dich ausziehst, und dann schaltest du das Licht im Bad aus und ziehst dich stehend neben dem Bett aus. Das Zimmer liegt im Halbdunkel, nur das Lämpchen am Kopfende brennt, also kommst du drum herum, dich im Schrankspiegel ansehen zu müssen. Du steigst ins Bett, endlich Bettberührung, deckst dich mit einer feigen Bewegung bis zum Kopf zu und schließt die Augen: zwei Knoten, aber die zählen nicht, denn jetzt, im Dunkeln, arbeiten sie nicht; zwei kleinere Knoten auf der Brust zeigen deine Zugehörigkeit zur Gattung der Säugetiere an, und noch eine Erhebung weiter unten, ja, auch ein kleiner Knoten, hui, was ist das für ein Knubbel, was ist das, er wächst. Der wächst noch weiter. Der dritte Knubbel richtet sich auf wie ein kleiner Mann, der sich zu Wort meldet. Du fasst ihn an, fasst nach, fasst noch einmal und dann ziehst du an der Haut des Knubbels. Du ziehst, ziehst, ziehst sie zurück, bis die Spitze steif wird, die Knospe wird steif, du ziehst, und sie wird steif, du ziehst, und sie wird noch steifer, und du spürst ein Kribbeln, Lust, die sich den Weg durch dunkle Depression bahnt. Du denkst an die Schwarze, ihre Schenkel; denkst (oh, nein, das darf man nicht; das kannst du dir nicht erlauben, spring nicht ins Leere), aber ja, du denkst an die Tote. Ich denke an die Schenkel, die ich nicht lecken, nicht beißen werde, an den Mund, den ich nicht küssen werde: Sie sind zu Staub geworden. Ich denke an die Nummern, die ich nicht schieben werde, an den Koks, den ich nicht schnüffeln werde, denke an die Lieder von Abert Pla, die meiner Tochter gefallen. Ich denke an die Schenkel, die Titten, die Möse von Elisa und möchte weinen. Ich tu mir Leid. Ich schließe die Augen und versuche das Fleisch derjenigen zu sehen, die gestorben ist, ihr lebendiges Fleisch, von dem ich manchmal meinte, es gehöre mir, während ich rhythmisch die Hand bewege, jetzt schneller, und bei jeder Bewegung das Gesäß von der Matratze hebe. Wenn ihr im Leben dahin kommt, wohin ich nicht gelangen kann, singt Lluis Llach in seinem Lied. Was ich mir nicht in den Körper stecken werde und der Körper, in den ich mich nicht stecken werde, das ist Pla. Llach ist natürlicher, ökologischer. Pla ist chemisch, ein schwefeliger Sohn des kannibalischen Zeitalters. Himmel und Höllen, natürliche Paradiese und die künstlichen Paradiese Baudelaires. Llach: die Kilometer, die ich nicht rennen werde (ich will doch gar nicht rennen, ich will doch kommen).

Pla, Tabletten, Sternchen, bunte Lämpchen, Pulver aller Art, die ich nicht einnehmen werde. Schenkel, Nummern, Tabletten, Kilometer, Uff. »Das gute Leben, das du dir gönnst« (Guzmán), das großartige Leben: Als ob das Leben das wichtigste wäre (da erinnere ich mich an Guzmáns Augen, glühende Kohlen. Wer sagt das? Carlos? Ist das Carlos, der von den wie glühende Kohlen funkelnden Augen von Guzmán spricht? Der sozialkritische Schriftsteller aus dem neunzehnten Jahrhundert. Carlos schläft im Zimmer nebenan, oder er ist in der Nacht von Madrid verloren gegangen und vagabundiert jetzt auch durch die Flure seiner selbst), das Leben an sich als das Wichtigste. Als gäbe es nicht wichtigere Dinge als das Leben. Das Wie und das Was. Etwas mit edlen Gefühlen statt mit Pickel und Schaufel aufbauen. Ah, Ahh, Ahhh, Ahhhh. Kommen, um nicht mehr zu denken und besser denken zu können, nachdem man gekommen bist. Kein Scheiß. Es ist wahr, ich denke jetzt besser, klarer, wenn auch melancholischer, nachdem ich fertig geworden bin, den Samen zwischen den Beinen habe, er tropft auf das Laken, weil ich zu faul war, mir ein Papiertaschentuch zu holen, um mich zu säubern, und ich habe auf dem Bauch abgespritzt, und dann ist die Soße allmählich runtergelaufen. Nun sehe ich die blutunterlaufenen Augen von Guzmán, Cholesterinaugen, Kohlen unter einer Flut von gelben Blättern, tote Blätter, das Chanson, das Magda im *Violette* für uns auflegte, *les feuilles mortes se ramassent à la pelle*, und was ist aus unseren zwanzig Jahren geworden, als sei es das Wichtigste, noch am Leben zu sein. Amalia, welch ein Jammer, dass die Liebe nicht länger Gefühlsaufwallung, Nervenkitzel ist, das Herz, das schneller schlägt, wenn du ihn über die Straße kommen siehst: ihn, Narciso; wenn du siehst, wie er das Glas an die Lippen führt, natürlich kannst du dich daran erinnern, die Zigarette zwischen Narcisos Lippen, die Worte, die zwischen seinen Lippen schweben. Das mit den französischen Chansons, die Magda für uns auflegte. Natürlich erinnerst du dich daran. *Tu n'as pas oublié.* Du hast Dinge gelernt, Amalia. Du hast gelernt, dass die Haut schwitzt, dass sie glitschig wird, wenn sie schwitzt, und dass sie nach Schweiß riecht, und dass der Schweißgeruch nicht so angenehm ist, wie er dir erschien, als du fast noch ein Mädchen warst, auch wenn du damals glaubtest, eine gestandene Frau zu sein. Die Achseln riechen nach Schweiß, und das Glied stinkt, sobald man es einen Tag lang nicht gewaschen hat. Die Augen, die gesehen haben, die Nasen, die gerochen haben, sehen und riechen auf andere Weise: Sie erlernen das Misstrauen. In Australien haben sie einem Mann die Hand einer Leiche transplantiert, eine erfolgreiche Operation; aber der Mann hat nach ein paar Jahren darum gebeten, die Hand wieder abzuschneiden, weil er sie nicht ertrug. »Wozu will ich so ein Ding?«, hat der Mann aus Australien gesagt, »es hat eine andere Temperatur als der Rest meines Körpers, es ist weich, hat eine andere Farbe (gelblich) und bewegt sich nicht, und ich ekle mich davor, weil es die Hand eines Toten ist.« Auch ich fange an, wie der Australier mit seiner Transplantation zu denken, beim Umarmen, Küssen, Penetrieren. Ich meine, Leichen zu umarmen, die am Wochenende Ausgang haben. Es gibt eine ganze Reihe von Körpern, die ich umarmt, geküsst habe und in die ich eingedrungen bin, deren Urlaub abgelaufen ist, die wieder ihr Leben als Leichen führen. Sie haben mich geküsst und sind wieder Tote geworden. Sie haben mich umarmt und sind Tote. Jetzt küsse ich Münder, die bald tot sein werden und heute von Bakterien heimgesucht sind. Das sagt mir der Zahnarzt (weißt du, Amalia, dass mir schon meine gesamten Zähne durch Implantate ersetzt worden sind? Was macht dein Gebiss?). Nicht einmal, wenn man sich zwei oder drei Mal am Tag die

Zähne putzt, wird man der Bakterien Herr, sagt mein Zahnarzt, »sie schleichen sich von überall ein und erzeugen Mundgeruch.« Bakterien und Essensreste in den Falten der Zunge, in der Landschaft des Zahnfleischs, in den Zwischenräumen der aufgereihten Teile, die heute durch andere ersetzt sind. Da sind die Gase, die durch den Speisetrakt aufsteigen. Trakt klingt besser als Röhre, auch wenn ich nicht weiß, ob diese Benennung ganz korrekt ist. Darunter, in der Tiefe, im Zentrum, der brodelnde Kessel, der Magen, der große Herd, auf dem die Fleischstücke, der Reisbrei, die Saubohnen kochen, die bitteren Säfte, von der Blase destilliert, die weiche Masse der Leber, das Zwillingspärchen der Nieren, das Knäuel von Kabeln, das Gedärm darstellend. All das umarmst du, wenn du umarmst, und du leckst die Hautporen, in denen das zusammenfließt, was von innen und von außen kommt. Du drückst, leckst, beißt, saugst, und das ist die Liebe, das war sie, diese Augen, die dann eines Tages, wahrscheinlich zu Recht, mich nicht mehr ansehen mochten. Mein Mund voller Bakterien sagt, »ich liebe dich, Elisa«, und die Stimme erzeugt ein raues Echo im leeren Hotelzimmer. Derweil bricht das Meer an den Klippen von Denia, leckt die goldenen Strände, auf denen seit zwanzig Jahren kein anderer Sand liegt als der, den die Lastwagen von wer weiß woher bringen, um den zu ersetzen, den die Sturmfluten jeden Winter verschlucken.

Beniarbeig, Dezember 2002

Rafael Chirbes bei Kunstmann

Der Fall von Madrid
Roman

»Der Fall von Madrid«: Das ist ein besonderer Tag. Der Tag, an dem Franco stirbt. An dem José Ricart 75 Jahre alt wird. An dem die Geheimpolizei einen alten kommunistischen Arbeiter erschießt. Der Tag, an dem in einem überfüllten Bus, der an Francos Domizil vorbeifährt, die Leute plötzlich aus vollem Hals anfangen zu singen: Adieu von Herzen! Ein grandioses Familienepos, in dem sich der Aufbruch Spaniens in eine neue Zeit spiegelt.
»Ein ganz gewichtiges Buch, ein wichtiger Autor.« *Marcel Reich-Ranicki*

Aus dem Spanischen von Dagmar Ploetz, 304 Seiten, gebunden

Der lange Marsch
Roman

Wie auf einem riesigen Wandgemälde erzählt Rafael Chirbes die Geschichte zweier Generationen und zugleich die Geschichte Spaniens vom Ende des Bürgerkriegs bis zum ende der Franco-Diktatur.

Aus dem Spanischen von Dagmar Ploetz, 330 Seiten, gebunden

Die schöne Schrift
Roman

»Ein trauriges Buch, ein intensives, ein schönes Buch – ergreifend und unsentimental erzählt ... Für mich sein dichtestes, schönstes Buch.«
Elke Heidenreich, WDR, Buchtip

Aus dem Spanischen von Dagmar Ploetz, 144 Seiten, gebunden

Am Mittelmeer

Eine literarische Reise in die mediterrane Welt, in ihre Geschichte, ihre Kultur, ihre Gegenwart. Ein funkelndes Kaleidoskop in der Tradition eines Bruce Chatwin.

Aus dem Spanischen von Thomas Brovot, Stefanie Gerhold, Christian Hansen, Dagmar Ploetz, 160 Seiten, gebunden

Die Übersetzung wurde mit Mitteln der
Dirección General del Libro, Archivos y Bibliotecas
del Ministerio de Cultura de España gefördert

Titel der Originalausgabe: Viejos Amigos
Umschlag: Michel Keller, München,
unter Verwendung eines Fotos von Carlos Navajas
Satz: Schuster & Junge, München
Druck + Bindung: Pustet, Regensburg
ISBN 3-88897-363-5
1 2 3 4 5 · 06 05 04